独身者

Translated to Chinese from the English version of
The Celibate

Varghese V Devasia

Ukiyoto Publishing

所有全球出版权均由

浮世出版社

发布于 2023

内容版权所有 © Varghese V Devasia

ISBN 9789359207063

版权所有。

未经出版商事先许可，不得以任何方式（电子、机械、复印、录制或其他方式）复制、传播本出版物的任何部分或将其存储在检索系统中。

作者的精神权利已得到维护。

这是一部虚构的作品。名称、人物、企业、地点、事件、地点和事件要么是作者想象的产物，要么是以虚构的方式使用的。与真实的人（活着的或死的）或真实事件的任何相似之处纯属巧合。

出售本书的条件是，未经出版商事先同意，不得通过贸易或其他方式出借、转售、出租或以其他方式流通本书，不得以任何形式的装订或封面形式（除原版外）发表。

www.ukiyoto.com

本以为这次会是一个完整的爱情故事,结果却变成了诗。

到

我的父母玛丽和瓦尔盖斯·约瑟夫·瓦亚拉曼尼尔，
他们对彼此的爱让我无限着迷，
从他身上我学会了爱和尊重他人。

致谢

耶稣会士启发我从不同的角度看待生活,而我与他们的接触在某种程度上启发了我写这篇小说。我有机会观察 Aghori Sadhus;他们神奇而神秘的行为吸引着我去探究人类存在的意义。我了解到,耶稣会士和阿格里苦行僧在本质上是相同的,具有相似的形而上学和本体论信念,尽管表面上看起来不同;一种是痴迷于服装,另一种是崇拜裸体。我很感谢他们。

我感谢我的英语老师维奥莱特·德蒙特(Violet De Monte)、杰罗姆·德里南(Jerome Drinan)和鲍勃·格里布(Bob Grib),感谢他们培养了我对文学的持久热爱。在这部小说的许多例子中,我都融入了对学生和同事错综复杂的社会和心理互动的注释,以从参与观察者的角度分析人类行为。

Gilsi Varghese、Gracy Johny John、Mary Joseph、Jills Varghese 和 Joby Clement 阅读了手稿,我对他们表示感谢。

内容

来自马拉巴尔的男人	1
优雅	15
果阿之家	40
跨越曼多维河	61
离别之歌	77
深爱的	94
在独身者中	108
上帝的无神论者	123
艾玛	142
卡玛加女神	161
胡格利桥	182
Prayag 的裸体和尚	199
关于作者	216

Varghese V Devasia

来自马拉巴尔的男人

格蕾丝是阿贝保持独身的原因,他从未碰过女人,因为他非常爱格蕾丝,但格蕾丝从来没有坚持过他禁欲。安倍可能已经想到了这一点,或者无法区分她的话中的真实与不真实,事实还是神话。他可能无法读懂他所爱的人的心思,因为她有自己的声音。

作为一个享受自由、总是充满活力的女人,格蕾丝从不忘记庆祝自己的平等。敏感、聪明、善良、有爱心,她在任何场合都不显得端庄,她的热情具有感染力。她的手势、眼神、表达的感情、言语以及她的存在都是令人心旷神怡的体验。但当阿贝听到一位裸体僧侣*阿格里·萨杜*说:"性是唯一的真理"时,他感到震惊。安倍否认自己体验到了生活的乐趣,他曾多次梦想着与心爱的人建立亲密的关系,但他没有勇气接受。他的内心有两个人,一个推着他前进,在百万种诱惑中宣扬着他的独身,另一个则暗自享受着这段不可抑制的关系。两人之间的持续斗争把他撕裂了。安倍开始戴多个口罩。

安倍用想象力精心编织了许多假设,为放弃根深蒂固的欲望和冲动提供了理由。与一个爱他的女人结合,让她害怕限制她的自由并损害她的尊严。但*阿格里苦行僧*粉碎了他的信仰。事实上,性是一种*密宗*体验,它让你成为神。它可以帮助你获得所有超自然的魔法力量。它是永恒的*咒语、灵丹妙药*。所有的男神和女神都深深地陷入了稳定的关系中。一个从未与女人一起生活过的人,就像一具被拒绝并被扔掉的尸体,而不是被烧在瓦拉纳西圣河恒河岸边的柴堆上,被狗和秃鹰吃掉。

*萨杜*坐在阿部面前,为僧人画裸体像。托钵僧身穿灰烬,卷曲的头发看起来就像刚从孵化的蛋中探出头来的新生眼镜蛇。*苦行僧*在卡马加神庙崇拜放置在至圣所中的女神夏克蒂的阴道。阿部确

信僧侣并没有用华丽的辞藻来掩饰他。赤身裸体的和尚看起来就像是《摩诃婆罗多》中的同名人物，他的话对阿部来说是一种顿悟。

从*萨杜*那里得知，性是一种神秘的体验，可以将两个人转变为融合，阿贝突然有一种冲动想要告诉他如此崇拜的格蕾丝，他爱她，并且多年来一直在寻找她。

独身者通过否定自己存在的完整性来否认生命力的蓬勃发展。这样的人永远不会体验到满足的*解脱*。他的灵魂将永远徘徊，寻找女神，但徒劳无功，*萨杜*的话在阿贝的内心深处轰鸣。

独身者胆怯、软弱、傲慢。他拒绝接受自己的本质，在女人面前表现得像一个无能的人。这些自命不凡说服他永远放弃自己的生存需求。此外，独身者是一个伪君子，因为他让自己陷入了情感崩溃。卡马加寺庙的裸体僧侣一边摆姿势画画一边与安倍交谈。即使在完成这幅画之后，这位满身灰的流浪者的话也让安倍在几个月的时间里感到非常不安。

尽管如此，他还是以不同的情绪、色彩、主题和风格描绘了他最爱的女人，像*苦行僧*崇拜卡马加女神一样崇拜她。

但二十年后，突然与心爱的人相遇却让阿部感到害怕。

"格蕾丝，"他说道。他充满信心；她没有听到他的声音，因为他不想让她听到他的呼唤。只是为了满足内心深处的渴望，熄灭心中突然燃起的因为他以为她就是她的兴奋。她是他内心寻找生命意义的力量，是他目的地的目标，是他保持独身的原因，是一个要求他不要接触怀有恶意的女人的人。因为她，他仍然是一个没有性生活的男人。

安倍否认自己与女性有亲密关系，否认与所爱的人有亲密关系。但矛盾的是，在过去的二十年里，当他认同她时，她却成了他的崇拜者。人们强烈渴望见到她、看看她、观察她的外表。一种强烈的渴望迫使他连续几个小时注视着她那双无精打采的黑眼睛，聆听她令人着迷、令人回味的谈话。他变成了一个梦游者。

他从来没有因为她引诱他放弃与女人的身体接触而憎恨过她。他爱她，尊敬她，因为她哄他成为独身者。安倍意识到节制有一种魅力，一种空灵的美、真实性、强度、对身体的力量、对情绪的控制和对思想的掌控。他和她在果阿的生活是真正意义上的metanoia，他知道这一点。格雷斯的性格和他这二十年来所经历的深刻存在是深不可测的。

当你是独身者时，你的眼睛闪闪发光，你的每一步都是轻盈的，你的心跳有不同的节奏，它们变成你存在中不断的健康。你会体验到遇到的每个人的尊严；你尊重并爱他们，一种超越物质的爱，而不是形而上的爱。激情引领你走向无尽的视野，而不是渴望占有一个女人。你不想碰她，但喜欢拥抱她的个性、美丽、魅力和尊严。

独身者是一个英雄，他克服了无法接近女性的悲伤，抛弃了无法经历亲密关系的担忧，也没有对维持身体关系产生焦虑。它使你摆脱与他人在一起的束缚。喜悦在你的外表中盛行，在你的视野中丰满，这是对自己感到满意并以没有诱惑或欲望的方式对待你遇到的每个人的体验。你需要多年的训练、冥想和自我控制才能达到那个阶段，获得人牛禁欲的荣耀。最后，你成为佛陀，成为基督。

对安倍来说，独身是对生命的庆祝。

格蕾丝是一个奇迹，迷人，迷人，极具诱惑力，但并不诱人。她拥有新思想的力量，并且对自己身体的纯洁性有着痴迷，因为她可能认为性会削弱一个人的内在美和宁静。此外，爱必须是持久的、永恒的、包容一切的。性不能是为了一时的快乐；这不应该是两分钟的事情，生殖器的亲密接触。一个人若为了一时的快乐而戒除性行为，就能获得精神上的力量。这样的人身上就有一种充满活力的力量和活力。禁欲可以帮助他悬浮自己的身体，控制自己的思想和感情，实现安倍经常想象的生活热情和目标。

这是一个价值体系；面对反对这种不受欢迎的触摸的论点的有效性，她从不装聋作哑。格蕾丝准备打破对方关于在遇到灵魂伴侣之前过着不接触别人的生活的幻想的空洞论点。是否还有其他女性不喜欢转瞬即逝的性、身体上的亲密和短暂的快乐，安倍在想到格蕾丝时常常想知道。这难道不是一种防御机制，一种保护自己免受人类行为恶劣和野蛮的危险环境的认可吗？她的想法没有丝毫偏执。她的努力没有任何试图将她与男性隔离并处于一个专属飞地的意图，因为她喜欢与男性交往，没有任何脱节或不适。然而，她强烈捍卫自己的隐私，并不懈地努力保护自己的准则，尽管她脸上带着迷惑的表情，因为她是安倍见过的最优雅的女人。她的生命有一种独特的芬芳，被陶醉的美丽信仰所包裹着，用心呵护，却没有掀起哪怕一丁点的涟漪。格蕾丝很合适，她热爱自己的生活；因此，这是安倍的榜样。

亚伯认为格蕾丝那个女人就站在离他不远的地方，周围是一小群精英人士，其中至少有二十个穿着优雅的男人。看起来她就是众人瞩目的焦点，最重要、最有影响力的人。那家七星级酒店的门廊上突然出现了十几辆有专职司机驾驶的宝马车，阿部可以看到她进入了一辆黑色豪华轿车。不过，虽然她长得很像，但她怎么可能是格蕾丝呢？他也不确定是不是她，一个来自贫民窟的女孩，一个为了维持生计而打零工的人，一个孤儿，提着装满鱼的篮子在海边轻快地走着。她帮助农民在菜市场上挑选卷心菜和胡萝卜、花椰菜和生菜、豆类和茄子、秋葵和洋葱。在一个以金钱为中心的社会里，二十年可以在身体和精神、情感上，甚至在地位方面，极大地改变一个人，包括价值观、观点和人生哲学，首先是财务状况。格蕾丝不可能是她，就像一个没有受过教育的人无法爬上梯子的顶端，尽管她很聪明，很聪明，而且能言善辩。然而，格蕾丝始终赢得人们的尊重。作为一个风华绝代的少女，她并不平凡，却从事着体力劳动。但她那永远芬芳的理想却像闪烁的光芒一样在阿部心中挥之不去。安倍在自己体内建造了一座河岸后宫，尽可能舒适地安置她并崇拜她。

安倍在纽约大都会艺术博物馆展出后，来到孟买酒店，在该国最负盛名的美术馆展出了他的画作《吻》。他在马德里帕*德罗博物馆*、佛罗伦萨*乌菲兹美术馆*和*阿姆斯特丹国立博物馆*揭幕了《拥抱》。他的画作已经享誉国际，西班牙、意大利和荷兰媒体对其作品与爱德华·蒙克的《呐喊》进行了热烈的评价。在他在耶稣会发誓独身之后，他在所有画作上都签下了"独身"字样。他在华盛顿特区展出了《拥抱》，一位来自俄罗斯的亿万富翁技术官僚花重金购买了它。这幅作品与美国毕加索的《三位音乐家》相比较，尽管艺术家试图融合印象派和立体派这两种截然不同的风格，即女性身体的尖锐边缘与男性人物柔和的笔触。

女人拥抱着一个男人：她的右眼、半张脸、突出的右胸，以及抓着的手都清晰可见。除了他的无鞍外，这个男人并不引人注目。色情情绪增强了情绪，同时关注空间和探索结构。这幅画强调了正在发生的事情以及它是如何呈现的，这几乎是梦幻般的。观众感觉自己站在画面中男人的身后，看着女人浓浓的爱意。环境静谧非凡，气氛轻松平和。给人一种画中女人深爱着男人的印象，在令人难以置信的静止姿势和动态环境中融合了自然和生活的两个不同阶段。

无论如何，《吻》是不同的。画布上描绘的女人脸上带着焦虑，这是由于她周围的环境不和谐造成的。画家用鲜艳的色彩表达了内心的痛苦，一种失落的感觉显而易见。这可能是对人际关系的社会批评以及由此产生的女性所经历的疏远。她卷曲的嘴唇上也流露出一种含蓄的亲密。她眼中细腻的情感和脸颊上微妙的色彩，在喧闹的世界中营造出一种深沉的寂静，画家将观者的注意力吸引到她的感情上。她的表情和未知的身份让人产生一种好奇感，但背景柔和的光线和女人的脸却表明她正在恋爱。对于观众来说，这是一次偶然的经历。

第三天，那个女人来看这幅画，当她来的时候，阿部并不在画廊里。他正在同一家酒店七楼的套房里小睡，当他回来时，她正要离开。画布上的形象与她很像，对于艺术家来说，那就是格蕾丝的形象。画布上的一个女人亲吻一个看不见的人的画面显得自然、充满活力和感性。这幅画吸引了从早上九点到晚上八点川流不息的人流。体验画中所反映的莫名的美丽和痛苦是一种前所未有的兴奋。报纸和电视频道的评论赞扬了这件精美的艺术，并将其与最好的画作进行了比较。对于画布上看不见的形象有一些假设和预感，对于一些评论家来说，这个未知的人物就是耶稣。在列奥纳多·达·芬奇的《最后的晚餐》中，隐藏的人物是坐在耶稣旁边的抹大拉的玛利亚。在《吻》中，看不见的形象就是耶稣。一些评论家认为这幅画描绘了耶稣复活后在空坟墓的轮廓上亲吻抹大拉的玛利亚。

复活的耶稣是否与抹大拉的马利亚一同前往东方？一位审稿人在报纸上发表了一个疑问。另一方面，复活的耶稣告诉抹大拉的马利亚，他不能与她结婚或发生性关系，因为他是独身者。"玛丽的感觉如何？"审稿人提出了一个问题。她或许经历了难以想象的痛苦，或许她的心已经支离破碎。尽管除了约翰以外的所有门徒都逃离了耶稣，抹大拉的玛利亚在他受审和受难时却像磐石一样站立。她在他身边陪伴了好几天。她对耶稣的爱是无限的，她在坟墓口待了三天三夜，相信耶稣会从死里复活。然后他站了起来，抹大拉的马利亚是耶稣遇见的第一个人，他亲吻了她的嘴唇。"《吻》讲述的是抹大拉的马利亚和拿撒勒人耶稣的爱情故事，"电视演播室的一位主播解释道。

"先生，Anasuya Jain 来这里是为了看你的画。她打听过你的情况。"艺术商场的经理说道。

"阿纳苏亚·贾恩！"阿部惊呼道。

"是的先生。她是酒店老板和艺术画廊，"经理补充道。

安倍知道阿纳苏亚·贾恩（Anasuya Jain）是城里一位富有的实业家。她拥有许多酒店、餐馆、医院和信息技术公司。但她看起来很像果阿阿瓜达堡附近辛格林海滩上的那个孤儿格蕾丝。

"阿部，你毫无疑问地相信。一切都有不同的维度。当我早上在海滩上买鱼时，如果价格太低，我就不会买，因为我知道我不会卖掉它，因为市场上有足够的鱼。在做出决定之前，你需要评估利弊，"格蕾丝告诉安倍，当时他们住在辛格林阿瓜达堡附近贫民窟的一个小棚屋里。

"你告诉我，我必须超越表面价值。你也是这样吗？"阿部问道。

"当然，我说的可能有不同的含义。事物的意义是根据上下文而定的，"格蕾丝澄清道。

他知道格蕾丝正在谈论她的经历，这些经历是她与严酷的生活现实作斗争，与那些总是考虑个人利益和生存的有血有肉的男人和女人一起工作时获得的。Abe 从 Grace 身上学到了很多东西，比他在印度理工学院学习四年和在新加坡南洋理工大学毕业后两年学到的东西要多得多。格蕾丝的神态轻盈，十分华丽。她轻盈的动作充满可爱，她夏日的表情就像华丽的色彩组合，但她的实践知识却充满活力。安倍对她一见钟情。

"答应我，你不会不尊重女人；未经她同意，永远不要碰她，也不要强迫她做任何事。那么我将永远是你的朋友，"格蕾丝在第一天说道。

"格蕾丝，因为你，我才成为现在的我。我能感觉到你在我体内。你帮助我发展了我的个性，"亚伯低声说道。格蕾丝是一位朋友和恩人。她非常有爱心和体贴，有时表现得像个老师，尽管她可能比他小一岁。那天晚上，亚伯很长一段时间都在想着格蕾丝。他第一次见到她是在卡兰古特海滩。

"先生，欢迎您来到我们银行担任人工智能部门主管。从您入职的那天起，您就成为我们中的一员，您将与我们一起塑造银行的未来。让我们把它打造成一个决定我们所在国家的金融发展和社会状况的伟大机构。你被任命到我们位于孟买的南亚主要办公室，你可以在二十一天内就职。"校园选拔委员会主席在南洋大学面试结束时说道。

这是一家享有盛誉的国际银行，提供有吸引力的薪酬和一流的设施。安倍对自己的工作很满意，因为他多年的正规学习结束了，人生的另一个阶段开始了。该银行的主要办公室位于孟买的纳里曼角，靠近它，并分配给他一套免租金的三居室公寓。

他的父母称他为阿贝。在学校记录中，他是亚伯拉罕·莉莉·托马斯·普森。按照喀拉拉邦叙利亚基督教传统，他祖父的名字就是他的。莉莉是他母亲的名字，托马斯是他父亲的名字，普森是他的姓氏。他的亲密朋友称他为阿部。在学校和大学期间，他是亚伯拉罕·普森。

在从新加坡飞往卡利卡特之前，他告诉父母这个好消息：一家信誉良好的银行提供了诱人的工作机会。他的父母很高兴见到他，十天来，他们在傍晚时分与他一起在安倍母校圣约瑟夫学校附近美丽的海滩上散步。他前往瓦亚纳德，他父亲的祖籍和母亲的艾扬昆努。马拉巴尔城镇的许多提供最好食物的餐馆庆祝了他们的团结。"卡利卡特、Thalassery 和 Kannur 的食物与意大利、西班牙或法国最好的餐厅的美食一样好，甚至更好，"他的父亲经常说，他曾在美国几所大学担任客座教授多年。意大利、西班牙和法国。莉莉也喜欢和阿贝和她的丈夫一起出去吃饭，精心准备的羊排——马拉巴尔印度香饭是她的最爱。托马斯和莉莉是好朋友，他们把阿贝当作最好的朋友；他经常和他的父母下棋，他们都是大学老师，喜欢和他们一起度过很长时间。

托马斯·亚伯拉罕·普森教授存在主义哲学，主要是索伦·克尔凯郭尔、弗里德里希·尼采、马丁·海德格尔和弗朗茨·卡夫卡。他在牛津大学攻读博士学位时，研究了马丁·海德格尔和埃德蒙·胡塞尔著作中的存在*主义和现象学*。莉莉专攻*存在主义文学中的自由概念*。她的博士学位是对《阿尔伯特·加缪的*陌生人*》和索邦大学让·保罗·萨特的《恶心》的比较研究。托马斯和莉莉总是谈论存在主义、现象学和人文主义的影响及其对国内文学的影响。因此，安倍深深崇敬人文主义，画了十几幅人类存在的画作。当他想进入艺术学院学习绘画时，他的父母鼓励他学习计算机科学专业。他们告诉他，他可以对人工智能进行更深入的研究和研究，这将帮助他创作抽象但超现实的绘画。安倍在新加坡研究生阶段研究了人工智能，并在人工智能的支持下，用画笔和色彩绘制了后现代肖像，并由他的计算机开发了令人惊叹的设计。

安倍在非宗教、世俗的氛围中长大，因为他的父母都是无神论者。他们在家里从不谈论上帝或魔鬼，并给予安倍绝对的自由来决定他的个人生活。当亚伯出生时，他的祖父亚伯拉罕·约瑟夫·普森告诉他的妻子，他的孙子看起来就像裸体的婴儿耶稣。他想在叙利亚马拉巴尔天主教堂给婴儿施洗，洗礼的名字就是耶稣。祖父坚持让孙子在使徒圣托马斯创立的教堂里成为天主教徒，并带着婴儿到当地的教区教堂接受洗礼。

尽管如此，教区神父告诉他，喀拉拉邦的叙利亚天主教徒没有给孩子起圣名的传统。亚伯拉罕·约瑟夫·普森不情愿地允许教区牧师给婴儿起名叫亚伯拉罕。但他继续称呼他的孙子为"耶稣"。安倍在九岁时接受了他的第一次圣餐和坚信礼，当主教用圣油在他的额头上画出十字架时，他的祖父母在两侧。安倍很爱他的祖父母，并和他们一起走遍了喀拉拉邦。他的祖父想带他参观圣托马斯在从以色列来传播耶稣福音时在马拉巴尔海岸建立的七座教堂。按照规范，软管教堂逐渐被称为叙利亚马拉巴尔，并在安提阿主教的领导下。礼拜仪式中使用的官方语言是阿拉姆语。祖父表达了他希望孙子进入神学院并成为一名牧师和主教的愿望。但在他死后，安倍在成长过程中对基督教没有任何依恋。他的母亲莉莉和父亲托马斯·亚伯拉罕认为安倍可以享受更多的自由，作为一个非宗教人士过上基于理性和科学的生活。

安倍在耶稣会士开办的学校接受小学教育。他们的培训通过鼓励学生在不同的生活领域发展他们固有的才能和能力而变得有益。安倍意识到基于 Ratio Studiorum 的耶稣会教育帮助并提高了他；他对数学、物理和绘画产生了浓厚的兴趣。耶稣会士注重安倍的以人为本的教育，如综合性、价值为本、追求卓越、适应相关性、参与性、创造公正社会等。耶稣会士称之为伊格纳修斯教育法，安倍将所有这些价值观内化，并经常表达他作为耶稣会学校学生的幸福。他向他们学习，相应地塑造了自己的个性，并且始终珍视对耶稣会士的无声和含蓄的崇敬，主要是因为他们在教育方面的愿景和使命。

高中时，阿部开始在市美术馆展出他的画作，这得益于他的班主任、一位耶稣会牧师的支持和鼓励，老师帮助他学习了绘画的基本课程。安倍在两年内就能创作出现代抽象画，深受艺术爱好者的赞赏，耶稣会士帮助他在班加罗尔和钦奈展出这些作品。其中一件展览名为《裸体的耶稣》，在艺术爱好者和公众中引起了许多讨论和争议。安倍本想将其命名为"复活的主"，但他的班主任耶稣会牧师建议将其命名为"裸体耶稣"。

在印度理工学院，安倍无法培养他对绘画的迷恋。但在新加坡，他在绘画学院报读了两个学期的绘画课程，除了印象派、立体派和超现实主义的基础知识外，这帮助他学习了伟大绘画大师所使用的风格。安倍不仅仅是一个忙于开发人工智能算法的计算机奇才,他认为自己是一位描绘人类斗争和主题情感的画家,一位潜伏在他意识中的画家。

在果阿度假后,在他的基本画作中,只能看到一个形象:格蕾丝,他用多种方式描绘她,表达她的情感、情绪和感受。然而,在《吻》、《拥抱》和《女棋手》中,Anasuya Jain 的脸让他感到不安;拍摄对象与她相似。他从来不想画任何其他女人,除了格蕾丝和后来的艾玛,而是阿纳苏亚·贾恩,她的脸是他所画主题的复制品。在《女子棋手》中,一位美丽的女子正在下棋。这幅画的焦点是海滩上棋盘前的一个女人,她身后是平静的蓝色大海,就像一个巨大的棋盘。然而,她周围的一切依然存在,而是一种与生俱来的活力和活力。矛盾的是,只有一位国际象棋棋手暗示格蕾丝正在与全世界对弈,而且她的棋步经过精心计算且准确无误。她能够战胜世界,因为她有智慧、睿智、意志力和耐力来克服一切困难。安倍*在华盛顿特区国家美术馆*展出了这幅画三天,其风格和影响力获得了好评。第一天,一位不知名的俄罗斯亿万富翁以未公开的金额购买了它。

阿纳苏娅·贾恩打扰了阿贝,她的脸日日夜夜都留在他的脑海里。第二天一早,吃完早餐,就接到了酒店经理的电话:

"先生,一封来自我们主席 Anasuya Jain 女士的信。要不要我去你的套房送?"他问。

"是的,请,"阿贝回答道。

经理在五分钟内到达了套房,递给了一个优雅的信封,上面写着*独身者*。安倍打开信封,开始读信笺上的信,而不是耆那教工业公司董事长的信。没有任何多余的装饰,用词很准确,称他为"独身先生",这是他在酒店登记册上登记的。她写道,她喜欢这幅画,"它看起来独特而精致,让她的内心产生了莫名的震动,并引导她回到了过去。"她进一步告诉他,如果这幅画还没有被人收购,她很乐意购买它作为她的"个人珍宝,因为它是现代绘画中的无价之宝"。她写信说她想见他,请求他给她预约第二天下午在他的套房讨论购买手续。她让他通过电话或通过酒店经理发消息通知她会议的情况。这封信的署名是"Anasuya Jain"。

阿纳苏亚·贾恩,你是格蕾丝吗?安倍在心中问道。否则,为什么这幅画会引导你回到你的过去,阿部争论道。他告诉酒店经理,欢迎阿纳苏亚·贾恩(Anasuya Jain)第二天下午四点在他的套房里喝着茶杯与他见面。

Abe 想更多地了解 Jain Industries 和 Anasuya Jain。他要求酒店经理从酒店图书馆向他发送一份耆那教工业名录。有数十页专门介绍耆那教工业的起源和发展。它的创始人是阿特曼·贾恩(Aatman Jain),他是拉贾斯坦邦乌代浦的孤儿,后来移居孟买。他开始在一家珠宝店工作,五年内就在维多利亚航站楼对面开设了自己的珠宝店。十年之内,他在全市又开设了三家珠宝店。当他大约二十八岁的时候,他唯一的儿子阿迪纳特于十九四十九年出生。公元 1965 年,他父亲去世后,他从父亲手中接过了生意。Aadinath 非常有活力和大胆。他将生意扩展到酒店业,十年内在孟买开设了三家七星级酒店,并逐渐开设了非常成功的餐馆和医院。一千九百七十三年,他的儿子阿吉出生。

一千九百七十五年,阿纳苏亚出生。她在该市一所天主教修女开办的学校接受小学和高中教育,并毕业于圣泽维尔学院。她进入伦敦经济学院攻读硕士学位,并在两年内获得了沃顿商学院的 MBA 学位。返回印度后,她在果阿的贫民窟隐姓埋名生活和工作了一年,从事体力劳动。这是一个学习生存策略的过程。阿部突然停止了阅读。

格蕾丝,你改变了很多。但您不是陛下,我在卡兰古特遇见了您,并在阿瓜达堡附近的辛格林与您一起待了大约九个月。我从没想过你是另外一个人。你聪明、机智、勇敢,但你从来没有透露过你受过高等教育。你只字不提你的家庭、经济和教育背景,我以为你是一个没有受过多少教育的女孩，一个孤儿。这是多么具有欺骗性啊。尽管你从未对我做过任何事，从未让我陷入困境，从未阻碍过我的事业，从未摧毁过我的未来。我做出的所有决定都是我自己的，因为我从未说过任何关于我的背景的事情，因为我们对过去或未来不感兴趣，只对现在感兴趣。我感到很难过，因为你没有透露你的真实身份，尽管我无法展示自己的真实身份。我们从相遇的地方开始，又从分离的地方结束。我知道我不应该责怪你或挑剔你。你对我总是端庄、体贴、温柔；你爱我，我在很多场合都能感觉到。你喜欢我的陪伴，就像我喜欢你的存在和亲近一样。

阿纳苏亚·贾恩（Anasuya Jain）留在果阿贫民窟，体验生活的严酷现实，并学习如何面对极端情况下的生活。她没有带钱，也没有开设银行账户；她从未向任何人透露过自己的行踪，甚至包括她的父母。她没有给任何人发电子邮件，也没有在任何社交媒体上进行交流。这是一次学习和技能的培养，一年的经历教会了她如何与人打交道，并帮助她在不接受失败的情况下努力取得成功。这是社会价值观和标准的内化，同时又保护了她自己的价值观和标准。对于 Anasuya Jain 来说，这是她一生中最宝贵的经历。进一步阅读后，阿部停顿了一分钟。

格蕾丝，我是你的小白鼠；你们利用我来学习和发展技能，却从未考虑过我的个性、个性和尊严。你利用了我。

不，格蕾丝，你从来没有把我当作棋子。你向我表达了尊重和关心。我接受了你的邀请，和你一起住；这是一个绅士的决定，我不应该因为后果而责怪你。

2010 年，她的父亲去世后，Anasuya Jain 成为 Jain Industries 董事长。她的兄弟阿杰拒绝了这个世界，他是一名迪甘巴尔萨尼亚西（*Digambar sanyasi*），一个赤身裸体的耆那教乞丐。阿纳苏亚·贾恩（Anasuya Jain）追随父亲的脚步，在印度西部地区又收购了两家酒店、一家超级专科医院、一家连锁超市和两家信息技术公司。

格蕾丝很聪明。六月十九日九十九日,安倍遇见了她;他永远无法忘记那天或她的脸。安倍与父母在卡利卡特度过了大约两周的时间,随后前往果阿呆了五天,并考虑在孟买度过一个短暂的假期后前往孟买。他从卡利卡特搭乘航班飞往果阿达波林机场,落地后前往卡兰古特参观金色海滩并在那里过夜。安倍从机场乘坐巴士前往卡兰古特,将背包放在座位下。里面有一个钱包,里面有现金、一张信用卡、一张借记卡、一部手机、一张驾驶执照、两件衣服和生活用品。抵达卡兰古特后,安倍意识到他的背包不见了,所有东西都丢失了。公交车售票员很无奈,告诉阿部,看管自己的财物是他的责任;巴士公司对这起盗窃事件不负有责任,因为安倍不小心保管了他的背包。

优雅

安倍没有去警察局投诉,因为他没有钱贿赂警察督察和警员。索赔毫无意义,因为不可能拿回他的现金、信用卡和借记卡以及驾驶执照。后来,他从格雷斯那里得知,在果阿活动的当地和国际黑手党团体过去经常盗窃游客的财物并滥用他们的信用卡、借记卡和驾驶执照。

从中午开始,安倍就在海滩上闲逛,考虑前往孟买加入银行。三点左右,他去了卡车停车场,想确定是否可以免费搭车去孟买,说服了一名司机,但没有人愿意载他,担心他可能是犯罪团伙成员。之后,安倍于下午六点左右前往公交车站。没有司机愿意在不付票的情况下带他去孟买,尽管他和六个人谈过。安倍注意到一名年轻女子正在观察他。

"你要去孟买吗?"她问道。

"是的,"他说。

"你为什么不在白天出去旅行呢?这样更安全,"她说。

"是这样吗?"

"是的,当然了。大约五百九十公里;如果你乘坐公共汽车,可能会在十二个小时多一点的时间内到达孟买,"她补充道。

"但我请求一些司机免费搭我一程。"

"为什么?"她询问道。

"我的行李被偷了。我丢失了现金、信用卡和借记卡、驾驶执照和衣服,"他叙述道。

"这太糟糕了。所以,你没有钱买票,"该女子发表声明。

"是的。"

"所以，如果你今天不去，你会担心没有地方睡觉，"她问道。

"你明白我的问题，"他回答道。

"不用担心。你可以跟我住一晚，我给你车费；你可以稍后还给我。"她微笑着说道。

"留在你身边？在哪里？"

"你害怕吗？"她提出了反问。

"不，我不怕任何人。我面对现实和情况，并努力寻找解决方案。"

"那太棒了。我很欣赏像你们这样的人，他们面对问题，毫不畏惧地寻找解决方案，不接受失败，不逃避困难，"她说得很准确。

"看来你很实际。你有解决问题的诀窍，"安倍说。

"当然。我正在学习面对困难的情况。我必须忘掉很多东西；我需要从新的角度看待情况，评估情况，找到解决方案。"年轻女子的话语中流露出自信。

安倍看着她，想明白她解释的意思和背景。他同时感到好奇，同时也感到谨慎。她能理解自己所处的处境，并能清楚地描述出来。她不是一个普通的女孩，说话聪明，毫无拘束。

"你是？你住在哪里？"他问。

"我住在阿瓜达堡附近。来吧，我会从我的住处带你去看堡垒，明天早上，你就可以去孟买，到了晚上，你就到了这座不夜城。"她自信地说。

"我相信你，"他说。

'没有什么可以信任的。我不会吃你的。你可以和我一起吃晚饭，睡个好觉。"格蕾丝试图说服阿贝。

她身材很高，穿着粗布牛仔裤和 T 恤。她戴着一顶棕色帽子，外面看不到头发，这让她看起来身体活跃，心理自信。她大概二十四岁左右；她可能比他小一岁。

"我和你一起去，"他说。

"好，我们坐当地的公交车吧，十五到二十分钟就到我家了。"

她跑向一辆公共汽车，他跟着她。那是一辆私人巴士，他们坐的是最后两个座位。司机似乎很着急，因为他想为公司争取更多的乘客和更高的佣金。不到五分钟，巴士就挤满了乘客，其中许多人站着。由于车上太拥挤，他们发现在车上说话很困难。不到二十分钟，他们就到达了阿瓜达堡。

"我们下去吧。我们已经到达辛格林海滩了。"她在他耳边说道。他们费了好大劲才从车里挤出来。当他们降落时，她向他展示了黑暗天空下巨大的阿瓜达堡。

"我留在堡垒的另一边。我们需要步行大约十分钟。走在我身边，"她说。

她动作敏捷，走得很快。安倍注意到，她的每一步都充满了决心。

"每天早上和晚上，我都会走过这条路。你看，路上没有铺柏油，所以到处都是坑洼。但这不是问题。我们必须步行并走完这段距离；这就是我们的目标，"她对他说话，他默默地听着她。

路上光线不足。但往返的人很多，主要是工人。

突然他们来到了一个贫民窟，里面满是小棚屋，但还算干净。

"我留在这里，那是我的家。这里大约有一百栋房子，"她指着他，那是一个覆盖着聚乙烯床单的小棚屋。

"欢迎来到我家。"她一边打开门锁,一边微笑着说道。

阿部震惊了。他没想到她会住在这样的小屋里,如果他知道的话,他也不会和她一起走。但他没有说什么,因为已经来不及回去了。

那是一个小房间。那里有一张用竹竿做成的固定大床。厨房就在旁边,木腿上铺着一块花岗岩板,还有一个煤气炉。他可以看到厨房桌子旁边有一个自来水水龙头,厨房桌子上有一个小冰箱。房间里没有任何家具,除了两把塑料椅子。

"你叫什么名字?"她一边摘下帽子,一边问道。

"我是阿部。"

"我是格蕾丝,"她说。

他注意到她有一头黑色短发,一直到耳垂,她的脸就像希腊女神雕刻的大理石雕像。他从来没有见过如此身材匀称、美丽动人的女人。

"每当我外出时,我总是戴着这顶帽子。它保护我,"格蕾丝一边说,一边观察亚伯凝视的眼睛。

"我们有意使用的某些东西给我们带来了不同的外观,"安倍评论道。

"你是对的。乍一看很难意识到现实,这很有趣。此外,每个人都会做出不同的真理,因为每个人都会创造自己所看到的东西,"格蕾丝说。

阿部惊讶地看着格蕾丝。她这句话,意味深长。她的讲话充满了经验,其中蕴含着很多智慧,但又很精确。

"那个角落里有厕所兼浴室,你可以洗澡,我可以给你烧点热水。"她边说边用煤气灶烧水。

"谢谢你,格蕾丝"。

当她听到他叫她的名字时，她看着他。

"这听起来不错。只有极少数人知道我的名字。其他人称我为"戴着棕色帽子的女孩"，格蕾丝微笑着讲述这个故事。

"你有一个美丽的名字和一顶充满男子气概的帽子"。

她看着他，再次微笑。

"浴室里没有水龙头，你需要从这个水龙头接一桶水。"她边说边把温水倒进桶里。

"当然，"他回答道。

"洗完澡后你可以穿这件*长裤*和 T 恤。两件都是我的，都洗过、晒干了。"她边说边把衣服递给他。

"谢谢你，格蕾丝；你非常体贴，"他评论道。

"别这么快对我发表意见。"格蕾丝笑道。

"这是事实"。

"你可以把衣服洗了然后挂在衣架上晾干。我可以在早上你走之前熨烫它们，"格蕾丝说。

安倍洗了个温水澡。虽然浴室很小，但他却感觉温馨舒适。当格蕾丝穿着长裤和 T 恤洗完澡出来时，他开怀大笑。

"你看起来不一样了，是的，突然间你就变了。人们改变和适应新情况的速度有多快，"她评论道。

"确实如此，但我穿着你的*长裤*和 T 恤感觉很舒服，尽管 T 恤对我来说又紧又短。但这是事实；这是我第一次穿女人的衣服。"

"你比我高。再说了，我给自己买的衣服从来没想过有一天会有男人穿。但现在你可以透过我的衣服看世界。"格蕾丝拿着一桶温水去浴室时，做了一个观察。

阿部坐在塑料椅子上。在那里很有趣。安倍从来没有想象过这样的地方、这样的情况。和一个年轻女子一起住在贫民窟中间的一个小棚屋里,穿着她的衣服,想着她,不仅有趣,而且可笑。安倍想乘早班巴士前往孟买,大约十二小时后即可到达。分配给他的公寓靠近银行,管家会在场,为他开门。在附近的餐馆吃晚饭,睡到第二天早上八点,九点前去银行报到,尽管他要提前三天到达银行,但还是可以的。

"嗨,你感觉怎么样?"格蕾丝从浴室里出来问道。

"太棒了,"他回答道。

阿部注意到格蕾丝穿着色彩缤纷的长裤和丛林衬衫。穿着那件简单的衣服,她看起来很迷人,确实很漂亮。

"我们吃晚饭吧,"她一边说,一边从小冰箱里拿出一些食物。

她在煤气炉上把食物一份一份地加热。有鸡肉块、炸鱼、蔬菜沙拉和*薄煎饼*。

"吃饱点吧,你可能饿坏了。"她边说边把盘子递给他。

格蕾丝和阿部从煎锅里取出肉和鱼。*薄饼*放在砂锅里,沙拉放在沙拉盘上。

他们手里拿着盛着食物的盘子,面对面坐在椅子上。阿部对格蕾丝工作的速度很着迷。他还注意到她的房子很整洁;她使用的厨房维护得很好而且很干净。

"好不好吃?"格蕾丝边吃边问道。

"丰盛又美味,"他回答道。

"通常情况下,我的晚餐会吃得很好,因为我的早餐是在早上上班前吃的,吃得不太饱。午餐总是很节俭,因为我每天都买不起餐馆的食物,所以我吃人行道上能找到的任何东西。但我非常注重正确和清洁的饮食"。

阿部饶有兴趣地听她讲话。

多吃点鸡肉和鱼吧。"她边说边把炸鸡腿和鱼放到他的盘子里。

"谢谢你，格蕾丝，"他回答道。

"我本来很饿，现在我吃饱了。你做的晚餐很棒，是我最近吃过的最好吃的。"他称赞她。

"你赞美了很多，这是纯真和友善的表现，"格蕾丝回应道。

"你的话很温柔，"他评论道。

"你的判断似乎很软弱，"格蕾丝说。

"你不认识我。有时我会非常鲁莽、固执和不理性，"他说。

"对自己有客观的看法是件好事。但大多数人在日常生活中都是非理性的，"她评论道。

晚餐后，阿部和格蕾丝一起洗盘子、勺子、叉子和盘子。然后她清理了厨房的桌子，扫了扫房间，包括浴室。

一般情况下，你什么时候睡觉？"她一边拖地一边问道。

"我十点三十分左右睡觉，"他回答道。

"我十点睡觉，早上四点左右起床，这样我就可以做饭、洗衣服，然后在七点左右去上班，"格蕾丝补充道。

"我也一样，早上四点左右起床，完成我所有的工作，"他看着格蕾丝说。

但她没有问他做什么工作。她对他并不好奇。

"安倍，你可能想知道你睡在哪里。不过别担心，你和我一起睡吧。"她擦完地板后一边洗拖把一边说道。

"与你？"他很吃惊。

"除了这张婴儿床之外,没有其他空间了。但有一个条件:不要故意碰我。我的意思是说,在你睡觉时和醒着的时候,任何非绅士行为都不会被接受。"格蕾丝坐在椅子上看着他的眼睛说道。

安倍能感觉到她很严肃,严肃得要命。

"相信我,我永远不会恶意碰你,"他回答道。

"我希望如此。让我们尊重彼此的尊严。"格蕾丝的话语明确而尖锐。

"从小我就学会尊重别人的自由,从不干涉别人的事。你不必害怕我。"亚伯斩钉截铁地说。

"这是一个很好的决定,一个大胆的决定,"她一边说,一边取下床罩,又放了一个给安倍的枕头。

"盖好身体,别着凉,睡在靠墙的床上,这样我就可以起床,不打扰你。"她一边劝道,一边递上棉床单和轻薄的羊毛毯。

"当然,"他回答道。

格蕾丝从里面锁上门,关掉灯,打开零灯泡。然后他们并排躺下。

"晚安,阿贝,"她祝他睡个好觉。

"格蕾丝,谢谢你的晚餐和睡眠安排。晚安"。

安倍睡得很香。当他四点三十分左右起床时,他看到格蕾丝正在熨烫自己的衣服,衣服铺在床上,衣服是他前一天晚上洗好的,挂在衣架上晾干的。

"好了。"她一边说,一边帮他折好裤子。

"早上好,格蕾丝,谢谢你熨烫我的衣服。但我本可以做到的。通常我不指望其他人做我的工作,"他评论道。

"早上好，阿部。你早上离开时我已经熨烫了。如果你留在我身边，我就不会重蹈覆辙，"她解释道。

他看着她，但没有说什么。

"你喜欢喝什么，茶还是咖啡？"她问道。

"任何事情都可以；我都喜欢，"他回答道。

"那么，我们去喝咖啡吧，"她说。

格蕾丝准备了一杯热气腾腾的咖啡，倒入两个大杯子里。

"阿贝，喝杯咖啡，"她说。

"真好吃，"他一边喝着热咖啡一边评论道。

"谢谢安倍的赞赏"。

"我喜欢这样的热咖啡，"他补充道。

"我也喜欢热咖啡。我每天早上起床后都会准备一个杯子，好好享受它，一边喝着这杯美妙的饮料一边计划我的工作日程。"Grace 微笑着说道。

安倍喜欢她微笑的样子。它有一种罕见的美丽和吸引力，他很喜欢看到她再次微笑，因为它有一种令人着迷的魅力。他左手端着咖啡杯，慢慢地喝了一口咖啡。

然后她打开钱包，拿出五张一百卢比的钞票，放在阿部的右手上，说道："这是你买车票的钱。"说着她又笑了。

"格蕾丝，"他突然喊道。

"是的，阿贝，"她看着他回答道。

"在到达孟买之前我还有四天时间。所以，我会和你一起工作三天，赚够我的公交车费。请允许我再陪你三天。我将支付食物和其他费用，"同时退还钱，他解释道。

格蕾丝惊讶地看着他。你想和我在一起吗？在这个棚屋里，在这个贫民窟里？"

"是的，格蕾丝。让我赚钱来支付我的开支。我不应该成为你的负担。由于我身体健康，我可以做任何工作并享受工作。我每天可以赚大约两百卢比，"他断言。

"你是对的。我一天赚大约两百五十卢比，这足以让我过上幸福的生活，"她解释道。

"所以，请允许我再陪你三天。"他恳求道。

"如你所愿，"她说。

将水装进容器后，格蕾丝和阿部准备了早餐、蔬菜三明治、煎蛋卷和粥。然后他们吃早饭，洗碗，清理厨房的桌子和浴室，然后在六点三十分左右去上班。格蕾丝从外面锁上了房子，把钥匙放在牛仔裤的内袋里，并调整了帽子，这样她就可以舒适地转动头部。她给了安倍一把备用的房子钥匙，并请他妥善保管。

格蕾丝像运动员一样走得很快，阿贝站在她这一边，因为他记得格蕾丝要求他站在她的右手边，而不是走在后面。他明白这有助于他们在走路时更好地交谈，并在需要时看着对方的脸。

"早上和晚上散步是很好的锻炼。它有助于肌肉强壮和健康。它还可以帮助我们正常呼吸，保持身体抵抗常见疾病，"格蕾丝说，

"格蕾丝，你走路像个士兵，"阿贝说。

"我是故意这样做的，我的帽子让我看起来像一顶帽子，"她解释道。

他们已经到了公交车站，一辆公交车正在等待发车。

"我们将在十五到二十分钟内到达卡兰古特海滩，"她在上车时说道。

"今天我们要做什么？"他坐在她身边问道。

"最有可能的是，我们将在鱼冷藏库工作。我们得把装满鲜鱼的车推到冷库。在某些日子里，渔民的渔获量会增加，但无法在市场上出售所有东西。如果当天全部卖完，价格就会暴跌，渔民、中间商、商人、鱼贩都会损失惨重，于是就有了冷藏。新鲜的鱼可以在那里存放几天，"格蕾丝解释道。

"你喜欢这份工作吗？"安倍问。

"当然。我已经选择了它。它给了我一份生计，我因为这份工作过上了有尊严的生活。此外，每项工作都是伟大的，使我们成为人，因为我们因工作而改变自己。看看你的周围，你所看到的都是人类努力的结果；我们集思广益，为每个人建设一个宜居的世界，从而塑造我们的环境。工作是我们的爱、信任和信念的结果。每天晚上回到家，我就期待着第二天的工作。你没有感觉到吗？"她向安倍提出了一个问题。

"当然，我喜欢做我的工作，但我选择工作。但现在我可能会喜欢和你一起工作，"他看着格蕾丝说道。

"当然，我同意你的观点。渐渐地我们需要选择我们的工作。但我们需要有各行各业的经验，这给我们面对未来的勇气、信心和信任。然后你就可以根据你的能力和能力选择你的工作，"格蕾丝解释道。

"你是对的，"他说。

"来吧，我们已经到了卡兰古特了。"格蕾丝起身说道。

很快他们就到达了海滩。

今天的收获非常好。看，有很多鱼，各种各样的鱼，"她继续说道。

"所以，我们有足够的工作，"他说。

"是的，我们今天可以赚更多的钱，至少每人三百卢比。"她兴致盎然。

冷库经理在海滩上，周围有六名工人。

"早上好，德苏萨先生，"格蕾丝向他打招呼。

"早上好，戴着棕色帽子的女孩。我们需要更多的劳动力来将捕获的鱼转移到冷藏库；至少还有五个，"迪索萨看着阿贝说道。

"他是阿贝，我的朋友，将和我们一起工作三天，"格蕾丝说。

"欢迎，阿部先生，"迪索萨与阿部握手说。

"D'Souza 先生，我们今天需要更高的工资，因为我们将做更多的工作，"格蕾丝要求道。

"你的期望是多少，"迪索萨问道。

"至少三百五十卢比，"格蕾丝说。

"这个数字非常高，"迪索萨说。

"工作更多，所以工资更高，"她坚定地说。

"我付三百块，但你必须在转移鱼后在冷藏室里帮我，"迪索萨说。

"同意，"格蕾丝说。

然后格蕾丝与所有其他工人交谈。他们一共有六个人。她对所有人都很友善和有礼貌，他们在谈话时表现出明显的尊重。

"今天你们所有人的工资都更高了，"她告诉他们。

"都是因为你，"他们说。

他们立即开始工作。格雷斯指派了两名工人根据鱼的品种将鱼装进小篮子里，两名工人把篮子装进停在距离海滩约五十米的水泥路上的手推车里。两名工人带着阿部和格蕾丝将车推到了大约两百米外的冷库处。阿贝觉得推装满鱼的车太难了，而格蕾丝却轻松地推着它。当格蕾丝看到阿部在推车上挣扎时,她演示了如何在没有太大压力的情况下操控车辆。

"你需要学习推车的技巧,但经过练习就会掌握,一个小时之内,你就会成为推车的高手。"格蕾丝一边告诉他,一边展示轻松移动手推车的技巧。

安倍说:"如果我使用正确的方法来推动它,我将培养轻松做到这一点的技能。"

"对于所有事情,我们都需要进行适当的技能发展和实践,生活中的所有职位都需要这样做,"格蕾丝说。

"现在我能做到,"安倍自信地说。

"这就是精神。你有学习它的意愿,也有掌握它的能力。当能力和技巧结合在一起时,你就会取得伟大的成就,"看着 Abe Grace 解释道。

下午一点,他们将大约一百辆装满不同品种鱼的手推车推到冷藏库,德索萨拍卖的海滩上没有剩下任何鱼。

"我们工作了六个小时,没有休息。你们所有人都做得很好。午餐后,我们将在冷库内工作三个小时。来吧,我们去吃午饭吧,"格蕾丝告诉她的同事们。

格蕾丝和阿部买了包装好的热薄饼,里面有土豆泥和炸鱼。他们坐在涵洞上,慢慢地吃着。有四份*薄煎饼*和蔬菜,还有两块鱼,装在银对开的纸盒里。格蕾丝打开背包,拿了出门前包裹的两瓶水,并将一瓶交给了阿部。

"安倍,你感觉怎么样?工作如何?"格蕾丝问道。

"它很重,对我来说很陌生。但我可以接,"安倍回答道。

"这是一个学习的过程,"她评论道。

安倍看着她,仿佛在质疑她的"学习"这个词。

"学习是为了什么？"他提出了一个问题。

"学习终生。每一个行动都可以帮助您成为一个更好的人并克服生活中可能遇到的障碍。我们现在所做的工作是对我们以后生活中可能遇到的更大情况、职位或环境的一个小设定。因此，每一个动作、每句话都是技能发展工具，"她看着安倍说。

她有一个目标导向。她的言行总是有目的的，在她准备面对更广阔的人生舞台时，会带来新的结果，达到顶峰。

"迪索萨是一个务实的人。他经营这个冷库是为了赚钱。当渔获量增加时，D'Souza 会大量拍卖鱼，并支付稍高的价格，尽管鱼量充足且渔民很高兴。他向工人支付略高的工资，他们很高兴与他一起工作。他是他们的第一选择。今天，他雇用了我们，给了我们更高的费用，并要求我们下午在冷库里帮他。我们本可以拒绝，但我们还是这么做了，因为他付给我们的工资更高。现在我们幸福了，他也幸福了。这就是生意盈利的秘诀，为各方创造利润。这是一种真诚的感觉，是每个人的自然兴趣。工作中存在人的因素；每个人的福利都经营一家企业，工人们为老板工作并期望更高的收入。这就是盈利的意义，这是一座双向的桥梁。"格蕾丝解释了商业成功的秘诀。

安倍听到她的智慧感到惊讶。格蕾丝远远超出了他对她的认识和生活的实际方面。同时她又很谨慎。除了坚持坚定的价值观外，她还善于分析自己的经验和人性关怀。

"在现实生活中，我们需要保持警惕和客观。讨价还价是这种警觉性和客观性的一部分。事情不会按原样发生，因为必须由人发起。事物不会自发地生长；人们必须给它们浇水。今天我们讨价还价以获得更好的薪水，因为我们必须做更多的工作。迪索萨准备支付更高的价格，因为他意识到他必须尽快完成工作并将鱼转移到冷藏室。于是，他准备付给我们每人三百块钱。如果我们没有讨价还价，迪索萨只付给我们两百五十。即使在那种情况下，我们也会感到高兴，因为我们可能认为我们一天的劳动得到了报酬。少付工资并不构成作弊，因为对方并没有要求更高的工资。因此，在任何情况下我们都需要争取我们的份额。这是我们固有的权利。高薪是劳动者的内在需求，这些需求会根据情况、地点和人而变化，因为没有什么是静态的。我们创造意义、目标和目的，每一个都是为了人类的福祉和我们人民的利益。"格蕾丝说，她的话在安倍的脑海中引起了微妙的反应。

从下午两点开始，他们就开始在冷库内工作，帮助技术人员根据鱼的品种和大小存储鱼。工作一直持续到晚上四点。随后，他们对冷库地面进行了一个小时的清扫，用清洁剂清洗，扫除垃圾，消毒，最后拖地。格蕾丝五点就停止工作，并要求工人们向经理领取工资。她核实了每个工人是否拿到了三百卢比，最后她要求阿部收钱。拿到三百卢比，他兴奋不已，仿佛这是一件宝物，从来没有与他从银行得到的七位数的总报酬相比。最后，格蕾丝拿走了她的工资。

"谢谢你，那个戴着棕色帽子的女人，谢谢你所做的出色工作，"迪索萨说。

"谢谢你，德苏萨先生，给了我们工作，"格蕾丝回答道。

"明天见。"他提醒她第二天的工作。

"再见，格蕾丝，"说

"来吧，我们行动吧，"她对安倍说。

他们脚步轻快。穿过许多条马路，一名男子在人行道上低价出售出口质量不合格的新衣服。

"来吧，我们给你买一些工作服，因为你不能在鱼市场穿裤子和长袖衬衫，"格蕾丝说。

格蕾丝寻找阿贝合适的尺码，并从大量牛仔裤和 T 恤中挑选出四条。

"从中选择最适合你的一个，"她问他。

安倍从中挑选了一对。

然后格蕾丝给阿贝拿了一套睡衣和一件睡衣。

"多少？"格蕾丝问店主

"九百八十。"他回答道。

"我们付五百五十，"格蕾丝说。

"付六百，就这么定了。"店主说道。

"完成了，"格蕾丝说。

阿部饶有兴趣地看着格蕾丝和店主讨价还价的过程。

格蕾丝从钱包里拿出六百卢比的钞票，交给了店主。

"格蕾丝，我将从我的工资中支付，"安倍坚持说。

"这是我送的礼物，"格蕾丝回答道。

"但我没有什么可以给你的回报，"阿部说。

"你已经给了，"格蕾丝说。

突然阿部看着她的脸，他看到她在微笑，她最迷人的微笑，就像蒙娜丽莎一样。

"我们去市场买点食物好吗？"她问他。

"当然，"他说。

他们去商店买了两公斤加工过的鸡肉和鱼。

"我来付钱，"安倍一边说，一边拿着两张纸币。

"你是我的客人四天了。所以，让我付钱吧。"格蕾丝坚持道。

她从菜市场挑选了一些秋葵、卷心菜和花椰菜。然后他们走到公交车站，乘坐公交车前往 Singuerim 海滩，格蕾丝付了车票，坐在了阿部旁边。

"阿贝,你感觉还好吗?"格蕾丝问道。

"我很好,格蕾丝。我不觉得累;我感觉神清气爽。这是一个奇妙的经历。辛苦劳动挣到钱是一种很棒的经历,而且那笔钱的价值很高,无法用数字来计算。这是一次高质量的体验。"

"你说得对,亚伯。穷人的钱比富人的钱更有价值。一名工人一天的收入为两百卢比,相当于亿万富翁的二十万卢比。所以,金钱没有比率尺度的价值,因为穷人的收入比富人的收入珍贵得多,"格蕾丝解释道。

这对安倍来说是一个新的启示,因为他以绝对价值计算金钱,现在,他意识到穷人的一加一是十,而富人的一加一永远是二。

当他们到达车站时,他们注意到阿瓜达堡闪闪发光,灯火通明。

"一些庆祝活动?"安倍像提问一样做出了陈述。

"执政党成员的聚会。他们经常在那里举行庆祝活动。"一边走向贫民窟,格蕾丝一边反应道。

"看,今天这条路上有足够的光线,因为从堡垒反射的光,"格雷斯继续说道。

"我们可以清楚地看到车辙,"安倍说。

当他们到达家时,可以看到棚屋外有很多人。

"他们也在庆祝,因为现在有足够的光线。通常晚上六点以后贫民窟就陷入黑暗。由于这是最黑暗的地方,没有人关心这里有人居住,"格蕾丝说。

嗨,拉克西米、苏希拉、艾莎。"格蕾丝在棚屋外向邻居们打招呼。

"嗨,"他们回答道。

"嗨,一个戴着棕色帽子的女孩。"一些孩子这样称呼她。

嗨克里希纳，嗨帕拉维，"她祝愿他们所有人。

"你好吗，格蕾丝，"维维安·蒙泰罗夫人把她的两栋房子叫了出来。

"我做得很好，蒙泰罗夫人；你好吗？"格蕾丝说道。

安倍用热水洗了衣服，涂了一些洗涤剂，然后用温水洗了个清爽的澡。

"睡衣和睡衣很适合你，"格蕾丝从浴室出来时说道。

"这是你的礼物，"他回答道。

格蕾丝微笑着。阿部可以看到她站在炉子前微笑。火焰映照在她的脸颊上，在她的脸上舞动，显得光彩照人。格蕾丝是百万分之一。

"安倍，我们晚餐吃米饭、咖喱鸡和*秋葵扁豆*。你怎么认为？"建议格蕾丝。

"当然，"阿贝回答道。

"现在，让我洗个澡；然后，我们开始做饭。"格蕾丝说。

安倍打开他的衣服包，喜欢牛仔裤和 T 恤，因为它们看起来不错。这是三天，他想。他想知道他会从他们身上看到什么？他一生中从未对一套新衣服如此着迷。它们看起来多么珍贵，

浴室的门打开了，格蕾丝进来了。她穿着一件色彩缤纷的睡衣，上面有红色和黄色的玫瑰花和绿叶。

"格蕾丝，你看起来棒极了，"阿贝看着她说道。

"谢谢安倍的赞赏。有时会很渴望听到这样的话。然而，往往没有人可以欣赏，没有人可以一起旅行，"她反应道。

"确实如此，格蕾丝，"亚伯边说边朝炉子走去。他热切地看着她如何做咖喱鸡。马萨拉的香气弥漫在整个房间。

"我是一个素食主义者。三年前，当我在其他地方时，我开始吃肉、鱼和鸡蛋，意识到它们对我的健康和保持体力至关重要。"格蕾丝在他面前讲述了她的一段过去。

"我从一开始就是一个肉食者。我的母亲和父亲曾经烹饪各种类型的肉、鱼和鸡蛋。我很喜欢他们做的食物。我喜欢在妈妈做饭时站在她身边，"站在旁边的格蕾丝·阿贝说道。

"这就是你站在我身边的原因吗？"格蕾丝笑着问道。

他们互相看着对方，都抚摸着他们之间的一种氛围，他们可以体验到但无法解释。它就像一股看不见却又强大的电流，相互关联、脉动且充满生机。那股力量将他们联系在一起，不允许他们分开，仿佛有一股力量将他们无限地拉在一起。站在一起，靠近，但不碰对方是一种快乐。在那个阶段，触摸是令人厌恶的。接触对方并不重要，因为接近可以增强生活、刺激和偶然。他们感到诱惑，一种与一个能够激发持久期望并被实现的人在一起的追求，这是一种煽动性的追求。

然后电饭锅发出哨声，阿部笑了。

他的心仿佛在吹口哨，在庆祝，在宣告。哨声是一种宣告，一种预兆，表明他享受自己的存在，享受他的存在本身，并享受恩典。这种意识的美丽和统一是无限的，他带着恩典从宇宙的遥远角落走来。他们并肩飞向深不可测的太空，闪烁着星星的光芒。他们避开了黑洞并走向了永恒的幸福。安倍可以触摸和感受星系、行星、海洋、山脉、森林、河流、草原和开满鲜花的山谷。他不知道该对格蕾丝说什么，也不知道如何向她解释自己的感受。

"我要切秋葵吗？"突然他问她。

"当然可以，但不要征求我的许可；这是我们的房子，我们正在做饭，"格蕾丝说。

当 Abe 把秋葵切成小块时，Grace 开始在平底锅里煮木豆，当它半熟时，Abe 将秋葵块倒入其中，加入一些油，切片番茄，姜蒜酱和少许盐。

"看来你做饭不错。"格蕾丝评论道。

'这是我从妈妈那里学来的。她教会了我很多东西，尤其是如何与女性相处，"阿部解释道。

"向母亲学习的男孩成长为文明、有文化的男人，"格蕾丝发表声明。

"我同意你的看法。尽管我不相信特定性别的角色，但大多数价值观的社会化和内化都是因为女性，"他解释道。

"晚餐准备好了，"格蕾丝宣布。

他们坐在椅子上，开始吃米饭、咖喱鸡和秋葵炒豆。

"你们的咖喱鸡非常诱人而且美味，"阿部说。

"我喜欢你的*秋葵鱼苗*，"格蕾丝回答道。

"格蕾丝，你怎么总是保持着愉快的表情呢？"阿部问道。

"我热爱生活。我喜欢与生活有关的一切。对我来说，生活很轻松。我的哲学是在某些日子为他人带来光明，并且在我处于黑暗中时不羞于向他人借用光明。光带来希望，希望带来爱。没有爱就是地狱，所以我们说地狱里没有光。"格蕾丝微笑着，洁白的牙齿闪闪发光。安倍在她的眼中看到了罕见的光芒。

"这是一个伟大的哲学，让我向你借用它，"他说。

"我已经准备好送给你一辈子了。"格蕾丝坦白道，她看着亚伯，又笑了。

"当有希望时，生活就会变得更容易。没有希望的生活是艰难的，生存就成为一项严肃的任务。所以说，光、希望和爱，这三者是幸福满足生活的本质，而其中最珍贵的是爱，因为它包含着光和希望。"格蕾丝若有所思。

"我同意你的看法，格蕾丝。"

吃完晚饭，他们洗碗，扫地，拖地。贫民窟和他们的小屋里光线充足。

"安倍，你会下棋吗？晚饭后我偶尔会一个人玩，"格蕾丝问道。

"当然，我以前经常和父母一起玩，在学校里，但在大学时很少玩，"安倍回答道。

"那些天，我一个人玩。为双方下棋很有趣，"格蕾丝说，同时从小床下的盒子里取出棋盘和棋子。

她把棋盘铺在小床上，坐在床的同一侧，看着阿部。

"因为你是我的客人，你玩白色，我玩黑色，"格蕾丝坚持道。

"任何事情都对我有用，"安倍说。

这些部件是木头制成的，木板是厚塑料的，阿部可以从中间折叠起来。

Abe 将他的王侧棋子移动了两次，Grace 将她的后侧棋子移动了两格。然后他们推动下一个棋子，为第一个棋子提供一个空间。之后，阿部移动了他的骑士，格蕾丝移动了她的主教。在第六步中，阿部意识到格蕾丝是一位强大的棋手，因为她用她的骑士俘获了他的第一个棋子。第十步，阿部拿走了她的棋子。但下一步，格蕾丝与她的主教进行了检查，而阿贝则用他的骑士进行了辩护。第十八步，格蕾丝带着王后攻击阿部的国王，阿部无法保护他的国王，将死。

安倍静静地坐着，反思着他最后的五步棋，他不敢相信格蕾丝能够将死她的王后，因为他没有预料到这一点。她的行动虽然突然，但却是经过精心策划和计算的。

"恭喜格蕾丝，你是一个很好的棋手，没想到你能把智能游戏玩得这么优雅。"阿部一边欣赏着格蕾丝一边说道。

格蕾丝在下一局中下白棋，并将两个棋子移动到一起。阿部用他的后侧棋子做了两次动作。格蕾丝在第七步中吃掉了他的棋子，阿部在第八步中赢得了格蕾丝的棋子。阿部在第十二招就能抓住对手的骑士，从格蕾丝的表情来看，他认为这对格蕾丝来说是出乎意料的。第十四步，格蕾丝又吃掉了阿部的另一颗棋子。亚伯下一步进行了易位，格蕾丝将她的王后对角移动了四个格子。这为阿贝打开了空间，他在棋子和象的保护下与他的骑士进行了将死。

"恭喜阿部，你打得很好。你的进攻很出色，但我的防守很弱。"格蕾丝说道。但亚伯心中潜藏着怀疑，格蕾丝是否故意牺牲了她的骑士。

"已经十点了，我们去睡觉吧。明天，我们将再次与 D'Souza 合作，根据捕获量将鱼转移到冷藏库或冷藏室内，"Grace 说。

"晚安，格蕾丝，"他说完就睡着了。但在陷入沉睡之前，他再次分析了自己最后的七招。格蕾丝是否牺牲了她的骑士来帮助他获胜？

第二天，他们七点出发，半小时内就到达了卡兰古特海滩，迪索扎带着一大早捕获的小山鱼正在等待他们。

"如果下周没有收获，我就会成为一个富人，"迪索萨说。

"如果没有收获，我们去哪里上班？"格蕾丝提出了反问。

"我会在接下来的两天里为你们俩安排工作；之后，如果下周没有渔获，你们必须找出适合你们的工作，"迪索萨解释道。

"没关系。让我们开始我们的工作吧。今天有多少工人？"格蕾丝问道。

"和昨天的数字一样，"迪索萨回答道。

"所以，工资和工资一样，但今天冷库里没有工作，"格蕾丝说。

"同意，"迪索萨说。

他们立即开始工作。两名工人将鱼装满篮子，两名工人将它们推上手推车，包括格蕾丝和阿贝在内的四人将手推车推入冷藏室。

阿部发现推手推车很容易，因为他积累了处理手推车的经验。此外，穿牛仔裤和T恤比穿裤子和长袖衬衫工作要舒服得多。现在安倍看起来就像一个真正的工人。最重要的是，他很享受与格蕾丝一起工作，并且知道他在其他任何地方都不会得到如此纯粹的快乐，即使是在那家国际银行舒适的办公室里。阿贝喜欢和格蕾丝在一起。

"安倍，你今天穿着牛仔裤和 T 恤看起来很漂亮，"格蕾丝一边推着装满鱼的手推车一边告诉他。

"这是你的选择，我喜欢它，"安倍说。

午休时间，他们走到马路另一边靠近泽维尔教堂的一家传统葡萄牙餐厅。

"今天，我请你吃饭。"格蕾丝说道。

"你为什么要给我请客？"阿部问道。

"因为后天将是你和我在一起的最后一个工作日，"格蕾丝说。

"既然如此，那我就请客吧。"安倍试图说服她。

"但你是我的客人，"格蕾丝回答道。

然后格蕾丝点了 *Caldo Verde*，这是一种由土豆、切碎的羽衣甘蓝、大块的 *chourico* 和辛辣的葡萄牙香肠制成的汤。半份 *Cozido* 是一道葡萄牙菜，由各种肉类为主菜，半份 *Arroz Caldoza com Peixe* 是一种厚实的蔬菜米饭，配上新鲜的鱼糊。

"看起来棒极了，"上菜时，安倍说。

"阿贝，你真是个好人，我很喜欢你。你温柔体贴，尊重他人的尊严。"格蕾丝一边吃着食物一边说道。

她的话语温柔而温暖，阿部听她说话感到很高兴。但他没有对她的言论发表评论。

"后天就是我和你在一起的最后一个工作日，然后我就走了。我不知道是否还能再见到你。但我一定会想起你，想起你的礼物和热情好客。我在其他地方找不到如此珍贵的礼物或遇到像你这样的人。你有巨大的勇气帮助像我这样的陌生人，邀请我去你的家，你一个人住在那里。而且，你让我和你睡在同一张床上，这个世界上没有人会相信这种简单、诚实和开放的行为。这是源自光、希望和爱的信任的顶峰。你给我做饭，给我泡热水洗澡，给我穿你的衣服，和我下棋，还故意输掉一局来挽回我的面子。"

"不，阿部，你是一位优秀的、非凡的棋手。我喜欢一次又一次地和你一起玩。"格蕾丝微笑着说道。

"今天，我们将像职业球员一样踢球。不流露情感，不牺牲帮助对方获胜，"安倍建议道。

"安倍，你是一位真正的专业人士、诚实的人。和你在一起很高兴，"格蕾丝说。

饭后，他们喝了热咖啡。

下午两点，他们又开始工作，到了三点三十分，就可以把整条鱼转移到冷库了。

然后他们每人从迪索萨那里收了三百卢比。格雷斯非常特别，他向所有其他工人支付相同的金额。

格蕾丝和阿部去一家临时商店买了大米、小麦粉、食用油和马沙拉。格蕾丝要求店主将这些食品装在两个单独的手提袋中，因为这样更容易携带。

安倍说："我很高兴拿着这个手提包，因为它表明我们要回家了，我们自己的家。"听到阿贝的话，格蕾丝笑了。

像往常一样，他们乘坐当地巴士前往辛格林，巴士上几乎空无一人，他们听到司机抱怨自己那次行程没有载到足够的乘客。阿瓜达堡上没有灯光，道路漆黑，很难看清坑坑洼洼。贫民窟一片寂静，孩子们在棚屋里昏暗的灯光下做作业。

安倍用加了洗涤剂的热水洗了衣服，然后洗了温水澡。然后轮到格蕾丝了。随后，他们准备了简单的素食晚餐。他们并排坐着，手里拿着盘子，谈论了很多事情，阿部很喜欢听格蕾丝说话。他们的团结具有非凡的美丽、简单和真实。他想问格雷斯为什么她一个人呆着，并让她如此专注于她的任务。是什么让她如此积极，又为何充满正能量？但他没有问她，因为这些问题无关紧要。

安倍渴望一个人，却无法解释那个人是谁。但在格蕾丝面前，他感受到了平静和快乐。"格蕾丝，你与众不同；你是独一无二的。"他在心里说道。

果阿之家

格蕾丝和阿部晚饭后没有下棋,因为格蕾丝告诉他,她会唱一些印地语老电影歌曲来纪念阿部。她坐在小床上,背靠在墙上,双腿向他伸展。他注意到她的两个食指上都戴着银戒指,他想触摸戒指,但他抵制住了诱惑。

"阿部,我给你唱两首歌;第一首是《Kabhi Kabhi Mere Dil Mei》,由 Sahir Ludhianvi 创作,由 Khayyam 作曲,由 Mukesh 演唱。"Grace 向他介绍了这首歌。

然后她深吸了一口气,停顿了一下,开始唱歌。突然,阿贝进入了一个充满浪漫和分离与记忆的微妙痛苦的新世界。她的声音悦耳动听;这触动了他的心和头,他一动不动地坐着。阿部听得入了迷,歌声结束后,他看了格蕾丝好一会儿,什么也没说。

"我很喜欢它。你是一位出色的歌手,"安倍说。

第二首歌是"Tujhe Dekha Toh Yeh Jana Sanam"。

"这首歌来自电影 *Dilwale Dulhaniya Le Jayenge*。阿南德·巴克什(Anand Bakshi)创作了拉塔·曼格什卡(Lata Mangeshkar)和索努·尼加姆(Sonu Nigam)演唱的歌词,"格蕾丝介绍道。然后她开始唱歌,他觉得太光荣了,阿贝认为他和格蕾丝就是这首歌的主角。

"这是一场美妙的表演,"演唱结束后阿部说道。

格蕾丝看着阿贝,他注意到她的眼睛闪闪发光。

"格蕾丝,我钦佩你,"告诉安倍打开了他的心扉。

"哦,阿贝,"她惊呼道。

"格蕾丝，让我问你一个问题，"安倍说。

"当然，阿贝，"格蕾丝回答道。

"你为什么要把这些戒指戴在食指上？"

"请不要认为我迷信。这些戒指代表我和我未来的丈夫；左边是我，右边是我的爱人。当我嫁给我爱的人、我最敬佩和尊重的人时，我会把这些戒指摘下来。"格蕾丝坦率而准确。

阿部想问她是否已经找到心爱的人了，但他没有。

然后他们就睡了。当阿贝站起来时，他看到格蕾丝正在熨烫他的衣服。

"因为它是牛仔裤，所以需要更多时间才能晾干，所以我想到把它卷起来，"她说。

"谢谢你，格蕾丝，早上好，"他祝她。

"早上好，亲爱的安倍，"她说。

突然，阿部发现格蕾丝在祝福他的时候又多了一个词，"亲爱的"。

"我要给我们俩准备睡前咖啡吗？"他问。

"当然，安倍，"她回答道。

安倍准备了热气腾腾的库格滴滤咖啡，并装在超大的杯子里。两人面对面坐在椅子上，慢慢地喝着。

"你的咖啡既刺激又芳香，"格蕾丝评论道。

"谢谢你，亲爱的格蕾丝，"他回答道，格蕾丝注意到了这个新词，*亲爱的*，她笑了。

他们早上八点到达卡兰古特海滩，海滩上空无一人，因为晚上和清晨都没有渔获。下一批渔民如果能钓到鱼，就会在晚上六点前到达。否则的话，他们会在海上停留更长时间。格蕾丝和阿贝去了迪索萨的冷藏室。当他们向他打招呼时,他坐在办公室外的椅子上,看上去漫不经心,但也没有回应他们的问候。

"今天没有捕获,也没有工作,"他说。

"但是你昨天说,如果没有捕获,你会给我们在你的冷藏库里工作两天,"格蕾丝说。

"没关系。冷库里有两个人的工作,但我不会付给你不超过两百卢比。"迪索萨语气强硬。

'这工资太低了。阿贝,来吧,我们走吧。"格蕾丝转身返回。

"等等,那个戴棕色帽子的女孩,我付给你两百五十块钱,但是你需要工作到下午五点,"

"同意,"格蕾丝说道,"说着他们就进入了冷藏室。

"你需要将鱼分类并单独存放,而且将它们分开需要时间,"出去告诉迪索萨。

那里有五个大托盘,里面盛着大量不同品种的鱼。格蕾丝和阿贝给他们系上围裙,戴上橡胶手套,把鱼分类到篮子里。到中午,他们分拣出了五十五桶鲑鱼、鲭鱼、沙丁鱼、锯鱼、澳洲肺鱼、孟买鸭和鲷鱼。他们在人行道上吃了一顿热腾腾的午餐,还因为感到寒冷而从路边咖啡店买了热咖啡。到了晚上五点,格蕾丝和阿部已经完成了全部工作,有七十二篮不同品种的鱼。迪索萨非常高兴,他付给他们每人三百卢比当天的工作费,比他承诺的多了五十卢比。格蕾丝和阿部在冷库里工作了大约九个小时,感到很冷,跑到一家茶店拿了一个热茶杯。

然后格蕾丝带着阿贝去了一家男装店。

"我们为什么在这里?"安倍询问

"我喜欢送你一条领带,"她说。

"不好了!"阿部喊道。

"拜托，阿贝，你明天就要离开我了。我想向你表达我的谢意，感谢你迷人的幸福、诚实的友谊和轻松的风度，我非常享受这些。这些天你就像我生命中的润肤剂，"她说，眼睛闪闪发光。

"格蕾丝……"亚伯喊道。

格蕾丝选了一条粉红色的丝质领带，衬衫和裤子的品牌也是最好的。

"这是我的选择。它会很适合搭配你的品牌衬衫和裤子。"她看着安倍说道。

阿贝意识到，格蕾丝注意到了他昂贵的衬衫和裤子。

"谢谢你，亲爱的格蕾丝。我该如何表达对你的感激之情呢？"他问。

"你不需要，"她说。

当他们回到家时，她要求他穿衬衫和裤子并打领带。当他穿上后从洗手间出来时，格蕾丝看了他很长时间，然后说："你看起来棒极了，就像我在梦里看到的一样。"

但阿贝并没有问她什么时候梦见他的。

然后她走到他身边，摸了摸领带的尖端，说："你看起来真好，我喜欢你的样子。"

阿贝微笑着看着她。他想拥抱她，表达他的感激和爱意。他想把她压在自己的胸口，永远让她贴近自己。他的心里涌起一股浓浓的爱意。一开始就像涟漪，后来却像波浪一样发展。格蕾丝，他在心里反复呼唤着她的名字。我爱你;我喜欢让你陪在我身边直到我生命的尽头。我已经爱上了你。我从未见过像你这样和蔼可亲、令人愉快、令人难以抗拒的女人。你让我看世界多汁、迷人、活泼;我爱你，格蕾丝；永远和我在一起。这是他内心充满活力的声音。

格蕾丝为两人准备了丰盛的晚餐。有烤鸡、炸鲳鱼、蔬菜饭 *普劳*、花椰菜 *玛莎拉* 和 *番茄咖喱豆*。这顿饭很丰盛。他们说话的语气就好像认识多年,是亲密的朋友一样。收拾完衣服,洗完衣服,十点钟就睡觉了。

阿贝无法入睡,他一直在思考与格蕾丝一起的生活,十一点左右,他意识到格蕾丝还没有睡觉。

"Abe,你没睡吗?" Grace 温柔地问他。

"不,格蕾丝,"他回答道。

"为什么?"她询问道。

"我在想着你,"

"我也想你了。明天你就要走了,我可能再也见不到你了。你作为一个陌生人来到这里,而现在你作为一个亲密的朋友、一个非常亲爱的人离开,"她说。

"这就是生活中的问题,"他评论道。

"我们努力争取人生的成功。但你的思想和身体之间存在着一场战斗,无论谁获胜,胜利都会被瓜分。双方都必须获胜,但这是不可能的,"她解释道。

"为什么不可能?"他质疑道。

"因为你的头脑在不咨询你的身体的情况下做出某些决定,但身体没有头脑,没有头脑,身体无法做出任何决定,"她解释道。

"这就是我们人类经常面临的悲剧。身体很弱,但心灵不会允许身体按照自己的意愿行事,"他说。

"没有头脑,身体就永远处于黑暗之中。矛盾的是,在光中,你看不到一切;在光中,你看不到一切;在光中,你看不到一切。亮度会损害您的视力,因为它限制了您的焦点和视野。晚上,您可以更好地看到天空、星星和星系，观察浩瀚的宇宙。你可以将浩瀚的宇宙容纳在你的小眼睛里，它是你身体的一部分。没有身体的心灵是枯木。"格蕾丝说。

"格蕾丝，你变得很有哲理了。所以，让我们下一盘棋一段时间，以克服小小的悲伤、倦怠和黑暗，"安倍建议道。

"当然，通过下棋来缓解疲劳是个好主意。"格蕾丝说着突然从床上跳起来，打开了灯。棋局非常激烈，格蕾丝决心赢得比赛。第一局持续了五十分钟，格蕾丝用她的棋子将死赢得了比赛。

"格蕾丝，很难打败你，"阿部说道。我必须向你学习如何更好地防守。我可以进攻，但我的防守很弱，"安倍承认。

'安倍，你打得很好。但我注意到你在这期间会失去注意力。"她说道。

"你是对的，格蕾丝。突然想起你，那是我的弱点。你的想法主宰了我的理性和思维模式；结果，你用你的棋子将我将死。让我们再打一场比赛吧，"安倍说。

第二局比赛持续了 1 小时 10 分钟，最终，阿部用他的骑士将格蕾丝击败。

"这是一场精彩的比赛，阿部；你打得像卡斯帕罗夫，"格蕾丝评论道。

"谢谢你，亲爱的格蕾丝，"阿部表达了他赢得比赛的喜悦。

已经是凌晨一点了。

"格蕾丝，请唱一首印地语电影歌曲，然后我们就睡觉了。"安倍提出了要求。

"当然，"她说。

她坐在小床上,背靠在墙上,双脚接触到了阿贝所坐的床沿。他再次看着她食指上的银环。它们看起来非常美丽,但有一天她嫁给心爱的人时,她会把它们摘掉。护身符会给她带来好运。

"我会唱一首老歌。它出自拉杰·卡普尔(Raj Kapoor)的电影《Awara》,歌曲《Awara Hoon》由 Shailendra 创作,由 Mukesh 演唱。

然后她开始唱歌,歌词和含义深入阿部的内心。突然,亚伯开始和格蕾丝一起唱歌,他可以看到她眼中闪烁着光芒。

"格蕾丝,这是我听过的最美妙的印地语电影歌曲,你唱得真好。"

"你也和我一起唱了这首歌。我很喜欢它。"

"我们现在睡觉吧,"他建议道。

"已经一点半了,该睡觉了,"她关了灯,说道。

当他早上五点左右起床时,他看到格蕾丝正在煮床咖啡

"早上好,阿部。你睡的好吗?"

"嗨,格蕾丝,早上好;我睡得很香。看来棋局和你的歌对我帮助很大。"

他们面对面坐着,喝着咖啡。

"格蕾丝,我想告诉你一件事。"

"请这样做,"格蕾丝回答道。

"我取消了去孟买的行程。"他低声说道。

"但为什么?"格蕾丝表达了她的惊讶。

"我现在不想走,但等我想走的时候,我就会走。"

"你认真考虑过吗?"

"是的。我认真考虑了我的决定,"安倍说。

"这是一个明智的决定吗?以后你会不会感到失望?"她想要从他那里得到一个深思熟虑的答案。

安倍解释说:"过去两天我一直在思考这个问题,评估了利弊,并准备好面对其后果。"

"安倍,我们在生活中做出了某个决定,后来意识到这是一个错误,就像国际象棋中的一步一样。但生活不仅仅是一盘棋。有些决定会产生深远的影响,而且以后无法纠正。我知道你是一个成年人,你有自由做出影响你生活的决定。"格蕾丝解释了她的观点。

"我明白了,格蕾丝。"

"面对生活的现实,你不应该感到被欺骗,也不应该感到失望;在其他情况下,将来,我可能会突然离开,而你可能会孤身一人。"格蕾丝做出了强硬的声明。

安倍坚定地说:"我知道这一点。"

"通过否认某些事情,你会在不知不觉中引发其他可能性,你必须有勇气和开放的态度去面对它们。"

"但我会留在这里和你在一起,并且喜欢和你在一起,"亚伯说道,就像在寻求格蕾丝的许可。

"但我不鼓励你这么做;我只是鼓励你这么做。"我不鼓励你跳入未知的未来。"格蕾丝试图劝阻他,让他意识到以后可能面临的危险。

"让我留在这里,格蕾丝,"他恳求道。

"风险由你自己承担,"她说。

然后是长时间的沉默。

早餐他们做了三明治、煎蛋卷和粥。当他们到达卡兰古特海滩时,迪索萨告诉他们,由于也门发生地震,海滩当局禁止渔民出海。阿拉伯海发生海啸的可能性已经迫在眉睫。于是，格蕾丝和阿部去了菜市场。许多将蔬菜运往市场的农民有足够的装卸工作。每个农民要支付四十到五十卢比的装卸费用，格蕾丝和阿贝到晚上五点为止总共可以赚到六百五十卢比。

"周六和周日是假期"，格蕾丝在回家时告诉安倍。

"你周六和周日做什么？"阿部问格蕾丝。

"每个月一次，周六，从早上八点到中午，我们会清理贫民窟，我们称之为社区组织。通常约有五十人参与这项任务，每个人都认真对待。打扫完后，我们大家一起分享茶水和小吃，费用是共同基金。每个家庭每月捐出一小笔钱用于共同开支。清洁工作、茶会、小吃会和聚会帮助人们建立牢固的联系，互相见面，分享他们的社会和经济问题。人们之间有一种真正的团结感，"格蕾丝说。

"我喜欢这样的聚会，"安倍回答道。

"周日，我打扫房子，清洗床单和其他衣服，熨烫它们，并计划下周的计划。午餐后，我通常去野餐或参观果阿的一些内陆地方，晚上七点左右返回。但明天，而不是周日，我们可以在清洁和社区工作结束后立即一起去果阿，"格蕾丝建议道。

"那太棒了。果阿是一个如此迷人的地方，"安倍说。

周六早上八点左右，一大群男人、女人、青少年和儿童聚集在格蕾丝的小屋前。他们携带各种工具，扫帚、簸箕、大拖把、篮子、水桶、铲子、铁锹和锄头。"一个戴着棕色帽子的女孩，"他们称呼格蕾丝。阿部和格蕾丝已经准备好了长扫帚。

"我们将分成四个小组，从不同的角落开始清洁，"格蕾丝建议道。

小组决定谁是小组组织者，而不是工作的控制领导者。安倍意识到格蕾丝是第一个每月在贫民窟领导一次此类社区组织项目的人。在最初阶段，人们不愿意参加此类活动。但格蕾丝表现出的兴趣和她所做工作的性质鼓舞了许多人。一开始，格蕾丝独自一人从事清洁工作，但一个月后，一些年轻人和妇女加入了她的行列，后来，一些男人也加入了进来，三个月内，这变成了社区的努力。她不是领导者，而是社区组织者。人们选择了她，六名年轻人组织了所有的工作。他们在喝茶时决定谁将成为未来三个月的社区组织者。所以，每三个月就有一个新团队，所以几乎每个人都有机会成为社区组织者。

他们立即开始了工作。工人们用铲子、铁锹和锄头清理露天污水系统。还有一些人把垃圾收集起来，用手推车运到距离贫民窟约半公里的垃圾坑，让市政工作人员开着垃圾收集车来清除。妇女们对清扫和拖地小路和小路表现出极大的热情。青年们把散落在各处的塑料垃圾、木头、金属碎片收集起来，分别装进黄麻袋里，扔到垃圾坑里，让市政工作人员清除。孩子们渴望通过携带和提供各种所需的工具来帮助父母和兄弟姐妹。

这是一项社区努力，一项不可停止的活动，一直持续到中午。安倍与男人和年轻人一起清理露天下水道并收集塑料垃圾。格蕾丝加入了所有团体，将她的时间分配到贫民窟的不同角落工作。充满了节日气氛；他们在四个小时内完成了全部工作，贫民窟看起来干净、整洁、清新。

然后他们都聚集在堡垒附近的空地上，他们的贫民窟对面。许多人在公共水龙头清洗完身体后坐在地上。Vivian Monteiro 负责为大家提供茶水和小吃。格蕾丝很欣赏提供的茶和点心的品质，薇薇安也很开心。孩子们载歌载舞，一些年轻人弹吉他、打小鼓。年轻女性表演了一种名为*"Dekni"的传统舞蹈*，其中有很多音乐。几个女孩演奏*福格迪*并与格蕾丝一起跳舞。随后，男人和女人跳起了名为*"昆比"*的部落民间舞蹈，阿部则随着鼓点与他们一起跳舞。

负责资金的青年们募捐,安倍捐出了两百卢比。当一个孩子念出名字和捐款数额时,全场爆发出热烈的掌声,每个人都对安倍的慷慨表示赞赏。当月,全部藏品为九百四十五卢比。下午两点确定了下个月的计划后,当天的活动就结束了。

洗完热水澡并洗完衣服后,格蕾丝和阿部准备了午餐,包括蔬菜*蒲佬*、鸡肉、炸鱼、花椰菜玛莎拉和酸奶。

"格蕾丝,你组织社区清洁计划做得很好,"安倍说。

"很高兴你和大家一起积极参与,人们喜欢你的存在,因为你可以激励年轻人。"格蕾丝对安倍赞赏有加。

"对于这样一个忽视基础设施的住宅区来说,这确实是一项必要的活动。市政府似乎并不关心这个贫民窟九十八个家庭的福利。所以,我们要主动去清理它。你从后面的推动是这种工作中的一个积极信号,没有表现出不必要的热情,"阿部称赞格蕾丝。

"人们需要团结、团结和友善;他们不需要建议。代替指示,倾听的耳朵、鼓励的态度和微笑就可以了。它可以创造奇迹,人们喜欢组成小团体,为共同利益而工作,其中包括个人和社区的利益,"格蕾丝说。

"这是社区组织中一项了不起的举措。人们根据自己的需要做自己的工作。他们组织它、计划它,因为这是人们的工作,"安倍评论道。

"真的。大约五十个人充满活力、奉献精神和承诺地工作了四个小时。他们有方向和目标,因为他们属于彼此,而团结在社区组织中很重要。"格蕾丝分析道。

"我同意你的看法,格蕾丝。所需要的是人们的参与,从我们的工作中可以看出,因为他们已经看到了自己和社区从中受益。他们接受训练自己做这件事,但没有意识到你正在训练他们。这是隐含的"

"现在，他们可以在没有我积极参与的情况下继续进行。即使我不在那里，那些女人和男人也可以做这项工作，因为他们有信心，"她补充道。

突然，亚伯看着格蕾丝。是否会出现格蕾丝缺席的情况？他在心里问了一个问题，这个问题让他深感不安。

晚上，他们出去参观阿瓜达堡。

"安倍，我喜欢和你一起散步，"当他们到达堡垒时她说道。

"真的吗！"他反应过来了。

"一定。这是一次愉快的经历。你把我当作平等的人；从你的小举动中，我意识到你尊重我，珍惜我的尊严。"格蕾丝解释道。

"和你在一起我感到很自由；我的自由就是不滥用它。在创造我们的价值观时，我们比任何其他人赋予的任何价值更尊重它们。当我第一次见到你时，我想到了一个真正关心我的安全和福祉的人。你信任我，你的信任不应该是短暂的。是的，格蕾丝，我永远不能违背你的信仰，那就是我。"

"对我来说，我遇到的每个人都是独一无二的，你对我来说也是独一无二的。但是，独特性并不能给与人打交道带来信心。但就你而言，当我遇见你时，我充满信心。你是第一个和我同住一个房间的人，实际上是我的床。在生活中，我们不需要分享一切，直到我们感受到它的绝对和最终的需要，"格蕾丝明确表示。

"我谢谢你，格蕾丝。但我知道，接近并不意味着可以使用一个人，就我而言，我从未与任何人有过如此绝对的接近，我也从未与任何人分享我的身体，"安倍说。

"与某人分享身体取决于你所开发的价值。它超出了分享的需要；这是个性和内心渴望的分享，这不是暂时的，取决于一个人对自己的尊重程度，"格蕾丝补充道。

他们已经到了要塞的入口处。

"*阿瓜达*这个词是葡萄牙语,意思是"饮水处",这座堡垒反映了葡萄牙人在果阿的黄金岁月。这座宏伟的建筑于一千六百零九年开始建造,三年内完工。这座堡垒的主要目的是保卫果阿免受荷兰人和马拉塔人的侵害,"格雷斯说。

安倍说:"葡萄牙是一个小国,它可能没有梦想过获得印度的某些地区。"

"我们的成就始终取决于我们的梦想。但葡萄牙人很顽强。果阿是他们皇冠上的宝石,他们像里斯本一样热爱它。当你热爱你的心这样的东西时,你永远不会让它从你身边溜走。"格蕾丝看着阿贝,说道。

阿部爽朗地笑了。他理解她话语的强度,因为它们具有暗示性、象征性和个性化。这句话同样适用于他。它们表明了她对他的亲近以及她希望继续保持目前状态的愿望。然后他想问她是否会允许放弃一段特殊的关系,但他没有问。

"你在想什么,你想说什么?"格蕾丝问他。

"我想像葡萄牙人一样;我需要坚持不懈才能实现我的目标,"他说。

"你很坚持,亲爱的安倍。你为了实现某些你认为无价的珍珠而放弃了宝贵的未来。你已经接近目标了,但你仍然需要像葡萄牙人一样证明你的耐力和勇气。"格蕾丝直言不讳。

"当然,我不应该无法实现我的目标,"他说。

数百名游客遍布堡垒的各个角落,安倍意识到阿瓜达堡是一个很棒的旅游目的地。爬上灯塔对他们俩来说都是一次惊心动魄的经历。

"这座非凡的四层灯塔建于 1864 年,旨在引导来自欧洲的船只安全到达港口,"格雷斯在攀登这座不寻常的建筑时说道。

从塔顶看到的全景令人惊叹。安倍可以将他们的贫民窟和棚屋视为一个小地方。

"格蕾丝,看看我们的房子,我们生命中最珍贵的地方,"阿部告诉格蕾丝,用手指着他们的住处。

"是的。那是我们的家,我们的心跳有神奇的曲调,产生持久的音乐。在那里,我们的梦想具有持久的价值,我们渴望新的一天能够团聚。我们吃饭、睡觉、下棋、唱摇篮曲,想象着充满温暖、爱和信任的一天。"格蕾丝略带抒情。

"格蕾丝,你变得富有诗意了,"阿部评论道。

"当内心感到快乐时,这是很自然的,在这种情况下,它就会写出歌词,"她分析道。

爬下来后,他们和数百人一起坐在绿色的草地上看日落。深红色、金色的圆盘在阿拉伯海上空玩起了捉迷藏。

格雷斯说:"这是一个壮丽的景象。"

"确实如此,"阿贝同意道。

他们走到圣劳伦斯教堂,从歌声中,阿部意识到这是奉献,神父就奉献了面包和酒。突然他想起了他的第一次圣餐。由于他的父母拒绝参加,他的祖父母站在两边。生命也是对某人的一种奉献,但不应该被忽视或拒绝。

"这座堡垒在西方世界非常有名,因为它是东方葡萄牙人的权力中心。成群结队的船只到达港口,从堡垒中永恒的淡水源补充水容器,"格雷斯看着曼多维河说道。

天渐渐黑了,游客们渐渐离开了长长的内部走廊,走向了外面的世界。

"格蕾丝,让我们在一家海滩餐厅吃一顿果阿餐吧,"阿部提出了建议。

"当然，"她回答道。

"我喜欢请你吃饭，"安倍说。

"这是我的荣幸，"格蕾丝回答道。

他们点了炒饭、*ambot tik*、用鱼烹制的酸辣咖喱、*arroz doce*、甜米奶冻、*balchao*、多汁的虾制品和 *bebinca*，一种葡萄牙甜点。甜点很有异国情调，有七层普通面粉、糖、黄油、蛋黄和椰奶。他们广泛讨论了各种话题，特别是瓦斯科·达·伽马前往卡利卡特的航行。

"伽马在马拉巴尔海岸发现了繁荣而幸福的人民。卡利卡特国王荣幸地接待了他和他的船员。他们是国宾，被允许在马拉巴尔购买黑胡椒、豆蔻、肉桂和其他主要贵重物品。伽马和他的船员很幸运，他们可以在出发前往里斯本之前装满所有四艘船，"阿部告诉格蕾丝

"我听说葡萄牙人后来在坎努尔、科钦和果阿建立了许多贸易中心，"格雷斯说。

"但他们只能在马拉巴尔海岸的许多地方建立和维持很小的区域，这是一个谜，"安倍补充道。

"相比之下，果阿相当大，"格蕾丝说。

"后来，果阿被强大的英属印度包围。葡萄牙人怎么能与英国人和睦相处呢？"阿部想知道。

"葡萄牙人与英国人保持和平关系至关重要，尽管他们与荷兰人发生了血腥冲突。与英国人建立友好关系是他们的需要，"格蕾丝说。

"你的意思是说关系是生活中的一个重要因素，"安倍问道。

"当然，你需要发展并维持一段关系；同时，你一定要谨慎。"格蕾丝回答道。

阿贝看着格蕾丝。她有很多智慧，他想。

"时间不早了。我们要行动吗？"格蕾丝问道。

"当然，"安倍说。

"安倍，非常感谢您的丰盛晚餐。我很享受，"格蕾丝感谢安倍。

"和你一起吃饭真是一件快乐的事。当然，我每天都这样做，"安倍说。

"我喜欢和你一起吃饭，亲爱的安倍，"格蕾丝评论道。

"格蕾丝，谢谢你接受我的邀请。很荣幸您能成为我的客人，"安倍说。

"我很重视你的陪伴，"格蕾丝回答道。

从海滩出来，他们步行回家。虽然亚伯可以看到格蕾丝脸上的光线在捉迷藏，但在阿瓜达堡的轮廓映衬下，她闪亮的眼睛看起来就像一位女神。突然，他想画一幅格蕾丝，决定下次去市场时买下画布、颜料和画笔。阿贝享受与格蕾丝一起迈出的每一步，并想永远与她同行。他从来没有体验过与别人共度时光的如此快乐。

当他们回到家时，他们可以看到贫民窟里昏暗的灯光，格蕾丝打开了门锁。

阿部洗了衣服，洗了温水澡。当他出来时，轮到格蕾丝了。她穿着色彩缤纷的睡衣和睡衣回来了。格蕾丝看起来美得惊人，阿贝想。

格蕾丝邀请安倍说："让我们下一会儿棋吧。"

这是一场精彩的比赛，持续了五十五分钟。格蕾丝以明智的棋子将死。她的骑士和王后支持她的棋子，这让安倍感到惊讶。他向格蕾丝表示祝贺。

接下来的比赛就很精彩了。亚伯可以在四十分钟内用一名骑士将格蕾丝杀死。

"你打得真好，"格蕾丝赞赏安倍晋三说道。

"你是一个更好的球员；我需要向你学习很多动作。国际象棋是一项美丽的游戏，它帮助我思考，"安倍回应道。

"国际象棋是一项有趣的游戏，因为人类的心灵是美丽的。我们创造了它。我们制定了复杂的规则并提供了数百万种可能性。没有智慧，国际象棋就不可能存在。"格蕾丝说道。

安倍惊讶地看着她。她说出了真正的智慧，并充满了智慧。

"你的解释值得深思，"安倍说。

"是的，没有什么可以打败人类的智慧。我们的智慧赋予存在意义。只有通过了解某些事物才能存在。这就是为什么知道就是存在，存在就是知道。这就是为什么人类的智力远远优于我们观察到的任何东西。"格蕾丝评论道。

阿部再次看着格蕾丝。这就是他在南洋大学发展的理论。他记得

"格蕾丝，你是如何发展出这些智慧的？"

"这些观察来自我的生活。如果没有观察，在观察者之外就不存在任何现实。但它并不否认这些对象。通过我们的分析，我们知道了这一点，并为其提供了意义。我可以说现实是个人的，就像当我说"我爱你"时，爱的概念是一种观察，是我自己的经历；除了所爱的人之外，没有其他人对它有意义。除此之外，当你爱一个人的时候，你就是爱你自己"。格蕾丝分析道。

"你说的对我来说是可以理解和有意义的，因为我们有共同的概念。如果你不观察它，就没有现实。它就像数学一样，不存在于人类智能之外，因为它没有独立的存在。我们开发了它的所有价值观、理论和定理。所有科学都存在于我们创造的边界内。我们

在我们开发的某些模型下观察宇宙。如果我们未能创造范式或懒于观察，我们仍然会在洞穴里。"安倍解释道。

他可以看到格蕾丝正在专心地听他说话，并且正在深刻地思考。但格蕾丝能听懂他在说什么。他观察到了高度发达的大脑，因为她的分析很有说服力。

"阿贝，你说得很有道理，我很佩服你，"格蕾丝说。

"我们的宇宙是可以理解的；人类可以知道它。只有当我们了解宇宙时，它才存在。"安倍说。

"宇宙认识自己吗？"格蕾丝问道。

"可能是；否则，它就不可能作为一切事物的源头而存在。宇宙可能有自我意识；我们知道它，而且它存在，"安倍回答道。

"现在我们去睡觉吧；现在已经十一点了，在睡梦中想想这一切，"格蕾丝说。

阿部在四点半左右起床时看到格蕾丝在煮床上咖啡。

早上好，亲爱的格蕾丝，"他说。

"早上好，亲爱的阿贝，"格蕾丝一边递给他手中的一杯咖啡，一边向他致以祝福。

格蕾丝坐在椅子上，面对亚伯，坐在床上。

"你睡得好吗？"他问道。

"我睡得很香，"格蕾丝回答道。

"你有什么梦想吗？"他问道。

"是的，我梦见了你。我们一起旅行，在一个遥远的地方，可能是在拉贾斯坦邦，"格蕾丝说。

"所以，你有一个梦想，你梦想着我们在一起。这太棒了，"安倍评论道。

"你和我曾经在一起过。我喜欢和你一起旅行,我祈祷我们的旅程将永远持续下去,永远不会结束,"格蕾丝解释道。

阿贝听着她的话,看着格蕾丝。他喜欢她嘴唇动动的样子;她的脸颊出现了。说话的时候,她可爱的牙齿闪闪发光,她的眼睛就像阿瓜达堡上空夜空中的星星。阿贝想永远和她一起旅行,他知道他正在和格蕾丝一起旅行。

"我喜欢和你一起航行数日、数月、数年,我们的探险永远不会结束。团结是爱的最本质的秘密。"安倍说道。

"那好极了。让我们创造现实来体验我们的旅程,"格蕾丝说。

"顺便问一下,我们是坐火车从斋浦尔到乌代布尔还是焦特布尔到阿杰梅尔?"

"我们俩都骑着骆驼,骆驼走得那么威风凛凛,铃铛晃来晃去,铃声叮当作响,美妙极了。我喜欢它,"格蕾丝叙述道。

"格蕾丝,你应该叫醒我,这样我就能看到骆驼和我们俩骑着它的样子。"

"亚伯,你和我一起坐在骆驼上。我坐在前面,你从后面扶着我,免得我摔倒,也不该走开,留下你一个人。"

"听起来棒极了,"亚伯笑着说,咖啡洒在了他的睡衣上。

突然,格蕾丝起身拿来一块布。她朝他弯下腰,清理睡衣,咖啡落在了布料上。她的额头贴着他的胸口。安倍感受到她的存在,令人感到安慰。她的头发有一种特殊的香味,他想用鼻子触碰她的头发。安倍想闻她的气味,把鼻子伸进她的头发里。他很想拥抱她,感受她,让她贴近自己的身体,感受她的心跳,享受她散发的香气。

"格蕾丝,我爱你,永远和我在一起。"他在心里一遍又一遍地说。他希望她永远和他在一起,骑着骆驼,穿过拉贾斯坦邦,穿过广阔的沙漠。

他的感情是如此强烈和激动人心。

"阿贝,现在没事了,"她抬起脸说道。他注意到她在微笑。

"谢谢你,亲爱的格蕾丝,"他说。

"我喜欢你打电话给我,亲爱的格蕾丝。它有一种魅力,一种特殊的依恋,一种特殊的意义。如果你不打电话给我,亲爱的,我对任何人来说都是亲爱的。所以,你的话在我身上创造了一个新的人,一个对某人来说如此亲爱的人,"格蕾丝说。

阿部微笑着喝着咖啡。

喝完床上咖啡后,他们并肩坐在床上,背靠墙,双腿伸向床边。安倍可以看到她两个食指上的戒指。然后他们一起唱了几首印地语老电影歌曲。格蕾丝解释了背景和电影的名称,她作词、作曲、演唱并导演。安倍对她对印地语电影的了解感到惊讶。

阿部喜欢和格蕾丝一起唱歌。他想到了像印地语电影中的英雄与心爱的人一样,在花园、草原、山坡、河岸、海滨,甚至马路上与格蕾丝跳舞。这将是最迷人的经历。

"格蕾丝,我喜欢你的歌声。我喜欢你做每件事的方式。"

听到亚伯的称赞,格蕾丝笑了,他也跟着她笑。

"我喜欢和你一起唱歌、一起笑、一起散步、一起吃饭、一起工作、一起旅行。我喜欢你的骆驼,喜欢坐在你身后的骆驼背上。"他看着格蕾丝,补充道。

"这是相互的,亲爱的亚伯,"格蕾丝微笑着说道,亚伯很喜欢她的笑容。

当她做早餐时,阿贝站在壁炉旁。他喜欢她煎蛋、煮粥、做菜排的样子,心里充满了一种神秘的感觉。

阿部好奇而饶有兴趣地注视着格蕾丝移动手准备三明治的速度。站在厨房的桌子旁边,直接从煎锅里取出食物开始吃。他对此感到特别高兴,并看着格蕾丝如何咬她的三明治,里面装满了蔬菜肉排和煎蛋卷。他喜欢她咀嚼的样子。

"阿贝,咬一口,"格蕾丝说着,用手指将一小块三明治放进他嘴里。

"我喜欢它,"咬第一口后,他说。不仅仅是三明治,她用手指将三明治放入他嘴里的方式也是安倍最喜欢的体验。他的心里充满了喜悦。

"格蕾丝,我爱你。"他在心里说道。这是好消息的预兆。

早餐后,他们打扫房间,清洗床单和床单。和格蕾丝一起在房子里走来走去,做着每一件事情,他觉得和格蕾丝在一起的生活是一首魔法诗人写下的可爱的诗。

跨越曼多维河

那天晚上，阿部和格蕾丝决定去曼多维河游泳，四点左右，他们到达了河岸。游客很多，有的在沙滩上游泳、钓鱼、玩耍。格蕾丝和亚伯逆流而上，来到一个只有几个游泳者的地方。阿贝穿着从格蕾丝那里借来的短裤，但对他来说太紧了。格蕾丝穿着一条彩色短裤和一件黑色T恤。

水很清，他们并肩游到了对岸。没有强劲的水流，因为他们距离曼多维与阿拉伯海汇合的河口不远。游泳有点不费力。格蕾丝的动作优雅而优雅，亚伯漂浮在她的身边；他小心翼翼，格蕾丝感到很舒服。

安倍在巴拉普扎河（Barapuzha）游泳有丰富的经验，这条河位于马拉巴尔市艾扬昆努（Ayyankunnu）他的祖传村庄。他看到许多年轻人在离他们稍远的地方游着，在河对岸玩水球。

"阿部"。

"是的，格蕾丝。"

"我学会了在池塘里游泳。但这是我第一次在河里游泳。尽管如此，看起来还是很愉快。水凉爽但充满活力，"格蕾丝说。

"在河里游泳有一种特殊的魅力；你感觉自己正在随波逐流。在池塘里你不会有那种感觉，"安倍评论道。

"这是真的。池塘是人工水体。河流是自然的，它孕育着生命。你在河里感觉焕然一新，我在这里也有同样的感觉。曼多维河很棒。我应该早点意识到这一点。需要时间来理解生活中许多事情的真正意义。或者，我们可能只是在很晚的时候才赋予某件事以意义。这需要经验，"她看着安倍解释道。

"你的观察很准确，"阿部一边和格蕾丝一起到达河对岸一边说道。

他们仰卧在沙地上，看着晴朗的天空，舒展一下手脚，休息了一会儿。孤独是雄辩的，从他们湿漉漉的身体上浸湿后渗透到沙子上的沙子是诱人的。

"格蕾丝，我问你一件事？"阿部告诉她。

"是的，安倍，非常欢迎你。"

"你如何与其他人建立关系？"

"除非你强烈认为这个人是不可分割的，否则不要投资于一个人。"格蕾丝评论道。

"那你为什么要对我投入这么多？"安倍很坦率。

"如果你发现我只投资了你，那么你的预感是对的；它不需要任何测试。"

安倍沉默了一分钟。他看着格蕾丝，似乎她正在数着蓝天上那些孤独的云朵，它们转瞬即逝。

"格蕾丝，你怎么总是保持冷静呢？"

"不要对自私的人施加压力。他们不应该成为你生活中的问题。不要观察它们，所以它们对你来说不存在，"格蕾丝说。

阿部再次沉默。

"安倍，你一生中学到的最好的一课是什么？"格蕾丝问道。

"通过创造人生目标并对他人不抱任何期望，学会无忧无虑地生活。靠自己的脚站起来。"

"这是一个丰富的概念。我相信，当我们自力更生时，我们就能为事物和人创造意义。"格蕾丝回应道。

"我们生活在一个不完美的世界，"安倍补充道。

"当然，没有什么是完美的，包括你和我。如果我是完美的，我就不能爱你，因为我不需要你，而我的不完美就是我寻找你、找到你并将你置于我体内的原因。如果你是完美的，你就不需要爱，最重要的是，你就不存在。我们的不完美是我们存在和牢固关系的秘密，"格蕾丝看着安倍说。

"我同意你的看法，格蕾丝。"

"让我拿一个水投球，"格蕾丝一边说一边走向售货亭，几分钟后，她带着一个篮球大小的白色投球回来了。他们开始互相扔球，以便另一名球员接住球并将其扔回去。阿部对格蕾丝无限的热情感到惊叹。她大喊一声，像个孩子一样拍着手，高兴地向球游去。和格蕾丝一起玩是一种完美的幸福体验。他们一直玩到太阳落山，阿拉伯海拥抱曼多维河。然后他们步行回家。

晚餐后，格蕾丝和阿部唱了几首印地语电影歌曲。

接下来的一周，两人都在菜市场工作，因为那里的工作量足够。格蕾丝和阿贝平均每天可以赚三百卢比。在 Abe 与 Grace 度过一个月的那天，他们决定去 Salim Ali 鸟类保护区度假以庆祝他们的团聚。吃完早饭，他们把饮用水瓶和棋盘装进背包里。

格蕾丝和阿贝从阿瓜达堡乘坐巴士前往果阿首府帕纳吉美丽的小镇。他们在迷宫中漫步，参观了博物馆、教堂、寺庙和古老的葡萄牙别墅，直到中午。格蕾丝表示，她很高兴与安倍一起散步，参观散布在镇上的众多景点，特别是曼多维河岸。安倍感觉自己正在经历一生中最幸福的时光。对他来说，帕纳吉不算什么，但格蕾丝就是一切。

他们在一家面向河流的餐厅吃午餐，那里有一个美丽的花园，他注意到花园里的桌子布置得很漂亮。那里有游客，但格蕾丝和阿贝并不关心其他人。他们在餐厅角落找了一张两人桌，品尝了大虾、烤鸡、*蒲佬*和*贝宾卡*。吃饭的时候，他们聊了很多，都享受着彼此的亲近，看着对方富有表情的眼睛。

午餐后，他们乘渡轮前往鸟类保护区。曼多维河看上去很奇妙，小船缓缓行驶。格蕾丝和阿部扶着栏杆站着，看着河两岸的红树林。格蕾丝站得离亚伯很近，亚伯能感觉到她的呼吸。当渡轮偶尔在水流上方晃动时，阿部以为她的鼻子会碰到他的脸颊。她的眉毛又细又长，眼睛黝黑，脸颊绯红，嘴唇形状优美，可爱极了。他想拥抱她，让她贴在自己的胸前，感受她的心跳。他忍住了自己的冲动，因为他答应过她，未经她的同意，他不会碰她。

"格蕾丝，"他突然喊道。

"是的，阿部。"

"你在想什么，"他问道。

"我在想你。"她微笑着对他说。

阿部笑了。

"今天，我和你一起度过了一个月的时光。在这一个月内，你改变了我对生活的整个看法。我可以重写很多我精心绘制的计划。你带来了很多快乐、一种一体感和团结感，"他解释道。

"是这样吗？"她说，阿部很高兴听到她的回答，就像一个问题。

"当然，你是一个如此真诚的人，我喜欢和他一起投资，"她看着他说。

"投资，什么？"他问。

"等等看，"她回答道。

安倍喜欢站在格蕾丝身边。事实上，她和他一样高，可能稍微矮一些。她有一双明亮的眼睛、健康的身体、健全的头脑和敏锐的智力。格蕾丝穿着牛仔裤、T恤和棕色帽子，总是美丽迷人。但如果没有戴帽子，她看起来非常迷人和热情。他想象着，站着的时候,她的脸颊不知不觉地摩擦着他的下巴。格蕾丝,我爱你,阿部突然在心里说道。

渡轮之旅不应该结束;它必须永远持续下去。他希望它能够通过河流、湖泊和海洋走向世界各地。这将是他能得到的最好的经历,最生机勃勃、最激动人心、最异国情调和最丰富的感觉。

"阿贝,你看,我们已经到了鸟类保护区了。"格蕾丝靠近他的耳边,用温和的声音说道,仿佛要充满爱意地咬住他的耳垂。

突然,悲伤笼罩着阿贝,仿佛他即将与格蕾丝分开。他永远不会离开她;安倍做出了决定。他对她的依恋是强烈的、不可分割的、无可辩驳的、无法摆脱的。即使没有格蕾丝的一秒钟,阿贝甚至无法想象她已经成为他生活中至关重要的一部分。他觉得她就是她的生命力量;没有她,他就不会过有目标的生活。

"阿部,我们下船吧;我们在码头上,"格蕾丝说。

半岛上有一片大片红树林,向曼多维河突出。他们不想和其他游客在一起,所以他们走了一条狭窄的小路,通向森林的最深处,那里看起来格外田园诗般。阿部觉得走在格蕾丝身边很困难,所以他让她走在他前面。整个森林里回荡着蟋蟀的鸣叫声、松鼠的尖叫声、猴子的叽叽喳喳声和各种鸟儿的歌声。

"在这片雨林里真是太好了,"走了大约半个小时后,格蕾丝说道。

"我喜欢绿色植物。这真是令人着迷。"阿部回答道。

他们可以找到具有长尾巴、明亮羽毛、巨大喙和红色、棕色或深色鸡冠的奇异鸟类。在附近的一个池塘里,有数百只水鸟,格蕾丝和阿贝花了很多时间观察它们,并在树荫下发现了几只孔雀。

然后他们坐在池塘边一块平坦的岩石上。

"安倍让我们在这些可爱的小鸟中间下棋,"格蕾丝说。

安倍下棋为白棋。这是一场精彩的比赛，持续了一个多小时。他们没有说话，全神贯注地看着棋盘。最后，亚伯在王后的支持下用他的车将格蕾丝击败。这是一次强大的攻击，格蕾丝对亚伯最后的举动感到惊讶。

"恭喜你，亲爱的安倍。这是一场很棒的比赛。我非常享受它，"她说。

"谢谢你，亲爱的格蕾丝。你很敏锐，也很精明。"

"安倍，今天是你的日子。让我唱一首印地语电影歌曲来纪念你，"格蕾丝说。

"是的，亲爱的格蕾丝。"

格蕾丝演唱了电影《指南》中的歌曲。阿部看着格蕾丝的歌声，感觉格蕾丝的感情、歌词、歌词、音乐都进入了他的内心。

"格蕾丝，你唱得真好。"阿部向格蕾丝表示祝贺。

"这是给你的，亲爱的安倍。这是我最喜欢的歌曲之一。在你来我们家之前我总是到处唱这首歌。现在，不需要唱歌了，因为有你在。"

安倍闻言，哈哈大笑起来。但他的心却在狂跳。他很高兴听到格蕾丝为了寻找她未知的爱人而唱了很长时间，现在她不再唱了，因为她找到了他。

"顺便说一句，戴夫·阿南德 (Dev Anand) 和瓦希达·拉赫曼 (Waheeda Rahman) 在《指南》中担任主角。该片由 Vijay Anand 执导，改编自 RK Narayan 的小说《指南》。Shailendra Singh 创作了《Gata Rahe Mera Man》的歌词，音乐由 SD Burman 创作，由 Lata Mangeshkar 和 Kishore Kumar 演唱，"Grace 介绍了这首歌的背景。

他们再次乘坐渡轮前往阿瓜达堡返程。安倍敬畏地看着舵手驾驶着渡轮穿过曼多维河，驶向夕阳，仿佛他正试图从地平线上采摘一颗红樱桃。

"太阳、天空、曼多维河，甚至渡口，当你观察它们、了解它们时，每一个都有自己的存在和意义，"格蕾丝看着阿贝评论道。

"当我认识你时，你为我而存在，我也为你而存在，"安倍说。

"真的。只有当你认识我时，我才为你而存在。这是我们生命中最大的秘密，应该有一个人，认识我并被我认识，"格蕾丝补充道。

"当你认识某人时，那个人就成了你，"安倍说。

"你是对的。知道总是成为。当你成为某种东西时，你就不想分离。你无法将自己与那个认识你的人分开，"格蕾丝说。

"那么，你的意思是观察和生成之间存在差异，生成更深、更高、密不可分？"安倍提议道。

"是的，有一种依恋，一种情感上的团结，一种形成的纽带，这是缺乏观察的，"格蕾丝说。

"你的意思是说我们俩都在成为？"阿部问道。

"当然。对于我们每个人来说。"格蕾丝微笑着回答。

阿部可以看到夕阳的倒影映在她的脸颊上，她的笑容如阳光般灿烂。

这对安倍来说是一个启示。格蕾丝总是将普遍规则与人际关系联系起来。她重视人际关系，这为她提供了持久的幸福和满足。对于安倍来说，格蕾丝是独一无二的。

在回家的路上，阿部购买了六张不同色调的大尺寸牛皮纸、水彩管、彩色铅笔和画笔。

"你画安倍吗？"格蕾丝问道。

"我喜欢画画，尤其是肖像画，"他回答道。

"我喜欢看你画画，"格蕾丝说。

下班回来后，阿部花了六个星期的时间创作格蕾丝的肖像。晚饭后，他晚上在床上铺一张牛皮纸画画，每天至少画一个小时。格蕾丝坐在他旁边，戴着希腊渔夫帽，戴着遮阳帽，这是他照片的主题。艺术是印象派风格。肖像中，格蕾丝的脸上散发着自信和希望，散发着空灵的情感。当这幅画完成后，阿部将其命名为《戴棕色帽子的女孩》，并在标题下用小字写下："致亲爱的格蕾丝，充满爱"，并署名阿部。

画作完成后，阿部当天将肖像赠予格蕾丝。她看着画布良久，亲吻了阿部的签名。

"安倍，你画了一幅迷人的画。它是如此珍贵；我会永远保留它。我喜欢它，"格蕾丝说。

"我很高兴你喜欢它，"安倍评论道。

在接下来的十五天里，阿部和格蕾丝在迪苏扎的冷藏室工作，之后又在一家餐厅工作了一个月，清洗餐具和盘子。他们总是一起旅行、一起工作，就像形影不离的朋友一样，谈论天底下的一切。他们的日日夜夜将他们封闭起来，他们期待着更多的分享。他们对彼此的了解越来越多，但他们存在的某些方面仍然是个谜。他们没有分享他们的过去和未来的计划。他们俩从来没有想过这是一个可以讨论的问题。历史和未来从来都不存在，仿佛只有现在。这是一种没有任何忧虑、焦虑和梦想的生活。

阿部继续他的肖像画，格蕾丝是他的主题。下一幅画，他命名为《阿瓜达的棋手》。这是一种精确的超现实主义艺术。一个大棋子正在吃掉皇后。尽管这幅画看起来不合逻辑，但却营造出一种令人不安、突然和直截了当的感觉。画布的一角出现了两个大头、突出的眼睛和微小躯干的人物形象。看起来他们似乎无意识地创造了棋局的现实，但他们无法控制它，也无法指挥事件的发展。强大的棋子是无所不能的，而皇后则是偶然的产物。因此，这幅画描绘了人类所生活的世界的可怕超现实。

他在照片上签下了*阿部*，并在签名下用小字写着：*致亲爱的格蕾丝，充满爱*。阿部一完成工作就把它交给了格蕾丝。格蕾丝很高兴收到这张照片。

"阿部，这是一幅很棒的画。你会变得出名，成为国际偶像。"格蕾丝预言道。

听到格蕾丝的占卜，阿部笑了。

"谢谢你，阿部；我会永远保留它，"她补充道。

"一幅画创造了一个关于人类及其创造物的惊喜环境。国际象棋也是人类的创造，将死者表示惊讶。在这里，国际象棋是人类处境的象征性表现，人类成为其创造物的棋子，"安倍分析道。

安倍和格蕾丝经常参加社区组织，与邻居一起清理贫民窟。居民们很喜欢他们的工作和庆祝活动。安倍和格蕾丝参加了婚礼、新生儿命名仪式以及其他家庭和社区庆祝活动。他们的出席对每个人来说都是一种荣幸，尤其是在屠妖节和斋月期间，因为聚会是人们的重要组成部分。儿童和年轻人邀请他们在贫民窟对面阿瓜达堡附近的空地上打板球和踢足球。如果活动在假期或非工作日举行，格蕾丝和安倍总是在那里。

他们总是在一起，无休无止地交谈。但格蕾丝和阿贝从来没有讨论过性的问题，就好像这不是他们生活的一部分一样。性对他们来说是陌生的。但安倍常常想知道为什么她对讨论性及其在日常生活中的重要性保持沉默。他多次想告诉格蕾丝，他深爱着她，享受她的陪伴，尊重她的自由，珍视她的平等，珍视她作为女人的尊严。但他不敢告诉她他爱她并喜欢和她在一起。他喜欢拥抱她、亲吻她并与她发生性关系。阿部时常觉得格蕾丝的行为有微妙的含义，她的话充满了象征意义，但他却无法解读出真正的含义。

阿贝知道格蕾丝是一个富有同情心的人。同时，她热爱自由、平等和尊严。格蕾丝照顾阿部，阿部是她日常活动的中心。

他们下棋，喜欢保卫国王，攻击棋子、马、象、车和后。下棋的乐趣给他们带来了巨大的刺激，他们也分享了这种乐趣。阿部从格蕾丝那里学到了很多动作和风格，因为她是一个更好的球员。尽管如此，格蕾丝拒绝接受阿部的假设，即她在最初阶段故意输掉了很多比赛，以便给他带来积极的影响。

格蕾丝喜欢唱印地语电影歌曲来纪念阿部，她更喜欢坐在床上，背靠墙，把腿伸在床边。阿贝坐在她面前，面对着她。他总能看到她的脚和带有戒指的食指，当格蕾丝嫁给她心爱的人时，她会把戒指摘掉。格蕾丝知道数百首歌曲以及她所唱歌曲的相关背景。阿部带着敬畏和惊奇、爱和钦佩听她说话。

在安倍与格蕾丝完成六个月的那天，她带他去看了由沙鲁克·汗和卡卓尔主演的电影《Kuch Kuch Hota Hai》。

"这是我第二次看这部电影。我很喜欢它，所以我想邀请你来观看。我们喜欢把生命中最好的东西给我们最爱的人。这就是为什么你把你的画送给我，它们是如此珍贵、如此独特，"当他们在剧院时，格蕾丝说道。他们坐在相邻的座位上，安倍喜欢她的陪伴。他想握住她的手，抚摸她的手指，亲吻她的掌心。他经常试图轻轻地抚摸她，告诉格蕾丝，她是他印地语电影中的明星、他绘画的主题、他国际象棋的皇后、他骑骆驼的伴侣和他探险的伙伴。他想和她一起在曼多维河里游泳，穿越沙漠和森林。

电影开始时，格蕾丝看着阿部，以确定他是否喜欢每个场景，是否与角色融为一体，是否喜欢这个故事。

看完电影，他们朝一家海滩餐厅走去。阿贝看着格蕾丝，她微笑着。

"安倍，我希望你非常喜欢这部电影，"格蕾丝问道。

"我喜欢这部电影,因为导演做得非常出色,摄影出色,故事情节引人入胜,演员也很迷人。这部电影的各个方面都非常出色,最重要的是,它带来了希望。"安倍回答道。

"我很高兴你喜欢它,"格蕾丝评论道。

"当然,"他说。

"我喜欢它,因为它代表了女性角色的深刻敏感性。一个人需要第六感来了解一个女人并珍惜她的爱。"格蕾丝这样评价这部电影。

"你触及了电影的核心,"安倍发表了自己的看法。

"故事情节与女性对周围人的理解、她们的世界观、问题、欲望、价值观和生活焦点密切相关,"格蕾丝在进入一家餐厅时说道。

安倍说:"我能感觉到。"

"一位慈爱的妻子临终前写信给女儿,请求她为父亲和他的大学好友做媒。这位女士了解丈夫的感受和心理需求。在她去世后,她意识到丈夫不应该过着鳏夫的生活,而应该充分享受它,体验女人的温柔。她还意识到她的丈夫应该在她死后结婚,并向女儿建议她父亲的大学老朋友将是他最好的人生伴侣。"格蕾丝旁白并分析了故事情节。

"这是一个很好的主题,新颖,充满活力。非常接近女性的心理。"安倍回答道。

"除此之外,这部电影充满了符号和标志。一个人需要一种额外的感觉来理解和体验它们的价值,"格蕾丝边吃食物边解释道。

"它为观众提供了思考和反思的机会,"安倍说。

"这就像在现实生活中一样。你需要明白这些话背后的含义,以及恋爱中的女人的意图。"格蕾丝看着亚伯建议道。

阿贝看着格蕾丝，看到她唇角挂着一抹微笑。

在走向他们的小屋时，格蕾丝哼着电影中的一首曲子。她的心里充满了喜悦，仿佛她很喜欢自己的存在，也很喜欢阿部的存在。她离他很近，很近。

接下来的一周，格蕾丝和安倍与一家从事道路建设的承包商合作。他们的工资固定为每小时四十卢比，需要从早上八点工作到晚上五点，下午休息一小时。至少八小时的工作是强制性的。大约有一百名劳工在那里与承包商一起工作。晚上，工作结束后，承包商通知格蕾丝和阿部，他只会在工作五天后的周末付款。格蕾丝告诉他，他在招募他们之前没有透露他只会在五天后付款。但停顿了一下后，她说他们已经准备好工作一周了。他们又和他一起工作了四天。到周末承包商只付给他们一千五百卢比。格蕾丝和阿贝告诉承包商，根据协议，他应该支付他们每天三百二十卢比，为期八个小时；因此，五天内，他们每人总共必须拿到一千六百卢比。但承包商拒绝付款，并告诉他们每天二十卢比是他为他们提供工作的佣金。格蕾丝和阿贝抗议并拒绝在登记册上签字，登记册上显示承包商每天支付三百二十卢比。他们告诉他，如果他在招聘他们工作之前告知他们有关该委员会的信息，他们会考虑的。

承包商回答说，没有必要一开始就告诉所有事情。听到承包商的推理，格蕾丝和阿部前往附近的警察局，向警督讲述了事情的经过，然后他们就去见了承包商。看到检查员朝他走来，承包商逃离了办公室，在桌子上留下了每人一千六百卢比。在收取款项时，阿部和格蕾丝向检查员表示感谢。警官告诉阿部和格蕾丝，到处都有可疑人物，需要与这样的人作斗争。Grace 在回复中表示，社会上也有正直的警督。

接下来的整个月，安倍和格蕾丝都在果阿首府帕纳吉工作，清扫道路，因为该镇正在召开执政党年度大会。来自全国各地的数百名党务工作者聚集在一起，进行为期两周多的党的政策和政绩评估、研讨会、联欢会等各种活动。晚上，道路、餐馆、酒吧、公共场所、寺庙和妓院都挤满了党的工作人员。

下班后，大约五点半，格蕾丝和安倍在公交车站等公交车时，两个身材魁梧的政治人物向他们走来。他们站在格蕾丝附近，对她的牛仔裤、T 恤和帽子发表了冒犯性的评论。格蕾丝和阿部离开他们，站在公交车站的角落里。等候棚里的其他人看着他们和政客们。

"不用担心；如果他们再骚扰我，我会处理他们。你什么也不做，保持静止。"格蕾丝说道，并让阿贝放心。

过了一会儿，两个男人走到格蕾丝身边，站在她身边，试图用肩膀戳她。

"嗨，Chhokkari，"其中一个人一边说，一边试图摘掉格蕾丝的帽子。他的另一只手抚过她的乳房。阿贝厌恶地看着男人的手势。

当他的手移到她的胸部时，格蕾丝用左腿踢政客的双腿之间。不一会儿，她右手一拉，他就摔倒在地，脸撞到地板上，发出一声巨响。一切都发生在不到一秒的时间内。

"你这个混蛋，"另一个头巾头喊道，试图打格蕾丝一巴掌，转眼之间，格蕾丝也重重地摔倒在地，脸撞到了地板上。

站在场的众人，都难以置信的看着这一幕。突然一辆公共汽车停在那里，格蕾丝和阿贝消失在车里。

"这些政客需要学习如何与女性相处，"格蕾丝微笑着对安倍说。

安倍看着她，眼中充满了敬畏和钦佩。

"你是怎么做到的？"安倍问道。

"很简单。在这种情况下保持冷静。仔细观察那些对你行为不端的人。然后,感到坚强并认为你可以处理这种情况。当有人攻击你时,以闪电般的速度和凶猛,最大限度地使用你的腿和手来保护自己。我从一位女士那里接受了一些自卫训练。我很少使用它,只有当有人威胁到我的尊严时才使用它。"格蕾丝微笑着说道。

晚餐后,他们在睡觉前唱了很多印地语电影歌曲。

但阿部却睡不着。十一点左右,他给格蕾丝打电话,发现她也没有睡觉。

"让我们再唱几首歌吧,"安倍建议道。

"当然,"她说。

然后躺在床上,头靠在枕头上,互相看着对方,一起唱歌,唱了几首歌,阿部就沉沉睡去。

第二天,安倍煮了睡前咖啡。然后格蕾丝和阿贝并肩坐着,品尝着咖啡。

"安倍,我正在考虑至少游览果阿的部分地区;这会很有趣,"格蕾丝建议道。

"好主意啊。我喜欢和你一起旅行。"安倍回应道。

"那么,我们这个周六就出发吧。有旅游巴士。我们可以订两张票,"格蕾丝说。

"当然,"安倍确认道。

"但你将成为我的贵宾,"格蕾丝说。

"我每天赚的钱能做什么?"安倍问道。

"随身携带。你很快就会需要它,"格蕾丝说。

"为什么?怎么这么快就说这句话了?"安倍质疑道。

"人类根据自己所处的环境来决定自己的生活和活动，"格蕾丝微笑着说道。

格蕾丝的回答让安倍担心。但没过一天，他就忘记了这件事。格蕾丝订了两张周六旅游巴士的车票。

周六，早餐后，他们就准备好了。巴士从阿瓜达堡出发，格蕾丝和阿部坐在面向曼多维河的相邻座位上。阿贝可以在蓝色的河水中看到格蕾丝的脸。

"安倍，我想这次旅行已经很久了，因为和你一起旅行总是一种乐趣，"格蕾丝说。

"我也很喜欢和你一起旅行，格蕾丝。"

阿贝能感觉到她轻柔的呼吸声和她眼中自发的活力。她恋爱了。爱人超越一切障碍，在团聚中寻求满足。阿部很高兴看到格蕾丝迷人的脸庞。但同时，他也感觉到了孤独，她的眼神里有一种莫名的悲伤。阿贝想知道格蕾丝为何感到悲伤。

"阿贝，和你在一起我很高兴，"格蕾丝突然说道。

"我知道你对我很满意，格蕾丝。"

"我的幸福是因为我和你一起旅行，我希望这段旅程永无止境，"她看着安倍说。

安倍很快意识到，他们的旅行不是为了参观地方和纪念碑，而是一个游览彼此内心、体验彼此存在并永远在一起的机会。

他想拉着格蕾丝的手告诉她，格蕾丝，我也爱你，我关心你，我喜欢永远和你在一起，但他没有勇气向她敞开心扉。由于阿贝担心格蕾丝会认为他是一个麻木不仁、不尊重她尊严的人；所以，他把自己的欲望藏在心里。他想，她甚至可以拒绝他的情话。他的恐惧总是把他拉回来，迫使他压抑着对她生动地表达爱意，他也知道自己处于不利于倾诉的境地。他的矛盾不断，他的心和头脑朝着相反的方向发展。克服疑虑和不安全感来战胜它们是必要的，但他明白很难表达自己对她的真实感情。

离别之歌

他们之间有些沉默。格蕾丝的爱是他的想象，阿贝想。格蕾丝是一个非常成熟的人。尽管敏感，但她很客观，能够分析情况和事件的根本性质。安倍认为将他的想象力和欲望归因于她是不恰当和没有根据的。想到他们的关系的可能性，他感到不舒服，并想到离开她。在卡兰古特汽车站遇见她的机缘永远改变了他的生活。但是，一个阴天的早晨，他必须消失，甚至没有告诉她去一些遥远的地方，可能是喜马拉雅山，出家为僧。她起床去准备床上咖啡时却发现他不见了；她会多次打电话给他。她会在婴儿床下、浴室下、屋外、社区和阿瓜达堡外寻找他。她感到焦虑，带着痛苦和悲伤在辛格林海滩和阿拉伯海的波浪上寻找他。可怜的格蕾丝。不，他不会让她陷入深深的痛苦之中。他不会离开她。即使他离开她，他也会通知她，说他要去未知的地方，因为她不爱他。

不，他不会告诉她她不爱他。可能会伤害她的感情，也会给她可爱的心带来痛苦。所以，他会说他要走了，不想和她呆在一起。不，他永远不会告诉她他不想和她在一起，因为她听到他说这么痛苦的话会哭。所以，告诉她他要去喜马拉雅山，在那里他将放弃世界，在山洞里冥想多年。灌木丛和植物会在他周围生长，鸟儿会在他的树枝上栖息，动物会来和他在一起直到永远。他将成佛。

但他不应该让她心里痛苦。如果他离开格蕾丝，她会永远哭泣，到处徘徊。她不会有人陪她下棋，也不会有人唱古老的印地语歌曲。安倍感到很糟糕，因为没有人可以和她分享床上咖啡。

当阿贝看着格蕾丝时，他的想法疯狂而痛苦，但惊讶地发现她的眼睛闪闪发光。然后突然，她看着阿部，笑了，她美丽的笑容。

"安倍，你郊游愉快吗？"她问道。

"当然，这是一次迷人的旅行。你和我在一起激励着我。"

安倍可以看到曼多维河上的渡轮驶过，船上挤满了水手。

"看吧，每个人都在旅行。每个人都有一个目的地。人们有一个非常亲爱的人陪伴着他们或在等待着他们。人们总是喜欢和心爱的人一起旅行，珍惜生命。" Grace 看着 Abe 说道。

"你总是谈论生活中的亲密关系。很高兴听你说话，亲爱的格蕾丝。"

"生活就是关系；这是关于与你想与之分享生活的人的亲密关系。生活就是深深的依恋和共同生活。"格蕾丝强调了"在一起"这个词。

"你不能成为隐士。你不能过孤独的生活。如果你不想分享你的生活，那生活就没有意义了。"

"我同意你的看法，安倍。你是一个想法丰富、观念活跃的人。即使你有点内向，你也会真诚地思考并说出自己的想法。"格蕾丝看着亚伯说道，然后微笑着说道。

"你很坦率，亲爱的格蕾丝。我知道我不是一个外向的人。我知道，有时我不开放。但我知道我可以爱上一个我钦佩和崇拜的女人，像你这样的人。我知道我可以和她一起过有尊严的生活，尊重她的自由和平等。"安倍斩钉截铁。

格蕾丝惊讶地看着他。安倍第一次谈到了他的感受、内心的价值观以及将成为他一生伴侣的人。他的话准确而充满意义。

突然他们到达了仁慈耶稣大教堂。这是一座雄伟的建筑，数百名游客正在仔细观察建筑中复杂的工作。阿部和格蕾丝慢慢地走进去。在祭坛的左侧，他们可以看到圣方济各泽维尔的遗骸。

"泽维尔致力于在印度和中国传播基督教，"格蕾丝说。

"受到基督信息的启发，去传教，泽维尔开始了他的漫长旅程，"阿部补充道。

"承诺改变一切；它赋予生活意义和目的。没有它，一个人就会在世界各地徘徊，一无所获。"格蕾丝评论道。

阿贝看着格蕾丝。她正在看着装有弗朗西斯·泽维尔尸体的棺材。

"这些都是历史事实。但如果泽维尔生活在我们这个时代，他的布道就会徒劳无功。人们会认为他是一个狂热分子。如今，人们已经没有时间听这样的说教了。此外，宗教已经失去了意义。大多数宗教都在努力生存，尤其是基督教，"安倍说。

"不仅是基督教，所有基于对上帝信仰的宗教都变得毫无意义。所有聪明的人都发现上帝对于幸福和满足的生活来说并不是必需的。没有宗教和上帝，生活变得更加有意义和平静，"格蕾丝评论道。

"你如何区分人类和上帝，"安倍问。

"与上帝相比，人类是真实的，"格蕾丝回答道。

"我确实同意你的观点，格蕾丝。人类可以为生命创造一个目的，但神却没有。曾几何时，敬拜上帝是人生的主要目的。现在很明显，崇拜是对生活和逃避现实的否定。所以，我们已经把上帝扔进了历史的垃圾箱。"阿部分析道。

"最高的价值是信任与爱的结合。您对一个人产生信任。爱和信任中有一种与生俱来的尊严。您信任您所关心的人；你尊重，你爱。它给你巨大的信心，"格蕾丝解释道。

"你信任我吗？"安倍突然看着她的眼睛问道。

"当然，我邀请你来我家，和我一起睡在我的床上。这个世界上没有人会做出这样的举动。我对你所做的就是信任的最高典范。我不是一个天真无邪的人，也无意掩饰你，"格蕾丝说。

"格蕾丝,亲爱的格蕾丝,"亚伯喊道。

"你可能认为我很天真,"格蕾丝看着亚伯的眼睛说道。

"永远不能。"

"我也从未想过欺骗你,"格蕾丝说。

"我就知道,你永远不能这么做。"

"我认为,不可接受的行为是毫无意义的。诈骗、欺骗、欺骗和欺诈行为非常普遍。然而,它们都会造成不必要的悲伤和不幸,"格蕾丝看着安倍说。

她的话中没有任何平庸和陈词滥调,安倍知道这一点。

"我对你绝对有信心,亲爱的格蕾丝。"

"所以,你是在告诉我你信任我,Abe,"格蕾丝发表声明。

"我崇拜你。"他突然的反应,话语中爆发出罕见的自信。

格蕾丝看了他一会儿,没有碰他,在他耳边说道:"我也是。"

"这对我来说就是音乐,"安倍回应道。

"来吧,让我们去下一个纪念碑,"格蕾丝向前走去说道。

他们参观了*圣卡塔琳娜州大教堂*。那是一座雄伟的建筑。

安倍说:"看看,有多少人为这座建筑的建造付出了辛劳。"

"但他们都可能收到了维持生活的工资。创造就业机会是发展的标志,它可以帮助成千上万的家庭摆脱饥饿和贫困、文盲和疾病。"格蕾丝说。

"但不应该有任何剥削,"安倍看着格蕾丝说。

"工资必须根据日常需要的成本,如主要需求和次要需求,以及人民生活水平的阶段来确定。"格蕾丝分析道。

"当时需要这些结构,因为它们可以为人们提供工作,"安倍评论道。

"你是对的。但如今,我们不需要教堂、清真寺或寺庙。我们需要学校、学院、大学、医院、初级保健中心、银行、计算机中心、实验室和工业。我们需要根据时间而改变,"格蕾丝澄清道。

"你是怎么得到如此有启发性的想法的?"阿部问格蕾丝。

"我曾经思考、分析我周围的一切。每一天都为我提供新的学习机会。我通过观察和实践来学习,"格蕾丝发表声明。

他们已经到了阿西西教堂圣方济各的庭院里。

"我非常钦佩阿西西的方济各。他是一位伟大的环保主义者,"格蕾丝说道。

安倍发表声明说:"他对鸟类、动物、植物和树木都很友好。"

"弗朗西斯是一个富有同理心的人。我们需要像对待自己一样对待他人的人。人类需要主要和次要的需求、爱和关怀、保护和有尊严的待遇。动物、鸟类、植物、树木、河流、山脉、森林、山谷和稀树草原是人类生活不可或缺的一部分,"格蕾丝阐述道。

"你的想法不同。你有一个内在的愿景,"安倍说。

"你不仅仅靠面包生活。我相信这个原则,"格蕾丝说。

格蕾丝和阿贝坐在花园里。那里有蜜蜂、麻雀、八哥和松鼠。格蕾丝演唱了一首印地语电影歌曲,内容涉及动物和鸟类、爬山虎和树木、河流和山脉以及人类在大自然中的地位。

"你是怎么学会这么多印地语电影歌曲的?"阿部问道。

"从孩提时代起,我就对印地语歌曲非常着迷。我可以在五分钟内记住一首歌。这是一种与生俱来的天赋,我开发了它,"格蕾丝说。

"你可能知道多少首歌,"安倍问。

"可能是一百。每首歌都给人不同的体验。大多数都是纯粹的浪漫和分离。但它们将你提升到一个充满爱、怀旧、轻微悲伤、欢乐和活力的不同世界。我相信没有其他语言有如此丰富的歌曲，可以偷走你的心。"格蕾丝回答道。

在乘坐巴士前往果阿中部的香料农场之前，格蕾丝和阿部参观了圣母山教堂和*圣卡特琳娜教堂*。巴士穿过田园风光、茂密的植被和小农场，穿过起伏的山丘。景色非常壮观。

"人类必须保护环境，"格蕾丝看着群山说道。

"从巴士上看到的农场和森林的全景非常引人注目，"安倍评论道。

"但果阿有一些采石场和矿山，这可能会逐渐破坏环境的平衡，"格雷斯说。

阿部惊讶地看着格蕾丝。他认为格蕾丝对人类社会、环境、存在等各个问题的看法与其他人有很大不同。

"格蕾丝，你说的是不同的语言，"安倍告诉她。

"我有不同的思维模式，"她回答道。

"为什么？"阿部很想知道。

"我在很多事情上都与众不同。我有一个不同的标准：信任人、与人合作、表达我的爱，甚至评价人。"她的话充满了客观和自信。

"你不一样，格蕾丝；这是我的观察，"安倍回应道

"那是因为你了解我，这就是为什么我信任你，与你一起工作，与你一起旅行，与你一起生活，"格蕾丝说。

"你愿意继续这种关系吗？"安倍问道。

"为什么不？我觉得很好，它给我快乐；我想你也觉得值得继续下去，"格蕾丝评论道。

香料农场占地数百英亩。有不同的香料和果树，如椰子、菠萝蜜、芒果、槟榔和香蕉。蜿蜒在山丘周围的小溪可以满足农场内每一种生命形式永恒的干渴，创造出令人惊叹的绿色植物和活力。河岸上的小茅屋和亭子是用竹子和椰壳绳建造的，屋顶是稻草或干椰子叶，看起来古老但很吸引人。农场有许多内部通道；游客可以四处走走，欣赏自然美景。对于游客来说，这确实是一个壮丽的景象。导游带领他们四处参观，农场内的许多溪流上都有小拱桥。格蕾丝和阿贝花了大约三个小时才完成了之字形行走，他们很享受。丰盛的午餐，用农产品烹制而成的各种菜肴正在等待着他们。

他们参观的最后一个地方是山中雄伟的曼格什寺。寺庙建筑群附属有甘尼许和帕尔瓦蒂的神殿，数百名信徒在寺庙和神殿内进行崇拜。

回程很愉快。格蕾丝为阿部唱了很多印地语电影歌曲，阿部也跟着格蕾丝一起唱歌。这些歌曲主要是关于经历爱情后的分离，阿部想知道格蕾丝为什么要唱离别歌曲。

"为什么最近你更喜欢更多主题出发的歌曲？"阿部问她。

"其实，爱情过后，总会有分离。爱的喜悦只有通过离开才能体会。但你需要耐心来经历告别。你不要感到不安或惊慌，你应该等待再次甜蜜的结合，"格蕾丝看着亚伯说道。

"但这会造成悲伤，一种无法解释的痛苦，"安倍说。

"分离是爱情不可或缺的一部分。没有分离，爱情就不可能存在；它一定在那里，"格蕾丝解释道。

"你心里不会感到痛苦吗？"阿部问道。

"当然，当我想到再见时，我的心在流血。我希望它不在那里，"格蕾丝说。

阿部看着格蕾丝问道："你还痛吗？"

"当然，它会造成极度的痛苦。但让我经历它，让我勇敢和大胆地品尝它，"格蕾丝说。

但阿部无法理解格蕾丝所讲述的真正含义。他认为这可能隐藏了她所唱歌曲的含义，而格蕾丝不想告诉他那是什么。他还意识到格蕾丝沉默了一段时间，并且在安静中担心，阿部对格蕾丝的不适和安静感到难过。他无法接受格蕾丝不知为何感到心痛的事实。它可能是一个概念、感觉、想法、恐惧或事件；它可能很快就会消失；安倍试图安慰自己。

这是安倍与格蕾丝在一起的第九个月。他们开始在建筑工地上工作两周。这项工作相当繁重和累人，但工资很优厚，承包商每天支付三百二十五卢比。回来的时候，他们从市场上买了很多天的新鲜鱼和蔬菜。当阿贝发现格蕾丝并没有变得更加悲伤或沉默时，他的心情再次变得愉快。安倍特别喜欢做家里的所有工作，做饭、洗衣服、打扫房间。每月进行的社区组织活动是一次很棒的活动，也很有趣。格蕾丝和安倍参加了贫民窟的清洁工作以及聚会和文化活动。歌舞、茶会继续延续，成为他们生活的一部分。

每天都会下很多棋局。唱印地语电影歌曲是晚饭后的固定活动，阿部很喜欢和格蕾丝一起演唱她唱过的所有歌曲，所有这些歌曲都成为他最喜欢的歌曲。但他感到很痛苦；一起唱歌时他无法把手放在格蕾丝的肩膀上，早上起床时也无法拥抱她。安倍感到不高兴的是，他不能在赢得一场国际象棋比赛后亲吻她可爱的脸颊，也不能触摸和感受她食指上的银戒指。他想在她的脸上公开地告诉她，格蕾丝，我爱你，我愿意嫁给你。但他知道有一天他可以触摸、拥抱、亲吻她，并与她发生性关系。

一天晚上，阿部开始画一幅新肖像，格蕾丝就是主题。这是表现主义风格的。画布上画着格蕾丝的三个人物，其中一个抽象人物表达了旺盛的情感。第二个是格蕾丝的形象，表达了她内心深处的悲伤。在第三首中，格蕾丝唱了她最喜欢的分离歌曲。在这三个人物中，安倍试图投射主题的心理结构。尽管美观的图像产生了内心的冲突，但个人情感的表达充满了画布。壮观的色彩描绘了生动的情绪反应、大脑脆弱性的两极分化以及人内心挣扎的强度。通过三个人物的动态构图，这幅画展现了人类无法控制周围环境的能力。

安倍花了大约一个月的时间才完成这幅画。该艺术的标题是"*三位一体*"。安倍签署了，*安倍*。而签名下方，他用小字写着：*To Grace with Love*。晚餐后，阿部将这幅画作为礼物送给格蕾丝，格蕾丝收到这幅画感到很兴奋。她把这幅画和前两张画一起挂在墙上。这三个人对她来说同样重要。

"亲爱的安倍，谢谢你*三位一体*，"她说。

听到格蕾丝的赞赏，阿部感到很高兴。她是完全客观的。但赋予这幅画的价值是主观的，因为现实是分析性的；他记住了格蕾丝的话。

打扫完房子后，格蕾丝唱了印地语电影歌曲来纪念安倍。这次的主题是爱情，一个女孩对一个男孩的爱。男孩是王子，女孩是国王军队中一名士兵的女儿，她远远地见过王子，但从未与他交谈过，从未碰过他。她有强烈的愿望要嫁给他。王子从来不知道他父亲的王国里有这样一个女孩。但她见过王子，他为她而活，她对他的爱很强烈，但却从未有机会发扬光大。阿部请格蕾丝再唱一遍这首歌，这样他就可以和她一起唱。

"爱，有时永远不会达到目的，"阿部在一起唱完这首歌后对格蕾丝说。

"这是一个普遍的真理，"格蕾丝回答道。

"为什么？"阿部问道。

"爱是一种感觉；它有不同的阶段、色调和色彩。能否达到目标取决于你的爱情处于哪个阶段。"格蕾丝回答道。

"但是恋人们可以自由决定他们的爱情必须处于哪个阶段，"安倍说。

"他们是自由的，但两个恋人可能不在同一水平上。一个人可能还处于起步阶段，但另一个人可能已经达到了顶峰。"格蕾丝解释道。

"所以，爱情中存在冲突，"安倍评论道。

"这场冲突是令人心碎的原因。他们在不知道恋人双方处于什么阶段、不知道对方心理阶段的情况下，做出了难以兑现的承诺。他们可能会假设一些可能无法实现的情况和目标，"格蕾丝说。

"但是如何验证恋人是在哪个维度呢？"安倍问道。

"这是一项艰巨的任务。恋人出现的时机取决于他的背景、情绪稳定性、心理成熟度、欲望的强度和目标导向。"格蕾丝解释道。

阿部惊讶地看着格蕾丝。她知道一切，分析一切，

"你的分析是准确的，"安倍评论道。

"分析需要与一个人内心的感受和痛苦同时进行，"格蕾丝回应道。

'那是真实的。知道不一定会做，"安倍说。

"但认识就是存在，"格蕾丝强调道。

"为什么？"安倍质疑道。

"当你知道自己恋爱时，你就变成了另一个人。但对方可能不会像你一样进化，因为对方可能不知道所爱之人的需要，"格蕾丝解释道。

"这对你来说意味着，你和你的爱是一样的，"安倍发表声明。

"如果对方以相同的波长进行交流，就不会有冲突。"格蕾丝回答道。

"这很理想，"安倍说。

"当然，那是最终的阶段。没有什么比这更进一步了。一体感是密不可分的。恋爱中的人都是为了达到那个阶段而奋斗的。所有的奋斗都是为了那个统一。最终，一切都是一体的。"格蕾丝很有哲理。

听到格蕾丝的评论，安倍再次感到惊讶。

"格蕾丝，你是如何积累如此智慧的？"阿部问道。

格蕾丝说："安倍，这是观察人们、与他们合作、分析和个人反思的结果，但没有观察就不可能进行反思。"

"知识是分析性的。"安倍尝试解读。

"是的，知识是分析性的。但这只是其他事物的表现。我们不能在没有基础、没有对象的情况下创造知识。当有一个对象时，我们根据我们的主观标准对其进行分析并创造知识；因此，知识可能不是纯粹客观的，也不可能是纯粹主观的。所以，知识就是解释。爱就像知识。我们需要解释它并理解它的各个阶段。我们决定这些部分是什么。爱是观察的终极境界。但我们需要让我们的爱像生命一样成长和繁荣。否则，它就会变得停滞不前。"格蕾丝分析道。

"对你来说，生活中的爱和经验中的爱哪个更突出，"安倍问道。

"作为生活的爱和作为经历的爱并存。但要了解爱，我们需要解读它。如果不分析爱情，理解它是相当麻烦的。在恋人与恋人爱情的每一个阶段，双方都在不断地阐释。这个阐述无非就是人生的不同阶段。这可能不是有意识的努力，但也不是无意识的。所以，爱就是生活和经历，它们同时共存。"格蕾丝解释道。

"我们是这样分析的产物吗？"安倍质疑道。

"当然，人类的存在本身就是分析性的。知识获取是生存策略的一个组成部分，这纯粹是解释性的。我们解释情况和事件并采取相应的行动和反应，"格蕾丝说。

"所以，你说爱是一种活生生的经历，"安倍发表声明。

"爱不仅是分析性的，而且是一种体验过的感觉，一种现实。这就是为什么它成为一个人不可分割的一部分。这就是为什么没有爱就很难生活的原因。它是人类整体体验的核心，通过感受和情感与另一个人建立深厚的关系。因为爱，人们发现断绝关系是极其困难的。因此，一个人的整个思维模式和个性都成为爱的产物。正是因为如此；"有些人如果恋人分离，就会哭到死去。"格蕾丝看着安倍说道。

"那，为什么要分开呢？"阿部问道。

"这是人类经历的冲突。我们可以称之为存在焦虑，"格蕾丝说。

听到格蕾丝的话，阿部沉默了良久。

格蕾丝在接下来的一周里一直保持着悲伤和沉默。看到格蕾丝，阿贝的心很痛。格蕾丝，你怎么了？你为什么伤心？你为什么不谈谈你的问题呢？安倍辩论了许多他想问她的问题。但他觉得如果他问这样的问题，格蕾丝会很痛苦。

星期六，安倍正在做早餐。格蕾丝走过来，站在离他很近的地方。他们站着从煎锅里开始吃东西。阿部观察到格蕾丝的眼睛湿润了。

"格蕾丝，你看起来很沮丧，"阿贝说。

"我感到悲伤和担忧，"格蕾丝说。

"关于什么？"安倍质疑道。

格蕾丝说："我正在做出一生中最痛苦的决定。"

"我不是在问这个决定是什么,但你能告诉我你为什么悲伤吗?当我看到你不高兴时,我的心就会痛,"安倍说。

"我很抱歉,阿部,你因为我的沮丧而感到痛苦,"格蕾丝说。

安倍没有再问任何问题。他知道格蕾丝正在经历巨大的内心冲突,努力做出个人决定。

"Abe,今晚我们去帕纳吉吃晚饭吧,"Grace 对 Abe 说道。

"什么特殊场合?"安倍问。

"你没注意到你刚刚在这里待了九个月吗?"格雷斯微笑着回答。

"你记得每一件小事,亲爱的格蕾丝。"

"我喜欢记住你和我之间发生的一切。我很重视这些事件,"格蕾丝评论道。

阿部笑了。

"请穿裤子和长袖衬衫并打领带,"格蕾丝提出了要求。

"这么盛大的场面吗?"安倍问道。

"和你在一起的每一个场合都很棒。我喜欢在未来回忆每一个。"格蕾丝发表声明。

"但我喜欢成为那样的未来,"安倍笑着说。

"当然,没有其他人了,但你需要独自等待一段时间。我会回到你身边,我们一起创造未来,"格蕾丝说。

阿部注意到格蕾丝的眼睛充满了光芒,闪闪发光。但他无法理解她说话的背景;就连她所说的话,也有着不同的含义。

格蕾丝穿着一件红绿色薄纱制成的*坎吉普拉姆丝*绸莎丽和一件颜色组合和质地相同的无袖衬衫。她看起来非常美丽;她的黑色短发触到了她可爱的耳垂。她浑身散发着优雅和自信。格蕾丝是他见过的最有魅力的人，安倍确信这一点。

"安倍，你看上去棒极了。我喜欢它，"格蕾丝说。

"亲爱的格蕾丝，你看起来棒极了。"

他们乘出租车前往帕纳吉。

当他们到达帕纳吉时，格蕾丝说："我在镇上最高的餐厅为我们预订了两个座位。"

为他们分配了一张两人座位的角桌，他们面对面坐着。

"我几个月来一直梦想着这一天，事实上已经很多年了，"格蕾丝说。

"很多年？"安倍感到惊讶。

"是的，安倍，每个女孩都有一个梦想。渴望与她一生中遇到的最有魅力的人共进晚餐。对我来说，你就是那个人。"格蕾丝微笑着说道。

安倍表示："我感到很荣幸。"

菜很美味。阿部惊讶地发现格蕾丝优雅地使用叉子、刀子和勺子。

阿部看着格蕾丝，很喜欢她的外表。他看着她的眼睛、鼻子、嘴唇、脸颊、下巴、耳朵、头部和头发。她的手很漂亮，手指也很漂亮。格蕾丝，我爱你，永远和我在一起。我爱你，因为你是一位伟大的女人，拥有非凡的尊严、无与伦比的勇气、永恒的优雅、看不见的成熟、无限的爱和难以想象的信任。与您一起生活将是一次充实的经历。安倍心中说道。

"安倍，你让我着迷，你完全沉着，从不傲慢，总是尊重他人和他们的意见，聪明，体贴，开明，有尊严，"格蕾丝微笑着说。

"我很幸运能见到你，尽管我对你的背景一无所知，"安倍说。

"最好不要了解另一个人的背景。我也对你的先例从来不好奇。我爱一个人，不是因为背景，不是外表，不是言语和承诺，而是这个人的尊严。"格蕾丝说道。

"格蕾丝，我对你的尊敬是超越任何标准的。这是无条件的，"安倍说。

"积极的关系永远不会对个人有任何期望；接受任何可能发生的事情是不可避免的。它敢于承受亲人和事件带来的冲击和突然的痛苦。"格蕾丝看着安倍说道。

阿贝看着格蕾丝。这些*由亲人和事件*引起的震惊和突然的痛苦是什么？他思考着她的话。

阿部和格蕾丝在餐厅里待了大约两个小时，然后穿过街道。当他们在那里清洁街道大约一个月时，他们熟悉帕纳吉的所有角落。每条街道上都有数百名年轻人拥抱、亲吻。曼多维河畔的树木在路灯的照耀下显得神奇，树影遮盖着年轻情侣，像一把巨大的雨伞保护着他们的隐私。在每个路口，音乐家们单独或成群地唱着关于中世纪葡萄牙王子和公主的情歌。女孩们随着音乐翩翩起舞；站在周围的人把硬币扔到铺在圆圈中间的一张纸上。少女腰间系着的铃铛叮当作响，她们裸露的腹部被涂上柔和的色彩。吉他和小提琴是主要乐器，音乐家们演奏得很好。

格蕾丝站在一位拉小提琴的女士旁边，扔了一些货币。她独自一人，她的音乐曲调忧郁。她可能是在利用失去的爱情，与永远消失的情人的失败关系。小提琴手穿着一条带有鲜艳花朵的裙子，她的衬衣是绿色的，金色的线垂到了她的腹部。

在另一个路口，格蕾丝把一些钱放在一个舞女的手掌里。她停止跳舞，看着格蕾丝。她大概十四岁左右。她的鼻子旁边有一块闪闪发光的小石头。

"Obrigado senhora por suagenerosidade，"女孩跪下说道。"女士，谢谢您的慷慨，"她补充道。

"音乐很棒，你跳得也很好。"格蕾丝低下头说道。

远在阿拉伯海的船只上挂满了数百盏灯。

格蕾丝和阿贝谈论了爱、团结和成就感。他们热切地倾听对方的讲话，并且喜欢和对方在一起。

回到家后，他们下了两盘棋。然后，格蕾丝坐在安倍对面的椅子上，唱了很多印地语电影歌曲。午夜左右他们就睡觉了。早上六点左右，床上咖啡准备好后，格蕾丝叫醒了阿贝。早餐时，他们准备了煎蛋、烤面包、蔬菜排和粥。他们再次站在炉子旁边，开始吃煎锅里的东西。他们发现它更有吸引力、更舒适。它有一种独特的方式来分享团聚的感受和温暖。格蕾丝多次将充满奶酪的吐司放入阿贝嘴里，告诉他他会喜欢它的味道。安倍不仅喜欢，而且赞赏。她的存在是他所经历过的最亲密、最深情和最舒适的。他对它的钦佩是无法解释的。

洗完碗、打扫完房子后，格蕾丝走到阿贝身边，站在他面前。

"阿贝，"她喊道。

"亲爱的格蕾丝，"他回答道。

"我想告诉你;我要离开这个地方，"她看着他的眼睛说道。

阿部站着不动。一时之间，他无法理解她在说什么。安倍感到震惊，无法用言语来表达他的反应。有那么几秒钟，他沉默了，一动不动。

"优雅！"他低声叫道。

"是的，亲爱的安倍。我现在要离开你了。感谢您的爱和信任。"格蕾丝简短地说。

他看着她，不知道该如何反应。

"你送给我的三幅画，我都带走了。我什么都没有来；现在只带着这些珍贵的礼物回去了，"一边把画一张一张地滚到另一张上，格蕾丝说。

"你要去吗。真的吗？"。

"是的，阿部。请随身携带这顶帽子。我现在没有什么可以给你的了，"格蕾丝边说边把棕色帽子递给她。

阿贝从她手里接过它，站着不动。他没有任何表情地看着格蕾丝走出家门。他看着她，朝着阿瓜达堡的半影走去，消失不见。

深爱的

安倍感到孤独、悲伤和失落；他的心隐隐作痛，内心深处有什么东西在刺痛。他在门口坐了大约一个小时，没什么可想的，脑子里一片空白。他望向虚空，用指关节敲击地板，生自己的气。

锁好房子后，他走到公交车站寻找格蕾丝。有四辆公共汽车，安倍搜查了所有的公共汽车。"格蕾丝，他喊道，"但没有人回应。售票柜台几乎空无一人，只有少数乘客。他的心因焦虑和失望而沉了下去。

"你去哪儿了，亲爱的格蕾丝，"他低声说道。

当走向海滩时，海面一片漆黑，没有独木舟，他想起了在卡兰古特的第一天。他再次想起她的话："别担心。你可以跟我住一晚，我给你车费；你可以稍后还给我。"一晚上竟然是九个月，阿部在心里说道。

在海滩上，阿部闲逛了一会儿。他开始在将近二十五艘船后面寻找格蕾丝。突然，他听到她叫道："阿贝，阿贝。"他跑到声音传来的地方，那里空荡荡的，空荡荡的，像个贝壳。阿贝回忆起她的声音，那是他心爱的格蕾丝的甜美声音。"阿部，我躲在这里；你必须设法找到我。"他再次听到她呼唤他的名字。"格蕾丝，我亲爱的格蕾丝，你在哪里？"他大喊一声，却没有任何回应。他能听到自己的声音与海浪交织在一起的回声。海滩上空无一人，连渔民的影子都没有。因为是周日，所以对他们来说就是一个假期。

"格蕾丝，从躲藏处出来吧。我心情不好。请出来吧。"他的声音带着一丝焦急和恐惧。海滩对他来说是陌生的，他开始在海滩上从一端跑到另一端。流浪狗追赶他；恐惧吞没了亚伯，他倒在湿漉漉的沙子上。雄伟的阿瓜达堡抵在他的面前，而狗则凶狠地围着他。他控制住自己，跳起来追那些狗。"走开，"他喊道。

他再次在渔船上搜查格蕾丝，看看她是否藏在其中一艘渔船上。他决定，狗不应该攻击她。当她跟他开玩笑时，她可能会受到保护，免受狗的伤害。他相信她不能离开他，抛弃他，因为她离他如此之近，在过去的九个月里，格蕾丝变得形影不离。他无法想象没有格雷斯的世界。没有格蕾丝，阿贝无法想到去任何地方，也无法在没有她的情况下吃任何东西。恩典是如此宝贵，是无价之宝。

太阳在头顶上燃烧，天空晴朗。海上的许多船只正在缓慢地移动，接近地平线，而港口里的船只则静止不动。

下午，他被太阳晒得头晕目眩，没有东西遮住头。他朝小船走去，仰卧在其中一艘船的阴影下。傍晚时分，他听到了海浪的咆哮声。夜幕很快降临，阿瓜达堡上灯火通明。但海滩一片漆黑。他可以看到狗成群结队地穿行，可能是在寻找食物。

安倍感到孤独。在船上会更安全，他想，然后爬进了一艘或多或少位于中间的船。他孤独地坐了一会儿，听着大海的咆哮，但海面上除了黑暗之外什么也没有。天空万里无云，星星清晰可见。他孤身一人，有亿万颗星星守护着他。星星之所以存在，是因为你观察到了它们。如果你找不到它们，对你来说一切都不会存在，而且你也不确定没有你一切都会存在。他忘记了其他一切；它们超出了他的观察和意识范围。然后亚伯睡着了，他孤身一人，只有他心爱的格蕾丝在他的意识里。

午夜时分，他起床，抬起头，看到一群狗在沙滩上睡觉。他们可能是在保护他；但也可能是在保护他。即使是敌人，有时也可能成为救世主。天空晴朗，星星也更多了。残月出现在东方地平线上，阿瓜达堡上方。平静但漆黑的海面吹来一阵凉风，半夜在海滩上真是太舒服了。突然他想到了格蕾丝。你在哪里？我好想你。我来这里是为了让狗不会攻击你。不要到处走动。如果您在船上,请留在船上。当太阳出现在东方时,我们就可以一起回家了。我会为你泡咖啡,然后我们坐在椅子上,面对面聊天。睡完咖啡后,我们可以下棋或一起唱 Kishore Kumar 或 Lata Mangeshkar 的情歌。让我们做早餐、三明治和煎蛋卷、蔬菜排和粥,然后站在厨房的桌子旁边,用煎锅吃东西。它有一种特殊的感觉,团聚的喜悦。站在你身边吃早餐是一种美好的体验。再一次,亲爱的格蕾丝,再一次。

恩典可能不是真实的。也许她就是瑞普·凡·温克尔的经历。由于中毒和幻觉的影响,她的形象变得不真实。如果她不是真实的,那么她就是上帝。像格蕾丝这样的人是不可能存在的,因为她在一切方面都是完美的。她超乎人们的想象,优雅、聪慧、才华横溢、成熟、端庄。阿贝想,像格蕾丝这样的生物不可能一边在地球上行走,一边从一个角落到另一个角落数着星星。但我很高兴再次见到你。让我来体验一下我们一起经历过的那些幻觉。它们是如此辉煌、闪闪发光、令人惊叹。与你同行,满足了无法解释的欲望,创造了更高层次的团聚时刻。头脑无法删除它们。格蕾丝,你对我来说是真实的,即使你是不真实的;尽管你不存在,但你在我心里依然高高矗立。

我喜欢背诵你的情歌,直到我生命的最后一天。来和我呆在一起吧。让我快乐地歌唱它们;我喜欢看你微笑,听你唱歌,和我下棋。回来。我们将去鸟类保护区,沿着内在的小路行走,寻找新的鸟类品种,唱动人的情歌直到永恒。那些歌深入我的内心,就有了不一样的魅力。格蕾丝,你虚幻而又真实;你是神,也是人。你不可能像有血有肉的人一样不真实。我们一起做饭,一起吃饭,一起散步,一起工作。你给我讲述了爱与分离、痛苦与焦虑的故事;你是我见过的最真实的人。

阿贝,亲爱的阿贝,他听到她在呼唤他。格蕾丝,我在这儿。我们去吃晚饭吧。这是为了你的荣誉。格蕾丝,我要用我的钱做什么?随身携带。稍后您将需要它。格蕾丝,你警告我这种分离、即将到来的灾难、相互碰撞的命运。但我没能理解你。你让我去孟买,阻止我永远和你在一起。你预见了我的未来。

狗在四处走动,有一两只在吠叫。不远处有灯光。有人在说话。新的一天已经来临,渔民们准备出海。

"嘿,谁在那儿?"有人问。

"WHO?"另一人问道。

"船上好像有一个人。"第一个回答道。

安倍可以数出七到八个人头。他站起身来,下了船。

"你睡过觉吗?"其中一人问道。

"是的,"阿贝回答道。

"没有别的地方可以睡觉吗?"渔夫问道。

"我来到了海滩。这些狗看起来很凶险,无法返回,只能躲在船上。睡在你的船上,尽管很困难,"阿部叙述道,他想说实话。

八个人手里拿着火把,好奇地看着他。

"你安全吗?那些狗袭击你了吗?"钓鱼者担心他的安全。

"我很安全。晚上,他们睡在船周围来保护我,"安倍说。

听他这么一说,渔民们都笑了。

"那你现在可以一个人回去了吗?"其中一人问道。

"当然,公交车站就在附近,"阿部回答道。

"我们可以在公交车站找到您。跟我来吧。"一位渔民说道。

阿部跟在他身后。他们一起走着。

"现在是凌晨三点,独自行走很危险。"渔民说。

"谢谢你的好意。抱歉，添麻烦了。祝您度过愉快的一天，收获丰硕成果。"到达公交车站后，安倍一边与渔民握手一边说道。

"一切顺利。旅途平安。祝你好运。"渔夫说道。

第一趟去孟买的巴士是早上六点；从显示的时刻表来看，安倍明白了。他在候诊室里坐了一会儿。他看到公交车站外停着两辆卡车，便朝他们走去。

"请带我去孟买，"安倍告诉卡车司机。

"不是去孟买，是去浦那，"卡车司机回答道。

"好的。让我和你一起去浦那，"安倍说。

"五百块钱，"卡车司机说。

"同意。安倍说。我会在到达浦那后付钱，"安倍说。

"完毕。但请告诉警察真相。你不说，我就说。"卡车司机建议道。

安倍没有再说什么。他也不想说谎。如果卡车司机说他是乘客，他认为没关系。

卡车司机是个身材魁梧的中年男子，开车的时候有一种威严。他的助手坐在他旁边，是一位留着浓密小胡子的年轻人。阿部靠近窗户，座位安排很舒适。

"每次旅行，我们都会载人，这样我们就能得到一家公司；我们赚到的钱是次要的。顺便问一下，你要去哪里？"司机问道。

"去浦那，"安倍回答道。

"浦那是一座大城市。如果你告诉我你要去的地方，如果那个地方靠近高速公路，我可以送你去那里。"司机说道。

"我是第一次去那里。我对这个城市一无所知，"阿部回答道。

"看起来很有趣。你想去孟买。现在你要去浦那,你对这座城市一无所知。"司机评论道。

"你是对的。到达那里后,我会四处走走,看看不同的地方。让我先看看这座城市,"阿部解释道。

"所以说,你是一个流浪者。我也曾流浪多年。当我十岁时,我离开了比哈尔邦一个村庄的家。接下来的五年里,我走遍了印度北部。之后,我和萨达尔吉一起在一辆卡车上担任他的助手长达十年。"司机说道。

"所以,你已经当司机很多年了,"安倍发表声明。

"是的。我很高兴认识了 Sardarji;他来自旁遮普邦,是一名锡克教徒,是一位了不起的人。他对待我就像对待他的儿子一样,并教我开车。看看这张照片。这是萨达尔·兰比尔·辛格的作品。我和他一起旅行了数千公里。"他说,在车窗上方、驾驶座旁边展示了一张镶框照片。

"好的。那是萨达尔·兰比尔·辛格(Sardar Ranbir Singh),"安倍看着一张留着胡须、戴着头巾的凶恶男人的照片说道。

"是的,萨达尔·兰比尔·辛格是我的导师;我每天都向他祈祷,祈求他保护我免受危险和事故的侵害。卡车驾驶是一项危险的工作。再说了,路上的每一个警察都想收受贿赂。在中央邦和拉贾斯坦邦,有土匪。其中一些是危险的,但有些是友好且无害的。但最危险的人是政客。"司机继续说道。

卡车还在果阿沿海地区行驶,高速公路两旁有很多椰子树。清晨,他们显得神秘。卡车、公共汽车和小汽车正朝相反的方向行驶。果阿经济主要依赖旅游业;安倍知道这一点。

"你从哪来?"司机问阿部。

"我来自卡利卡特。但在过去的九个月里,我一直在果阿,"安倍回答道

"你可能一直在这里工作？"司机问道。

"是的。"阿部一言不发地回答道。

"作为一名助理，我和我的导师一起工作了十年，直到我二十五岁。我和他一起走遍了印度、巴基斯坦、孟加拉国和尼泊尔。他对我很好。你很少会看到像萨达尔·兰比尔·辛格这样的好人。他有一颗金子般的心。"司机叹息道。

"他现在在哪儿？"阿部问道。

"我的导师已经不在了。他们在我眼前杀了他。"司机低声说道。

阿部没有反应，沉默良久。司机全神贯注于驾驶。

"我们要去德里。需要很多天才能到达那里。路上我们休息几个小时，晚上就睡觉。我从经验中了解到，良好的睡眠对于无事故驾驶至关重要。我连续开车六个小时后就休息，他会连续开车三个小时。他有驾照，"司机谈到他的助手时说道。

"到达德里后，我们请了两天假。我们再次开始回程，一个月内，我们两次前往果阿。我在亚穆纳河对岸的吠舍利有一所房子。毗舍离是德里的一部分。"司机顿了顿，问道："你去过德里吗？"

"是的，"安倍说。

"在哪里？"司机问道。

"我在印度理工学院学习，"安倍说。

"天哪，你是印度理工学院的工程师。这是一所著名的大学，只有十万人中只有一人被录取。我从来不知道你是一个如此聪明、受过良好教育的人。很高兴认识你。"司机说道。

安倍说："很高兴见到你。"

"我有两个女儿。他们俩都想成为工程师。最大的十四岁,九年级;小的十岁;她在五年级。他们梦想着去印度理工学院攻读计算机科学。"司机说道。

"有梦想是件好事。孩子们必须对他们的高等教育有长期的计划。你必须鼓励他们,"安倍说。

"当然,这是我的梦想。我爱我的两个女儿。他们的学习成绩非常出色。我相信,有一天,他们会成为工程师,与世界知名公司合作。"司机表达了他的愿望。

'我相信;如果他们有强烈的愿望,他们就能实现,"安倍评论道。

他们开始攀登西高止山脉。公路越来越窄,行驶起来很吃力,卡车在森林里缓慢地曲折前行。司机不再说话,专心开车。安倍知道西高止山脉,也称为萨亚德里河,保护着马拉巴尔海岸,从古吉拉特邦南部开始,到科尼亚库马里附近结束。翻越山脉,花了近两个小时。当他们到达德干高原西南端时,已经是早上七点了。司机把卡车停在路边一家餐馆附近,叫醒了熟睡中的助手。他们都在那里吃早餐,安倍知道今天是周一,也是周日早上他和格蕾丝一起吃早餐后的第一顿饭。

司机再次启动了卡车。

"在平原上行驶与在山路上行驶不同。我的导师是一位出色的车手,他可以精力充沛地驾驶到任何地方。他与众不同。我十五岁时遇见了他。他知道我是孤儿,给了我一个家。我是印度教徒;他是锡克教徒,但他从不区分宗教。但由于他的宗教信仰,他被杀了。"司机有一段时间不再说话。

安倍看着他开车。他看上去威风凛凛,双手的动作也一丝不苟。他从来没有向旁边看过,连一秒钟都没有。

"为什么、谁杀了他?"阿部问道。

"我仍然每天都会问这个问题。萨达尔·兰比尔·辛格（Sardar Ranbir Singh）驾车从孟买前往德里，进入德里。一天后，她的保安刺杀了总理英迪拉·甘地。一千九百八十四年十月三十一日，我们看到一小群人带着剑和钢棒来了。他们绕过卡车并要求萨达尔吉人下车。他们从他的胡子和头巾知道他是锡克教徒。他停下卡车就跑。但他们抓住了他，制服了他。他们就在我眼前打碎了他的头。我仍然记得那个场景，他血迹斑斑的脸。我大声哭喊，要求他们也杀了我。他们没有杀我，因为我不是锡克教徒。他们的领导连连打我耳光，让我赶紧跑。我常常想起他的脸，那个打我耳光的人。我在报纸上多次看到过他的照片。他是国大党领袖。后来我得知，英迪拉·甘地被保镖射杀后，爆发了骚乱，成千上万的无辜者遭到屠杀。"现场再次陷入长久的沉默。

安倍听了他的话，没有发表任何评论。

"他们烧毁了卡车，"司机继续说道。

"他们是谁？"阿部问道。

"他们都是国大党工作人员，由当地领导人领导。他们正在追捕锡克教徒，无辜的锡克教徒，他们与英迪拉·甘地被杀无关。这些国会议员仅在德里就杀害了三千多名锡克教徒。大屠杀蔓延到印度各地四十多个城镇。超过一万名锡克教徒被屠杀。他们饶恕了我，因为我是拉姆·亚达夫。我是来自查帕兰一个偏远村庄的孤儿，一位充满爱心和关怀的锡克教徒照顾我。对我来说，他是我见过的最好的人。但疯狂的国会议员打碎了他的头，屠杀了他。"他的声音里带着深深的悲伤。

"这确实是一个悲惨的故事。这不应该发生，"安倍评论道。

"这不应该发生；我每天都希望看到我上师的照片。我当他的助理已经十年了；那是我最美好的时光。他为我开了一个银行账户，存了我每个月的工资。五年前，我用这笔钱和同一家银行的贷款买了这辆卡车。我的古鲁对我来说就是上帝，"司机听起来很悲伤。

"萨达尔·兰比尔·辛格，你的古鲁是个好人。我向他致敬。"

"他确实是一个好人。他教会了我伟大的价值观。看看我的助手贾韦德·汗（Javed Khan）；我从阿格拉路接他。他无处可去。他也是一个孤儿。过去的八年里，他一直陪伴着我。我已经为他开了一个银行账户。他将在未来十年内购买他的卡车。"司机谈到他的助手，后者早餐后就在睡觉。

上午十点左右，拉姆·亚达夫将卡车停在路边一家茶店附近。他们在那里喝了热茶和*萨莫萨三角饺*。休息了十五分钟后，轮到贾韦德·汗（Javed Khan）开车了。安倍注意到，他是一位出色的车手。拉姆·亚达夫坐在阿贝旁边的中间座位上，开始打瞌睡。现在卡车里一片寂静。

戈尔哈普尔的甘蔗田看起来绿油油的，肥沃的稻田和甘蔗田；芒果树、菠萝蜜树和椰子树构成了马拉巴尔的复制品。萨亚德里的东坡一直是贫瘠的，直到桑利成为德干高原附近一个充满活力的小镇。数英亩的葡萄园、棉花糖园和花生田遍布高速公路两侧。下午一点左右，他们在加油站附近的一家香蕉园里的餐馆停下来。给油箱加满柴油后，他们吃午饭。然后，拉姆·亚达夫再次开始开车。

"我们很多政客都是罪犯。他们辜负了我们的宪法。我们选举我们的代表；除了尼赫鲁之外，我们大多数部长和总理都绝望且腐败。他是唯一一个不带自私理由认真思考国家进步的人。他与不同宗教、种姓、信仰、肤色、语言和家庭背景的人们一起工作。通过建立我们最好的大学，如印度理工学院和印度管理学院，他为印度的自力更生奠定了基础。尼赫鲁通过修建所有主要水坝并鼓励农民、工人、商人和工业家改变了我们国家的面貌。他坚持妇女地位平等，并通过印度教法典极大地废除了父权制。尼赫鲁是消除该国最偏远地区饥饿和贫困的原因,因为他是一个有远见的人,也是一个群众的人。尼赫鲁也有过失败。但与他对印度人民的贡献相比,这些并没有那么严重。"司机详细说道。

"你说的是事实。"阿部惊讶地看着司机。他非常了解印度的历史和社会政治状况。

"你可能想知道我为什么一边开车一边说话。"司机突然说道。

"是的,我知道,"安倍说。

"好吧,告诉我原因。"司机坚持道。

"有两个原因。第一个是开车时不应该睡着。"

"那太棒了。我的导师告诉我这样做,因为如果我连续开车超过六个小时,我就会睡觉。看,这个贾维德,他开车时从不睡觉。他与众不同;他比我强,"拉姆·亚达夫直视着说道。

"你开得很好,"安倍说。

"请不要夸奖我。我可能会变得傲慢并为自己的技能感到自豪。这可能会导致灾难,"拉姆·亚达夫恳求道。

"你是对的,"阿贝说。

"第二个原因是什么?"司机坚持道。

"你的经历很丰富。您想与其他人分享它们。你的经历有一个人性化的故事,可以从中学到很多东西。它已经帮助我思考人际关系。有必要帮助有困难的人,特别是儿童。"安倍解释道。"它还谈到了政治暴力、宗教仇恨和私刑的徒劳,"安倍停顿了一下后解释道。

"你是对的。当你不断地与头脑交谈时,它就会倾向于信任。你的头脑信任你并相信你对头脑所说的一切。告诉你的思想关于爱和正义的真相。切勿煽动仇恨、暴力、报复的心,以免心演化为邪恶。你一旦作恶了,就停留在那个阶段,没有办法逃脱、没有出路。许多政客心怀恶意，不返良；他们想到复仇、强奸和谋杀。我们遇到的每个人都像你和我。他们拥有一定的权利和固有的尊严；任何人都不能违反它们，我们尊重他人，因为他们也是人。它将引导你热爱人类并接受每个人，忘记他们的背景。正义不过是对人性的爱。"司机阐明道。

他的这句话，深入到了阿部的心里。他所说的都是智慧，蕴含着深刻的价值。不一定要当首相才能讲智慧。首相、部长和政客常常憎恨人性；他们为了生存而分裂人们，为了生存而制造暴力。他们带领暴徒在他们周围实施私刑；传播仇恨和冲突；死亡和破坏是他们的贡献。他们的话语充满力量；他们可以影响数百万人并改变他们走向邪恶。追随者变得热情并准备在任何情况下仇恨和杀戮，因为他们讨厌真理留在幻想的世界中。

傍晚四点左右，他们进入了浦那郊区。半个小时的车程后，拉姆·亚达夫停下了他的卡车。

"你可以到这里来。火车站距离这里大约十公里。如果你愿意的话，可以和我们一起去德里。"司机说道。

"我就在这里下车。"阿部一边说，一边从口袋里掏出五百卢比的现金。"你的费用，"他一边说一边把钱递给司机。

"不，我不应该拿你的钱。你是我们的客人。此外，我从你身上学到了很多东西。你激励我鼓励我的女儿们接受高等教育。请把钱带在身上。"司机坚持道。

"我把这笔钱作为礼物送给你们女儿们继续深造。这是一个小礼物。请您收下吧。"

"当然。我会告诉阿莎和乌莎我遇见了你们；您激励我的女儿们继续深造。感谢您的慷慨，"拉姆·亚达夫在接受现金时说道。

"谢谢。我很喜欢和你一起旅行。"阿部在卸下卡车时说道。

"再见，"司机说道，并向安倍挥手。

阿部看着卡车,直到它消失在他的视线中。然后他乘坐一辆三轮车到了火车站。在那里,他在一家旅馆订了一个房间住下来。房间很干净,有一个连接浴室和厕所。安倍在附近的一家餐馆吃了晚饭,回来后洗了衣服,睡到了第二天。他不想从床上起来,因为他太想留在床上,而 Abe 担心他是否患有性欲狂。他睡到中午,梦见了格蕾丝。

午饭后,他出去乘坐公交车在不同的地方闲逛,直到找到了一块铭牌:*洛约拉大厅:耶稣会培训学院*。他下了楼,站在门口附近。安倍可以听到里面传来歌声,这是一首熟悉的赞美诗,安倍在圣约瑟夫教堂做学生时曾在弥撒期间唱过这首歌。他向前走去,扶着门站着,歌声深入他的内心。

耶稣,触摸我的心。

治愈并让我完整;

耶稣,触摸我的心。

帮助我再次看到我的目标;

我的不洁使我跪下;

耶稣总是看到我的需要。

阿部站在门口,突然他的思绪把他带到了学校,他感到心里发生了变化,仿佛耶稣触动了他的心。"耶稣,触摸我的心,"他反复背诵赞美诗。然后亚伯步行到他的小屋,距离那里大约十二公里,想着祈祷。*耶稣触动了他的心*。在回到自己的房间之前,他可能已经背诵了至少一百遍了。

那天晚上,阿部睡得很晚。他回忆起在圣约瑟夫学校的学生时代,以及那些才华横溢、受过良好教育、勤奋、创新、思想自由的耶稣会士。作家、音乐家、记者、电影制作人、演员、思想家、教育家、哲学家、活动家、社会工作者、诗人、画家、流浪者、流浪汉、律师、医生、艺术家和天体物理学家。他们属于耶稣会，这是一个天主教会，由伊格内修斯·洛约拉和他的六位朋友于一千五百三十四年在巴黎蒙马特创立。除弗朗西斯·泽维尔外，他们所有人都是巴黎大学的学生，并称自己为耶稣的同伴。泽维尔是巴黎大学的教授。教皇保罗三世允许伊格内修斯和他的朋友成为牧师。他们深信天主教会的改革始于个人，因此发誓贫穷、贞洁和服从。他们在欧洲各地建立了一百多所学校、学院和大学，并在短时间内获得了最清醒的欧洲学校大师。安倍尊重他们，因为耶稣会士无所畏惧，在他们的教育机构中鼓励和传授不同的哲学，甚至无神论。他们中的许多人并不害怕反驳圣经中所说的上帝的存在。

第二天早上，安倍乘公共汽车前往洛约拉大厅。打开大门对他来说是一次激动人心的经历，因为这是一个新世界。他看到那些看起来朴素的建筑之间有花园，毗邻绿树和游乐场。外面没有十字架和雕像，但处处弥漫着寂静，包罗万象，音乐深入人心。入口右侧有一座大礼拜堂，他可以看到许多人正在沉思。他向前走去，看到了面向花园的长廊。在他的左边有一扇大门和一个名牌：神父。Joe Xavier, SJ，下面写着： *RECTOR* 。

在独身者中

阿部在门前站了几秒钟。然后他按下了按钮,就听到里面有人说:"请进。"阿部打开了门。这是一间宽敞的房间,里面有一张大桌子,桌子后面,坐着一个人。

"早上好,神父,我是亚伯拉罕·普森,"亚伯伸出手说道。"我的亲人都叫我阿贝。"

身穿黑裤白衬衫的男子站了起来。安倍注意到,他是个高个子,超过六英尺。"早上好,年轻人,"神父与阿部握手,并回以问候。

"阿部,请坐下,"神父。乔请求安倍入座。

"神父。乔,我来这里是为了表达我加入耶稣会的愿望。"亚伯直截了当

牧师看了他几秒钟,以评估他的意图。

"安倍,这是一个严肃的决定。你需要反思你的愿望的利弊。你必须对其进行评估并分析你为什么想加入耶稣会。如果你没有仔细考虑的话,我想劝阻你。"

"你可以随意质疑我的意图。但你无法抹去我内心深处的渴望。"

"安倍,许多年轻人来到这里,表达了加入耶稣会的强烈愿望。我们把他们送回去,要求他们一年后回来。尽管如此,他们仍然强烈地体验到同样的渴望,无法抑制的渴望,一年后,一个如此强烈的愿望,他们可以忘记生活中的一切,听到*耶稣的*呼唤;我们接受它们。要成为耶稣会的成员,你需要至少三年的培训,而

要成为一名牧师,你可能需要接受十年的强化教育。耶稣称之为耶稣会士,"神父解释道。

"神父,我在耶稣会学校学习了十二年。他们教我阅读、写作、算术和逻辑思考。他们向我灌输了一种人生哲学,而我可以自由地接受任何我认为合理且有说服力的哲学。他们鼓励我扩展自己的才能,成为一个更好的人,"安倍叙述道。

"没关系。这是耶稣会士及其使命和愿景的普遍真理。我们有责任教育每个与我们接触的人。我们试图将那个人转变为一个有思想的人。在这里我想问你,你的特殊呼召是什么?你如何回应耶稣的呼召?你怎么知道这个呼召是从耶稣来的呢?"神父的态度非常坦白。

"当我出生时,我的祖父称我为耶稣,因为我像婴儿。在学校里,我叫亚伯拉罕,这是我洗礼时的名字。在高中时,我非常渴望成为像我学校的耶稣会士那样的人。他们让我着迷。我从来没有认真地思考过耶稣。我只是遵循我从祖父母那里继承的信仰。我从来没有看到过耶稣,也没有对他有任何特殊的依恋,"阿贝说。

"听起来很令人兴奋。你的话看起来很诚实。一个高中生可能对耶稣没有任何特殊的感情。他不应该这样做。你的特殊感觉,如果有的话,只有在深思熟虑之后才会出现。它需要来自对生活的理性思考、评价和分析。加入耶稣会不应该是一个幼稚的决定;它一定是大脑而不是心脏复杂且无情感的表达的产物。我们耶稣会士相信一个没有心理创伤的决定,"神父。乔解释道。

"我相信理由和逻辑思维。我有能力与聪明人讨论无神论和有神论。我确信我对加入耶稣会意图的想法并不取决于我是有神论者还是无神论者。我坚信无神论和有神论是非理性的,因为它们无法证明或反驳上帝的存在。存在的概念对于上帝来说毫无意义,"安倍解释了他的立场。

"在某种程度上，我同意你的观点，安倍，因为证明或反驳上帝的存在是没有意义的。这样的争论与神无关。顺便问一下，你明天同一时间能来吗？我将请我的两位耶稣会同伴与您讨论您加入耶稣会的愿望。一位是耶稣会培训学院院长马修·卡丹神父，另一位是培育主任西尔维斯特·平托神父。"

第二天，安倍同时抵达洛约拉大厅。卡丹神父和平托神父正在等他，带他来到一间能容纳十人左右的会议室。座位安排优雅舒适，房间有大窗户。

"阿部，欢迎。我是马修"，卡丹神父在与安倍握手时进行了自我介绍。

"很高兴见到你，卡丹神父，"阿部说。

"我是西尔维斯特，"平托神父说。

"嗨，平托神父，"阿贝说。

卡丹神父说："安倍，非常欢迎您直呼我们的名字。"

"当然，"阿贝回答道。

安倍和他们在一起感到宾至如归。他想，好像他已经认识他们很多年了。马修和西尔维斯特向安倍讲述了他们的父母、社会和教育背景、生活以及在耶稣会的工作。安倍了解到，马修拥有布朗大学人类学博士学位，发表过许多关于人类进化的研究。平托拥有普林斯顿大学数学博士学位。

安倍告诉他们，他的父母、大学教授都是无神论者，尽管他们生来就是天主教徒。他们向他灌输了自由、平等和社会正义的价值观，例如人的尊严，这是值得珍惜的最重要的利益。在宗教方面，他的祖父母是他影响的源泉。尽管如此，安倍认为上帝的概念是根据人类普遍情况而演变的，因为上帝不可能是一个静态的假设或想法。对他来说，这应该是一个引人注目的想法，可以根据人类的需求而改变。

"阿部，请继续告诉我们你的背景，"西尔维斯特问他。

安倍讲述了他在圣约瑟夫学院的求学经历、他与耶稣会士的会面及其对他生活的影响、他在德里印度理工学院的学习、他在南洋大学的研究生毕业以及他对人工智能的研究。

"你认为人工智能有一天会接管人类吗？"马修问道。

"许多大学的研究表明，人工智能像人类一样没有成就动机。尽管人工智能可以创造、开发和处理知识，通常比人类多一百倍或一千倍，但人工智能缺乏成就动机可能无法让它统治人类。"安倍回答道。

"人类和人工智能是否有可能作为一个团队共同努力，实现人类进步？"马修提出了一个问题。

"进步和发展只属于人类，价值观也只属于人类。我们可以为人工智能添加更多内容，但人工智能不能自然增长；它最大的缺点。人工智能无法独立思考，缺乏清晰的思考和审美意识。它没有同理心和其他感觉，所以它本身不是智力，而是偶然的智力。人工智能无法发自内心地微笑、大笑和哭泣，因为它缺乏意识和良知。它没有痛苦，没有悲伤，没有焦虑。我们人类可以表达与亲人见面的喜悦以及与所爱之人的陪伴的幸福。我们可以用爱拥抱另一个人。而所有这些人类的敏感性和情感都是人工智能所缺乏的，因为人工智能只是一台机器。如果对其进行编程，它可以击败最好的国际象棋棋手，并且比最好的钢琴家弹得更好。但人工智能不可能成为比莫扎特、贝多芬、巴赫、肖邦、勃拉姆斯和柴可夫斯基更好的音乐作曲家，因为你需要人类的情感来创作和享受音乐。《哈姆雷特》、《水仙花》、《安娜·卡列尼娜》、《老人与海》、《一百年的孤独》、《饥饿之路》、《沙丘中的女人》、《切门》和《沙昆塔拉姆》都是人类创造力的优秀范例。圣母怜子图、跳舞的湿婆神和埃洛拉的睡佛都是独特的艺术作品。人工智能永远无法画出比《蒙娜丽莎》、《最后的晚餐》、《

星夜》、《戴珍珠耳环的女孩》、《呐喊》、《赤裸的真相》和《格尔尼卡》更好的杰作。人工智能无法成为上帝，但它可以成为希特勒、斯大林、毛泽东、波尔布特、伊迪·阿明和墨索里尼，因为暴力是爱的对立面。因此，人类可以塑造人工智能，但绝对意义上的相反是不可能的。"安倍解释道。

"你的意思是说人类是至高无上的，"马修问道。

"当然，在观测到的宇宙中，没有任何智慧可以超越人类的智慧，"安倍说。

"为什么不？"平托问道。

"因为人类是真实的，"安倍说。

"阿部，请等十分钟好吗？让我们和乔神父讨论一下吧。"马修说道。

安倍等了一会儿。

然后平托和马修和乔一起进来了。

"安倍，如果你愿意，你可以从明天开始，在我们的培训学院作为一名预备生参加为期一年的见习预备课程，"乔说。

"当然，神父。明天早上我会在这里。"安倍回答道。

那天晚上，安倍购买了六条裤子和衬衫、其他必需品和一个手提箱。第二天早上，他到达了洛约拉大厅，乔、马修和西尔维斯特正在入口处等他。

"欢迎安倍来到耶稣会培训学院，"乔说，与安倍握手。

"谢谢你，乔，"安倍回答道。

马修和西尔维斯特欢迎他，并带领阿贝来到学院的见习预备部。对于安倍来说，这是一个新世界。见习预备班有来自全国各地的十五名年轻人，马修是省长，他向每个人介绍了阿贝。他们是毕业生或研究生，强烈渴望成为耶稣会士。每个人都有独立的小隔间，一张床，一个壁橱，一张桌子和两把椅子。

只有时间表中的某些项目不灵活。凌晨四点三十分起床。五点三十分到六点是在小隔间里进行个人冥想的时间。之后，用半个小时的时间阅读主要由耶稣会成员撰写的精神文献。六点三十分的一小时是在教堂举行弥撒，随后是半小时的早餐时间和三十分钟的自由时间。然后一小时用于阅读和公开演讲，一小时用于小组讨论，还有十五分钟的休息时间。事先预约了一个小时去见省长，然后进行十五分钟的冥想。午餐时间是一点到一点三十分，然后到三点三十分是个人工作时间，接下来是半小时的茶歇时间。有一小时的户外游戏和运动时间，五点到八点是个人工作。晚餐时间是八点半，八点半是自由时间。朝九晚十是教堂里的普通祈祷，接下来的半个小时是个人工作，六个小时是休息。

节假日和周日，有更多的空闲时间和个人时间。周六早上是社区工作，下午他们打扫了整个场地直到六点。周日是郊游、娱乐、戏剧和庆祝活动的日子。重要的节日是比赛、电影、文化节目和娱乐活动。一开始，安倍觉得适应时间表有点棘手，但渐渐地，他内化了这一点，对他来说，这是他成为耶稣会士的第一步。阅读许多模范耶稣会士的精神文献是一次令人兴奋的经历。他读了十本关于伊格内修斯·洛约拉、弗朗西斯·泽维尔、阿诺斯·帕迪里、马泰奥·利玛窦、彼得·克莱弗、塞巴斯蒂安·卡彭和佩德罗·阿鲁佩的书。阿诺斯·帕迪里的生活和作品启发了安倍。阿诺斯 1681 年出生于德国下萨克森州，1700 年来到喀拉拉邦。他的真名是约翰·恩斯特·汉克斯伦登，马来亚人称他为阿诺斯。他学习了马拉雅拉姆语和梵语，并用这两种语言写了许多诗集和文章，其中包括讲述耶稣生平的史诗《Puthen Pana》。在他的马拉雅拉姆语词典中，他用梵语和葡萄牙语解释了这些单词。他的马拉雅拉姆语语法是第一个由外国人编写的语法。受到印度文化和精神的启发，阿诺斯出版了一本关于梵文语法的书，以及许多关于吠陀经和奥义书的拉丁文文章。马克斯·穆勒（Max Muller）认为他是一个灵感来源。

安倍从这些人及其想法和使命中获得了灵感。他们鼓励阿贝，并激发了他更多地了解耶稣圣门弟子的强烈愿望。他对伊格内修斯·洛约拉（Ignatius Loyola）创立的协会充满了热爱；那位在一切事物中都找到耶稣的士兵变得神秘。

每天的公开演讲会议非常富有成效。所有十六名副官、省长和其他神父都出席了这样的活动。候选人必须就一个主题每人发言三分钟。随后会议开始对主题、想法和演讲风格进行讨论和评价。讨论的核心是措辞、影响力和说服观众的力量。每个人都充分参与其中，使这个过程变得丰富而有力。公开演讲帮助安倍了解他的同伴和他们的个性。很大程度上，每位演讲者的评价和分析都是公正客观的，没有人对任何一位演讲者或评估者怀恨在心。

州长鼓励学生们在公共朗读会上在观众面前朗读一篇书面文章五分钟。他们根据发音、表达流程、清晰度和影响力来评估阅读内容。这让他们能够毫无羞怯和恐惧地站在别人面前。阅读是一门艺术，可以给观众留下深刻的印象并传达强烈的信息。他人的纠正帮助安倍谦虚、尊重同伴，提高了自己的才能。

与马修的会面是一次令人耳目一新的经历，因为他在传达想法和意见方面的诚意是非凡的。尽管马修是一位人类学家，但他还是一位出色的顾问，安倍在讨论他的问题、恐惧和焦虑时体验到了绝对的自由。

校长乔神父训练学生们进行冥想。乔帮助他们舒服地坐着，消除他们心中所有的恐惧、欲望、焦虑、忧虑、喜悦，甚至幸福。

"心灵变得不受任何思考，没有界限，"乔在介绍时说道。"渐渐地，思想与身体分离，"乔补充道。

安倍需要时间来吸取必要的教训。但是，在冥想期间，他常常会充满格蕾丝本人和她的记忆。阿贝发现，人类不可能将格蕾丝从他的思绪中移走，让自己与她分离，而且在冥想时不去想她有点具有挑战性。安倍与乔讨论了此事。他说他的感受和对格蕾丝的反复记忆是完全自然的。多年的持续训练和持续练习对于无任何目标的冥想至关重要。

因此，冥想是将心灵从身体中提升出来，没有任何感觉、知觉、想象或判断，最后完全体验自我。你与宇宙合而为一，与虚空合而为一。

几个月来，安倍试图按照乔的指示去做。但他无法集中注意力，格蕾丝一直在他面前。安倍一次又一次与乔讨论此事。最后，乔告诉他，即使是耶稣也无法在不完全分心的情况下进行调解。他多次受到魔鬼的诱惑，甚至在沙漠冥想的四十天里也是如此。因此，乔请求安倍不要失望。

阿部告诉乔，他认为格蕾丝是他的亲密朋友，经常感到密不可分，成为他生活的一部分。校长说有异性朋友是很自然的，她在祈祷和冥想中反复出现的幻象也没有什么问题。阿部试图在不专心任何事情的情况下进行深刻反思，但格蕾丝却留在了他的内心和脑海中。

最后，乔告诉阿贝冥想格蕾丝，她的外表、美丽、外表、价值观、言语、笑声、微笑、悲伤，以及她的存在。他们可能是安倍冥想的对象。"享受她出现在你的生活中，拥抱她，让她靠近你的心。格蕾丝是安倍，"乔说。安倍一起尝试了乔建议的新技术几天。它改变了他对调解、祈祷和与宇宙合一的看法。阿贝可以和他心爱的格蕾丝一起度过几个小时，他在冥想中拥抱她并亲吻她。这对他来说是最激动人心的经历。

乔神父解释说，阿维拉的圣特蕾莎在调解中也使用了同样的技巧。她认为耶稣是她深爱的丈夫，在冥想期间拥抱他、亲吻他，并与他发生性关系。特蕾莎经常与耶稣一起经历高潮，特蕾莎抱着耶稣在床上一起度过了几个小时。她可以与耶稣在一起很多天，不吃不喝，进行深度冥想和祈祷，享受与他的性亲密。乔神父解释说："性快乐并不是一个陌生的概念，它是耶稣会士冥想和祈祷的一部分。"

阿部在冥想中尝试了特雷桑技巧，结果令人欣慰，因为他的心中没有任何利益冲突。他总能感到安心。沉思中的性亲密不是放荡，而是迷恋。这是一种爱上格蕾丝的欣快感，就像抹大拉的玛利亚爱上耶稣或阿维拉的圣特蕾莎爱上耶稣一样。因此，与格蕾丝的性关系成为安倍精神生活不可或缺的一部分，这在其他耶稣会士的生活中也无处不在。避免这种想法会影响平衡的宗教生活。

"没有性感情或压抑思想的宗教生活将导致一种乏味的精神环境，"乔神父说。阿部在冥想时与格蕾丝喋喋不休，并享受她的亲密关系。

阿部在空闲时间绕着广阔的花园转了一圈，发现洛约拉大厅除了见习预备区之外还有许多其他区域。大约有二十个年轻人在另一栋楼里当见习生，接受了两年的见习。他们有不同的教堂和餐厅，与有志者没有显着的互动。但对于圣诞节、复活节、伊格内修斯日、独立日、共和国日和屠妖节等游戏和庆祝活动，新手和新手都会聚集在一起。

洛约拉大厅还设有静修所，因为耶稣会士作为静修传教士非常受欢迎，并且被认为具有现代思想。许多来自各教区和宗教团体的神父、修女们纷纷来到这里闭关，连续三天、七天、十五天、三十天。参加静修的人从不与准修士和沙弥混在一起。

户外游戏和运动是每个人的必修课，因为参与此类活动对于身心健康至关重要。安倍从一开始就打篮球，在有志者和新手中都有出色的球员。通过不断的练习，安倍提高了自己的技能。那里有一个排球场，许多新手都是出色的排球运动员。尽管有草坪网球场，但这项运动并不那么受欢迎。

除周日和节日外，早餐、午餐和晚餐期间都保持绝对的安静。一名求道者在用餐时大声朗读有关圣人书籍中的一些段落。过去每逢节日都会举行庆祝活动，每个人都谈论并分享自己的感受和故事。提供的食物营养又美味，但价格不贵。耶稣会士保持着简单的生活方式，没有昂贵的食物和衣服，因为他们的愿景和使命体现了对穷人和弱势群体的福利的奉献精神。他们的行为和活动充满了同理心。

唱歌和演奏乐器是共同祈祷的一个组成部分。几乎每个人都唱歌或演奏乐器，小提琴、吉他或钢琴。安倍从西尔维斯特那里学到了弹钢琴的基本课程，六个月内，他开始在集体祈祷中弹钢琴。每日弥撒期间也有很多歌声，这是耶稣会士的庆祝活动。但有时，阿部在弥撒期间会想起格蕾丝，她会一直陪在他身边，直到会众唱完最后一首赞美诗。

每周六早上，所有的圣徒、包括神父在内的新手，都出去到贫民窟、附近的村庄、敬老院、儿童之家和被遗弃的妇女中进行志愿社会工作。大家都工作到下午一点。与人合作是耶稣会士的形成和生活的重要组成部分。"爱人如耶稣爱你"是他们的原则。头两个月，安倍在一家敬老院工作。他帮助年老体弱的人行走。他的主要工作是给老人洗衣服、打扫房间、给老人洗澡、修剪头发、剃胡子、协助医生和护士。接下来的三个月里，他在贫民窟社区里帮助人们建造房屋、清理下水道、教文盲读书写字。安倍一直很享受这样的工作，他感觉自己与人民融为一体。他经常记得格蕾丝在阿瓜达贫民窟组织人们并与他们一起工作的热情。格蕾丝是一位真正的耶稣会士。

周六下午是对洛约拉大厅的整个场地进行清洁，包括乔、马修和西尔维斯特在内的每个人都参加了这些活动。耶稣会士认为清洁所有建筑物及其场所是一项宗教义务。他们可以在一个月内完成一轮打磨。周日，他们去郊游和恐慌，户外做饭是野餐的一部分，安倍经常担任厨师，每个人都欣赏他的烹饪天赋。玩游戏，尤其是国际象棋、拼字游戏和纸牌很普遍。安倍可以在国际象棋比赛中击败他的许多同伴，但他发现西尔维斯特下的棋很完美。

当他有空的时候，阿部就画画，几乎所有的画作都以格蕾丝为主题。他凭记忆画出了她那张天真的脸，主要是写意风格，都有一种空灵的魅力。阿部向乔展示了他的三幅画，他告诉阿部，如果他能遮住头部，这幅画就会看起来像圣母玛利亚的。根据校长的建议，阿部用淡蓝色的头屑画了两幅格蕾丝的肖像。乔神父、马修神父和西尔维斯特神父欣赏了这幅画，将其中一幅装裱起来，挂在祭坛旁边，上面贴着名牌，《微笑的圣母玛利亚》。校长将第二张照片发送给耶稣会省会。他立即给安倍发了一张便条，表示他非常喜欢这幅画，并将其挂在教堂里，并称之为《浦那圣母玛利亚》。乔神父、马修神父和西尔维斯特神父很高兴收到省政府的贺信，并给予安倍高度赞扬。

对于安倍来说，一年即将过去。现在是他评估自己在洛约拉庄园的日子的时候了。像所有其他有志者一样，他与乔神父、马修神父和西尔维斯特神父进行了长时间的讨论。现在是他们决定是否加入见习成为耶稣会士的时候了。如果他们对继续宗教生活不感兴趣，他们可以自由离开。他们所有人都必须闭关一周。这是在牧师的指导下进行冥想和祈祷。在冥想和祈祷的过程中，格蕾丝一直在阿贝的脑海里。他与正在帮助他撤退的牧师讨论了此事，他告诉亚伯他需要将格蕾丝的面孔视为抹大拉的玛丽亚的面孔。一周后，阿部感觉精神焕发，精神焕发。他知道将恩典永远保留在他的心中和思想中并不违背耶稣会的精神精神。亚伯可以将格蕾丝变成抹大拉的玛利亚，因为她象征着对耶稣完美的爱。安倍告诉乔、马修和西尔维斯特，他想加入见习期成为耶稣会士。所有的准修士都与新手大师进行了长时间的个人讨论，这位牧师负责照顾新手的精神成长和形成。

倒数第二天是社区祈祷，每个人都为愿意加入见习期的新兵祈祷。在十六名有志者中，有十二人决定参加，其他人选择退出。最后一天是庆祝活动。举行了一场高歌弥撒，然后校长宣布放假。

阿部最终决定加入见习期，成为耶稣会的一员。见习期为两年；两年结束时，他将宣誓贫穷、贞洁和服从。贫穷是指拒绝拥有任何物质财富，独身是指远离性关系和保持未婚，而服从是指愿意毫无疑问地服从上级的指示。初修大师洛博神父告诉新修们："誓言最终是为了无私地为人民服务，因为它们为人民的福祉做出了承诺，因为人民是耶稣会士的中心，一切都是为了人民的更大荣耀"通过耶稣"。阿部沉吟良久。格蕾丝相信这样的承诺，她的一生都是为了人民的福祉，尽管她可能没有听说过耶稣会的原则。

安倍和他的十一位同伴加入了见习期。新手大师安东尼·洛博（Antony Lobo）拥有浦那大学（Pune University）心理学研究生学位和鲁汶大学（Louvain）神学博士学位。他是一个令人愉快的人，总是体贴和鼓励人，安倍和他在一起立刻就有宾至如归的感觉。第二年有十五名新手，总共二十七名，安倍与许多人建立了深厚的友谊。

见习期的时间表或多或少与见习期前的相似，但有更多的时间用于冥想、反思和个人祈祷。志愿社会工作继续作为新手培训的一个组成部分，安倍在与有需要的人的所有工作中表达了极大的热情和承诺。新手们每周都有时间与新手大师会面和讨论一次，或者当他们觉得有必要与他会面和交谈时。除了社区歌唱和音乐练习之外，见习期的日日夜夜都弥漫着一种深深的精神静默。阿部在弥撒期间开始弹钢琴，新手大师很欣赏他。

安倍发现洛博棋艺很好，每逢节假日和节日他都会和他一起下棋。洛博的国际象棋棋艺与格蕾丝一样强大。

西尔维斯特神父是一位杰出的小提琴家，也是合唱团的指挥。他弹钢琴也毫不费力。每周一次，在他的合唱指导下进行三个小时的练习。所有的新手和新手高手都参与其中。公开演讲计划每周继续进行，因为耶稣会士认为公开演讲是他们工作的重要组成部分。

见习生的生活平静而平静。祈祷的气氛深入阿贝的内心，即使在教堂里，他也带着恩典。教堂的墙上挂着她的照片，上面覆盖着蓝色的布，在圣餐期间，他用钦佩和不减的爱意看着她。恩典主宰了他的思维模式和愿景，并成为他冥想的中心。几天又几个月过去了；格蕾丝的身材和强度不断增长，亚伯陷入了一个只有格蕾丝和他两个人的世界。阿贝像阿维拉的特蕾莎一样转变，而格蕾丝就是他的耶稣。

第二年，也就是最后一个月之前，有一个为期一个月的闭关计划，让十二位沙弥为三戒做准备，而沙弥大师就是闭关传道人。三十天的深度反思和祈祷是脱离日常生活的。为期一个月的冥想最重要的规则之一是，所有接受灵修的人在三十天内每天保持二十四小时的沉默。他们与其他社区成员分开，过着忏悔和祈祷的生活。他们每天都会反思圣依纳爵·罗约拉的*灵修*。

幻觉耶稣的一生事件，从他在伯利恒的马槽里出生到在耶路撒冷郊外的十字架上死亡，是冥想的一部分。静修传教士是一位年轻的牧师，曾在罗纳瓦拉的耶稣会冥想中心接受过培训。有时，安倍觉得创造没有逻辑有效性和历史基础的幻想对于坚实的精神成长会适得其反，安倍花了很多时间与格蕾丝交谈。

作为为期一个月闭关的一部分，沙弥们在沙弥大师面前单独忏悔。供认的内容是他们是否违反了*十诫*。供述过程中，新手师傅问阿部是否曾与女性发生过性关系，阿部坦白自己从未与男性或女性发生过性关系。新手师傅表示，性是人类生活中不可或缺的一部分，结合与女性建立了美好的关系。由此带来的幸福是无与伦比的，但耶稣会士却克制与他人发生亲密的性行为。

阿部向这位新手主人坦白了他与格蕾丝的相遇、她邀请她和她住在一起、分享她的床以及他的承诺。他和她在一起九个月，睡在她身边的同一张床上，从未碰过她，甚至是无意的。这是最具挑战性的经历；安倍一生中曾经有过这样的经历。阿部告诉这位新手师傅，他经常希望与她发生性关系，但他控制住了最深的欲望，克服了自己的感情，基于对格蕾丝的承诺，尊重了格蕾丝的信仰。阿部向这位新主人承认，他比任何人都更爱和尊重格蕾丝。她一直在他的脑海里，甚至在冥想、祈祷、神圣弥撒期间，他永远想着她。恩典比耶稣更频繁地充满他的脑海。

"留在格蕾丝身边并没有什么问题。"新手大师说道。他进一步告诉他："男人和女人之间的爱情永远是珍贵的。抹大拉的马利亚是耶稣的亲密朋友。有人说耶稣与玛利亚发生了性关系。即使他们发生了性行为，那也是他们的私事，我们没有人可以对此做出判断。耶稣完全有权利爱上抹大拉的马利亚，抹大拉的马利亚也有同样的权利爱上耶稣。他们的性别表达了他们的爱、承诺和永恒的心灵结合。耶稣从未发过贞洁的誓言。但如果耶稣在未经她许可的情况下故意触摸抹大拉的马利亚，那就是不法行为，侵犯了马利亚的权利，"神父解释道。

"那么，你认为两个彼此相爱、互相尊重的人之间的性行为不违反*十诫*吗？"安倍问道。

"*十诫*是摩西为逃离埃及的以色列人所写的，并归功于上帝。这是为了特定的意图和背景。*十诫*是为六千年前的人们制定的，*他们*大多是粗鲁和不文明的人。摩西的主要目的是控制他们，减少内斗和杀戮。现在时代变了，价值观也变了。对好与坏的看法已经改变，"神父回答道。

安倍发表声明说:"你的意思是说,如果一个女人和一个男人彼此相爱、彼此尊重、彼此信任,他们之间发生性关系就没有什么问题。"

"性是爱、信任、尊重和尊严的表达。如果不违反这些价值观,性就会建立一种独特的关系。"这位新手大师评论道。

"我没有与任何人发生性关系,甚至没有与格蕾丝发生性关系,因为她没想到会与我发生性关系,尽管我多次渴望与格蕾丝发生性亲密关系,"安倍承认。

"在这种情况下,你不能与女性发生性关系。性是一种无私的行为。这是爱和信任的完美标志。如果缺少这些,性行为就会侵犯对方的权利和尊严。"洛博断言。

"现在,我的心里很平静。我从未侵犯格蕾丝的权利,从未贬低她的信任,从未亵渎她的尊严,"安倍说。

"安倍,我很佩服你。你是一个诚实的人,可以成为一名真正的耶稣会士。"神父说道。

安倍知道,在见习结束时,他将宣誓贫穷、贞洁和服从,成为一名耶稣会士。通过发誓独身,耶稣会士会故意避免性的乐趣。没有性生活是好是坏不是问题,但深思熟虑地决定过一种没有性乐趣的生活对于耶稣会士的生活很重要。耶稣会士从不认为性是一种罪过,也不认为不发生性是一种美德,但独身是他们的生活方式。阿贝想起了他心爱的格蕾丝。她可以控制自己的欲望,过着节欲的生活,甚至不需要发誓保持童贞。格蕾丝远远优于任何耶稣会士。

向新手师傅告白后,阿部心中泛起一股难得的喜悦。现在,格蕾丝在他的生活中有了新的意义,他在冥想、祈祷和弥撒中更频繁地想起格蕾丝,他为自己一直记得她而感到高兴,她变得比耶稣更珍贵,比圣母玛利亚更纯洁。

上帝的无神论者

见习期对安倍来说是一次愉快的经历，因为那里有自由的氛围和没有罪恶忧虑的环境。第二年，安倍开始了新的绘画；这是表现主义风格；主题是抹大拉的马利亚在耶稣复活后立即见到他并拥抱她复活的主。这项工作持续了好几个月。抹大拉的马利亚相信耶稣会从死里复活，她日夜守在他的墓地附近。耶稣的男门徒中没有一个愿意和勇气去抹大拉的马利亚所在的地方。她日日夜夜都独自一人。最后，耶稣向她显现。安倍想在他的画中描绘那些亲密的时刻。

安倍相信，即使耶稣复活后，抹大拉的马利亚仍然与耶稣保持着亲密的关系。两人都想在一起，因为他们之间没有承诺不故意碰触对方。耶稣和抹大拉彼此相爱，彼此信任，并且喜欢互相抚摸和爱抚。他们仍然沉浸在自己的私人世界里。

为了让见习生了解人类学的科学发展、罪的法律和社会意义以及对耶稣概念的哲学和心理学分析，见习生组织了一场小组讨论。它是关于*智人的进化、罪的概念和耶稣的；*审议持续了大约三个小时。马修从罪的概念开始他的观察。这个想法起源于没有公民社会能够控制和塑造人类行为的时候。一些牧师制定了团体或社会的行为规则，并将其归因于一个全能的实体。对于他们来说，它是一个无所不能、无所不知、无所不在的存在。一个残忍、凶猛、报复心重的男性，随时准备出击，警惕着所有人，表现得像阿波菲斯、湿婆、宙斯、耶和华和安拉。祭司们想通过制造恐惧来控制和统治人们。任何违背他们指示的思想或行动都成为罪，是违背神的行为。几个世纪后，当文明社会出现并蓬勃发展时，人类制定了适当的刑法和民法规则，以维持超越上帝的社会。他们取代了罪恶、牧师和上帝，这是伽利略的时刻。罪与民法之间出现了冲突，将罪的统治扔进了垃圾箱。公民社会希望对现实有科学的解释，从而使他们获得自由，从而拒绝牧师的剥削、征服和压迫。对于开明的人类来说，罪成为一个非理性的概念，因为它违背了事实并侵犯了人类的尊严。一切基于信仰的东西都是不可验证和不合理的，这是一种丰富的认识，即只有那些从个人生活、社区和社会中抛弃了罪孽观念的人才能获得自由，与他人平等，并能够反对强迫和征服。

经过简短的分析后，一位新手问罪的概念在文明社会中是否有一席之地。

罪代表奴役和非理性。人类不需要上帝为人类制定法律和规则，因为人类是理性的。人类被赋予了智慧和根据其固有尊严制定法律的能力，但基于社会需求和科学进步，人类拒绝了罪恶的概念。那些产生罪恶观念的人没有意识到更广阔的世界和科学。他们处于一个静态的宇宙中，无法思考神创论和对人类的征服之外的任何事情。一个没有罪孽概念的世界对人权和平等有更好的认识，特别是对妇女和儿童而言。此外，罪恶从来没有让公民社会蓬勃发展。由于他们的科学追求，人类发现上帝并没有创造宇宙；而是上帝创造了宇宙。一个没有罪的世界就变成了一个没有神的世界。这是一种哲学和科学意识的启蒙。上帝对人类繁荣的贡献为零，而科学和哲学对文明社会的定义做出了巨大贡献。

安倍总结了演讲者的讲话，并询问上帝和进化论是否在耶稣会士的生活中造成了二分法。

罪的对立面是反对祭司的暴政和上帝的独裁。人类是进化的产物。他们观察到的周围的一切都在进化的过程中，这是自然而不可避免的。进化过程没有固定的计划。人类的进化也没有任何预先决定的计划。从南方古猿到智人，进化是渐进的，没有任何设计。人类有好几种，智人就是其中之一。他们创造了上帝的概念，一个与星系、星星、太阳、月亮、植物、动物和人类一起坐在天堂的非人格存在。当人类将上帝概念化为个体时，创造、统治、奴役、压迫、救赎和荣耀的概念就出现了。这些都是不科学的想法，是由那些对科学无知的人产生的，他们对自己所生活的宇宙一无所知。由于科学和知识的创造，启蒙运动在上帝的概念显得无关紧要的地方出现了。耶稣会士欢迎开明的哲学和科学，拒绝迷信。他们代表人类的福祉、进步和进步。耶稣会士宣称必须将上帝从宇宙中删除。接受事实并没有导致他们生活中的二分法。

另一位新手质疑马太是否意味着没有上帝，也没有创造物。

上帝不可能是一个客观事实。上帝的概念是主观的，源于恐惧和想象。因此，上帝概念是主观和客观相互作用的结果。为了获取知识，人类解释了一个物体，但他们无法对物体有准确的认识。物体作为物体不可能存在于心灵中，因此，个体观察到的是物体的图像，而不是具体的物体。因此，他们从物体获得的知识是不完整的，他们超越它并分析它。通过归纳和推理，他们创造了知识。分析知识受到空间、时间和概念的限制。如果一个人不观察，就没有知识。对上帝的认识需要是经验分析的结果，而不是抽象思考的结果。但不存在经验上的上帝，人类根据自己的需要和情况创造了一个上帝。创造是不可能的，就像上帝创造时那样；他质疑自己的存在，因为两个永恒的存在不能共存。此外，创造也显示了上帝的局限性，即上帝的缺席。

另一位新手想知道耶稣是否只是一个象征，而不是一个个体。

马修断言，耶稣的概念只是一个象征。所谓的福音耶稣的一切可能与现代世界无关、有效和可接受。现代人类拒绝童贞女诞生、耶稣所施展的魔法，例如将水变成酒、使拉撒路复活，以及最后的复活。这些令人难以置信的故事是明确为受压迫和失败的人们创造的，给他们希望。它们是从亚述人、苏美尔人、希腊人、埃及人、罗马人和印度人借来的故事，最后被圣保罗塑造成信仰。他的故事与现代无关。但耶稣会士相信耶稣是因为他热爱人性、慈善、同情和正义。他们将这些价值观内化并为人类福祉而努力。耶稣会士的愿景和使命是基于这些价值观,而不是基于耶稣这个人,这是一个神话。

阿贝问道,马修如何解释耶稣作为上帝的概念。

耶稣是一个人,但圣保罗想让他成为神。保罗从未见过耶稣,因为他只有耶稣的传闻证据。耶稣死后大约一百年写成的福音书依赖于八卦。保罗没有关于耶稣的历史证据。在那一百年里,许多人围绕耶稣创造了许多神话,因为耶稣这个名字在当时的巴勒斯坦很常见。其中有传教士、教师、治疗师、活动家、魔术师、狂热分子、领袖、先知和反对罗马人的战士,他们的名字可能是耶稣。福音书作者将不同人物的故事编入同一个名字。他们称这种融合的性格为耶稣。一百年的时间很长,尤其是在第一世纪,因为没有任何设施可以准确地记录生活事件发生的情况。即使在今天,人类对于特定时间段(例如五年)内的事件仍面临着巨大的困惑。当学者们分析这五年中发生的事件的历史性时,他们得到了相互矛盾的结果。早期的基督徒不知道耶稣是谁。他们学到的是善良、同理心和人类福利的象征。耶稣对于耶稣会士的概念是一样的。马修态度斩钉截铁。

阿部对马修神父的话进行了深刻的反思,并感到高兴。他认为他的生命在这种背景下有意义,并且不会以神话和魔法的名义浪费它。

很快,阿部和他的同伴们开始准备完成两年新手期的誓言。宣布应许后,他们将被称为耶稣会的成员。为了让新手们清楚地了解关于耶稣的不同神学观点,新手导师邀请了年轻的耶稣会士托马斯·基扎肯神父(Fr Thomas Kizhacken)与新手们进行了参与式讲座。演讲者拥有因斯布鲁克博士学位,演讲主题为*基督教中的无神论*。

最初几年，基督教是巴勒斯坦、叙利亚、希腊、土耳其和罗马的被压迫、被征服和最贫穷阶层人民的运动。基扎肯开始讲话。这是一场反对富人、强大的统治者和他们残酷的神灵的运动。该活动的基本原则基于耶稣的故事，即所谓的福音书。但是，到了十八世纪至二十世纪，当基督教成为压迫者的宗教时，在尼采、卡夫卡、海德格尔、加缪、萨特等思想家的启发下，基督教内部又出现了另一场运动，即基督教无神论运动。神学家托马斯·阿尔蒂泽在《基督教无神论福音》中断言，"上帝的死是最终的，它在我们的历史中实现了新的、解放的人类。"阿尔蒂泽将上帝视为"人类的敌人，因为当上帝存在时，人类永远无法发挥最大的潜力"。

基扎肯如何区分耶稣和上帝？安倍问道。

对于无神论者来说，耶稣不是神，而是一个好人。这就是欧内斯特·汉密尔顿（Ernest Hamilton）的原因："耶稣这个词的意思是成为人类，帮助其他人类，并促进人类发展。"

那些神学家如何称呼他们的运动？有新手问道。

他们称他们的运动为*耶稣教*，其基础是福音书。但那些相信耶稣教的人拒绝了基督和神的概念。

耶稣教的信条是什么？另一个新手问道。

耶稣教与基督无关，其核心哲学是否认基督是神。他们将耶稣与基督分开。对他们来说，耶稣是真实的，而基督是神话的。但对他们来说，耶稣是美好生活的源泉、意义和榜样。他们肯定人们应该像耶稣会士一样为社会的福利和进步而奋斗。

安倍问道，耶稣会士是否信仰耶稣教。

耶稣会士逐渐改变了立场。对他们来说，耶稣是一个好人。他不是基督，因此也不是上帝，宇宙的创造者。耶稣可能是一个神话，但重要的是福音书中描绘的围绕他的想法。正义的概念是在他的讲道的基础上发展起来的,并在过去的两千年里得到了发展。安贝德卡、约翰·罗尔斯、迈克尔·桑德尔和纳尔逊·曼德拉的正义概念与耶稣的正义概念相似。耶稣会士捍卫权利、尊重个人、维护人的尊严,而不考虑自我克制的理念,这是正义和耶稣教的核心。

突然,阿部想起了格蕾丝和她所说的话:"没有自制力,正义也是可能的。一个人的优点、能力、才干、背景、美德都不是正义的标准。事实上,它是基于人类尊严的概念。"

耶稣教关于正义的基本立场是什么?另一位新手问道。

耶稣教的基本原则是爱。这是耶稣会士的主要信仰。但耶稣教拒绝全能的上帝。说话者回答道。

耶稣会士是否拒绝全能的上帝是另一个问题。

上帝不是一个人,而是一个象征,是耶稣会士的一个想法。"当你拒绝基督的神性时,你就接受了耶稣的人性和他的爱。神圣的基督无法爱;只有人类耶稣才能爱别人,"演讲者继续说道。

他如何将耶稣教与耶稣会士联系起来?"观众中有人提出质疑。

圣保罗制造了基督。基督是一个神学表述,与拿撒勒人耶稣无关。耶稣是激进的,他对人类和文化的影响是广泛的。耶稣会神学家、因斯布鲁克大学教授卡尔·拉纳(Karl Rahner)将耶稣教称为注重生活、效法耶稣的生活。有人说拉纳死时是一个无神论者。基扎肯回答道。

"教会是否真实地传播耶稣的信息?"阿部问道。

"杜克大学教授欧文·弗拉纳根说,教会并不真正认可耶稣的传道,因为它试图将他提升为上帝,"神父回答道。

耶稣是神吗?

不，耶稣是一个人，就像其他人一样。越来越多的耶稣会士接受了这一立场。如果你将耶稣提升为神，你就会试图逃避真正的耶稣。读福音书，你会发现他是一个有血有肉的人，从来没有声称自己是神。在德国，约翰·艾希伯恩运用现代批判方法来阅读福音书。他发现，在耶稣死后一百多年，有一些不知名的作者写下了福音书。福音书代表传说和神话。根据路德维希·费尔巴哈的说法，基督教的上帝是一个压迫性的人类构造。所以，对上帝的信仰只不过是一个人对暴虐人类的信仰。费尔巴哈坚称对上帝的信仰不存在于人类之外，"上帝的观念剥夺了基督徒的自信，"演讲者解释道。

耶稣是难民吗？观众还有一个问题。

根据福音故事，耶稣是一名难民。当他还是个婴儿时，他的父母带他到埃及寻求庇护。也许埃及人对耶稣、马利亚和约瑟很好。他们可能已经在埃及呆了几年了。这个世界上有数百万人是移民、无家可归者和寻求庇护者。耶稣教主张需要同情无家可归者和移民。

耶稣是无神论者吗？阿部问道。

耶稣可能是一位无神论者。他冒充有神论者与正统犹太人合作。犹太人和克里斯蒂娜无神论的核心是上帝的缺席；正如史蒂芬·霍金所说，"天堂是一个神话"。达尔文的进化论彻底粉碎了神创论的观念，自然选择论证明上帝的存在没有科学证据。弗洛伊德认为"没有必要为无神论辩护，因为它的真理是不言而喻的"。对于教皇来说，阿道夫·希特勒是"上帝的奇迹"，因此，天主教会欣然接受纳粹主义作为一种生活方式，并拒绝谴责大屠杀。这一立场导致欧洲和美国的许多人拒绝上帝、基督和宗教。因此，基督教无神论拒绝了基督。它只相信人类耶稣，而不是上帝。这个职位给年轻人带来了希望。当他们体验到自主、正义和希望时，生活变得有意义。这就是越来越多耶稣会士的立场。发言人在总结发言中说道。

那天晚上，阿部思考了很长一段时间基扎肯强调的想法。这是一次引人注目的演讲，对他的思想产生了深远的影响。对耶稣的信仰对他来说是一种分析现实，而耶稣是一个人。耶稣会士信仰耶稣教，信仰人类耶稣，他不是基督，也不是上帝。

安倍晋三和他的同伴们在宣誓之前进行了为期一周的静修。在冥想和祈祷期间，格蕾丝一直陪伴着他，他通过弹钢琴为她的存在感到高兴。终于，那一天到来了，阿部和他的朋友们将宣誓成为耶稣会的成员。举行了盛大的弥撒，主礼人是耶稣会士。西尔维斯特领导合唱团。宣誓前，省长作了介绍性发言：

"亲爱的弟兄们，今天你们将成为耶稣会的成员。我敦促你反思耶稣并努力效法他。打开你的心，庆祝生活像耶稣一样。如果你想要爱，就付出爱；如果你想要真相，就说实话；如果你想得到尊重，就给予尊重。你给予别人的东西会多倍地回报给你，你就会变得像耶稣一样。"

供养前，所有的沙弥都跪在祭坛前。省神父宣读了祈祷文，新手们重复了祈祷文，并发誓贫穷、贞洁和服从。阿部成为一名耶稣会士，就像省神父、洛博、乔、马修、西尔维斯特、安东尼和基扎坎一样。洛博在讲道中说，"有些旅程不需要道路，只需要一颗愿意的心。"他进一步说，"愿意像耶稣一样帮助和服务人们"。

马修在讲话中说："爱人，但你所表达的爱，不应该像湖一样，积水而无出路。让您的爱成为一股流动的溪流，解各地无数人的干渴。耶稣会士的爱是不断扩展的，而不是集中在一个人身上。"

作为结束语，西尔维斯特提到："一个人和他所爱的人之间可能存在无限的距离。爱距离，通过在怀里体验爱人来丰富你的爱。对于耶稣会士来说，耶稣是他的挚爱。"

省神父问是否有新耶稣会士想发言，安倍说："像爱自己一样爱彼此是最困难的任务。但当我在别人身上看到自己时，照顾那个人就变得更容易了。当我爱另一个人时，那个人就在我心里。"说话的时候，阿部能感觉到格蕾丝的香味，他曾多次在厨房里站在她身边，靠近火炉，与她下棋，坐在他身边唱着印地语电影歌曲。当他们一起乘坐公共汽车、渡轮或睡在她身边时，那种微妙的亲近感。他与格蕾丝的距离缩短了，她成了他生活的一部分。离开教堂前，阿部看了格蕾丝的照片，他的画带着蓝色的头罩，诱人的圣母，挂在祭坛旁边的圣母玛利亚。

校长宣布这一天为假期。晚上，阿部和他的同伴上演了一场独幕剧，耶稣喂群众，阿部扮演耶稣。如果格蕾丝在场，他会邀请她扮演抹大拉的马利亚，帮助耶稣向人群分发食物。

在新手宣誓仪式结束后的一周内，省神父与所有新耶稣会士进行了长时间的讨论。宣读誓言后，送新成员去"摄政"是一种惯例，他们与人民一起工作，在耶稣会开办的学校和学院任教一年，或者在开放社区工作。选择是与贫民窟、路边居民、被遗弃者、流浪者、无声者、受压迫者、被征服者和无家可归者合作。有些人去了志愿组织运营的机构，例如儿童之家、寡妇庇护所以及身体和智力障碍者收容所。个人可以根据自己的选择自由做出决定。耶稣会士希望与被剥削的人们在一起，分担他们的负担并帮助他们克服困难。许多人过着卑微的生活，是积极分子，激励着背后的人们。受保罗·弗莱雷、塞巴斯蒂安·卡彭和塞缪尔·拉扬哲学的影响，耶稣会士理解了贫困、文盲和疾病的含义。他们从来都不是奢侈和舒适的一部分，他们拒绝拒绝被排斥的人，与苦难的人类合而为一，实现解放神学和共产主义。

安倍搬到了一个名为社区工作中心的新住所。该中心由耶稣会神父托马斯·瓦达肯（Thomas Vadaken）神父管理，他是尼尔马拉·尼克坦（Nirmala Niketan）社会工作专业的研究生。安倍和其他一些人在城市和农村地区从事不同的慈善工作。帮助社会最贫困的群体，特别是为他们找到就业、提供食物、住所、衣服、儿童教育和初级医疗保健，是这些耶稣会士的主要任务。瓦达肯完美地协调了所有活动。

新耶稣会士每三个月更换一次工作场所，为那些从事社区组织的人提供多样化的经验。这种调动的原因之一是年轻的耶稣会士不会对与他们一起工作的人产生不适当的个人兴趣。此外，他们可以完全脱离任何他们喜欢或想做的事情。耶稣会士个人和集体都珍视这种超然的价值观，这是从伊格内修斯·洛约拉那里继承下来的。

安倍更喜欢去一个开放的农民工社区。由于浦那是一个快速发展的城市，许多工业在附近的村庄兴起。来自印度各地的成千上万的农民工日夜忙碌，在这座不断扩张的城市的各个角落建造工业园区、大楼、公寓和别墅。由于全球化、工业化和自由化，经济蓬勃发展。

许多来自北方邦、比哈尔邦、孟加拉邦、阿萨姆邦和奥里萨邦的农民工在该市各地工作。但为这些工人提供的生活设施却严重不足。他们中的很多人留在了人行道和铁轨和高速公路两侧的棚屋里。大量流动劳动力也在该市较贫困地区的建筑工地上徘徊，寻找与家人团聚的住所。大多数劳工过着悲惨的生活，但比他们在比哈尔邦、北方邦和北阿坎德邦的生活要好。

安倍开始走访这些家庭，以确定他们在最贫困地区面临的饥饿和贫困的严重程度。在走访了大约一百个家庭后，他找到了大约八个，这些家庭几乎没有食物可以养活，因为都是女性当家的家庭。这些妇女没有工作，也没有生计。由于种种原因，他们不能离开棚屋去找工作，也不能到处捡废品卖给废品商谋生。这八个家庭有十一个小孩；他们的处境很悲惨。瓦达肯神父通过赞助机构为儿童和妇女收集食品材料。该机构同意定期向他们提供食物，以免孩子们挨饿。

与此同时，安倍为这些家庭中的女性寻找工作，并联系了当地一所社会工作学院的教授。负责实地活动的教授拉妲·马内（Radha Mane）向安倍承诺，她将与她的学生一起拜访这些家庭，两天之内，拉妲·马内（Radha Mane）就拜访了这些家庭。安倍向她和随行的学生介绍了这八个家庭的女性，教授与她们进行了长时间的交谈。一周之内，马内告诉安倍，她在一个名为"妇女自营职业中心"的组织中为所有女性找到了工作，成为在三个城市购物中心包装谷物和扁豆的全职工人。由于家里没有大人，孩子们需要安全。五岁以下的婴儿有四个，其余的孩子都是六岁到十岁。拉达·马内（Radha Mane）帮助安倍将所有婴儿接纳到由市政公司 Anganwadi 和当地政府学校运营的日托机构。

两个月内，安倍可以走访约三百五十个家庭，帮助约四十名妇女和男子就业或帮助他们建立自营职业设施。由于成千上万的流动家庭没有适当的住宿、就业、医疗和教育设施，安倍制定了详细的计划来帮助他们与社工学生。拉妲·马内（Radha Mane）每周派出约 10 名学生与安倍一起工作两次，作为他们技能发展和实地考察的一部分。那些正在接受两年制社会工作硕士课程的学生表现出了高度的奉献精神。他们向安倍承诺，即使他不在，他们也会继续与移民群体合作。社会工作学院在两周内规划并开发了一个为期五年的实地考察项目，以造福农民工社区。学院邀请安倍晋三成为协调机构的成员。

到了三月中旬，安倍找到了九户人家；所有穆斯林都是从邻近的古吉拉特邦艾哈迈达巴德移民而来。这些家庭有小孩，但没有成年男性成员。安倍找到了九名成年妇女和二十九名儿童；有些孩子没有父母。三十八个人挤在一起，呆在铁轨附近，一棵大树下，空旷的地方。他们的处境很可怜，没有东西吃，孩子们穿的衣服很少，也没有地方睡觉。有的孩子出现发烧、咳嗽、感冒、皮疹等症状，情况十分悲惨。很多儿童和妇女身上都有烧伤和伤口，安倍从来没有见过儿童和妇女遭遇如此惨烈的情况。死亡迫在眉睫。尽管如此，这些妇女还没有准备好与外界交谈，安倍发现很难了解她们的真实状况。而且，所有的女人都戴着头巾，只露出脸和手指。

安倍立即通知了拉妲·马内，她和一群女学生在一小时内抵达。他们与妇女和儿童进行了长时间的讨论。然后拉达告诉安倍，这些妇女和儿童是来自艾哈迈达巴德的难民，他们逃离古吉拉特邦的报复、暴力和骚乱。宗教狂热分子屠杀了所有信徒。安倍读到了上周在古吉拉特邦发生的大规模屠杀事件。有关大屠杀的消息仍然从一些报纸和电视频道不断传来，但他没想到事情会如此严重。

安倍说："他们需要立即的医疗护理、食物、衣服和住所。"

"当然可以，但我们必须立即通知警方情况的严重性，"拉达给警方打电话说。

不到十分钟，当地派出所和铁路公安的民警就赶到了。

现场有三名女警官，她们与妇女们交谈。随后，巡警与铁路民警进行了交谈。

"他们将从铁轨上转移，"铁路警察对安倍和拉达说。

"他们需要立即的医疗护理、食物和衣服，"安倍对警察督察说。

"你不应该干涉，警察可以很好地处理这个案子。"督察回答道。

"但这是一场人道主义危机，"安倍说。

"我要求你立即离开这个地方。否则，我需要以干涉警察工作罪逮捕你。"督察粗暴地说道。

阿部无奈地离开了这里。检查员正在与拉妲聊天。

安倍将此事通知了瓦达肯，第二天，他们一起去看望了难民。但他们无法在任何地方找到他们。安倍和瓦达肯前往警察局询问难民的情况。他们不得不等待大约三个小时才能见到警察督察。

"先生，我们已经准备好为这些妇女和儿童提供足够的食物和衣服，"瓦达肯对警察督察说。

"政府可以为印度所有人提供食物、衣服、医疗、教育和住所，"警察督察回答道。

"先生，我们谈论的是来自艾哈迈达巴德的难民，"瓦达肯说。

"谁告诉你他们来自艾哈迈达巴德？他们来自北方邦的莫拉达巴德。两个穆斯林教派之间发生了争斗。这个问题与古吉拉特邦无关。"警察督察解释道。

他在编故事。拉达告诉他，这些穆斯林妇女和儿童来自艾哈迈达巴德，是大屠杀的受害者。

"长官，无论他们身在何处，他们的状况都很糟糕。我们已准备好帮助他们。一些赞助机构已同意为他们提供为期数月的食物、衣服和医疗服务，"安倍澄清说。

"你不应该干涉政府的工作。你们两个可以立即离开这个地方。"

先生，"瓦达肯还想说什么。

"我叫你离开，"警官咆哮道。"我们知道你们基督徒有足够的资金。你每个月从欧洲和美国得到数百万卢比。你向穷人提供食物、衣服和医疗服务，以吸引他们皈依基督教并改变他们的信仰。传教是你的动机。从这里出去。滚回罗马吧。如果我再见到你，你就会被关进监狱。"警官喊道。

瓦达肯和阿贝不知道该怎么办。他们想要寻找受伤的妇女和儿童以及难民。如果不立即获得食物和医疗服务，他们就会死亡；这个想法一直困扰着安倍。

安倍给拉妲打电话，她的电话占线。由于无人回电，一个小时后他再次给她打电话，电话响了，但她没有接听。一个小时后，阿贝再次给她打电话，拉妲就在另一边。

"嗨，亚伯拉罕，"拉达说。

"嗨，马内教授；有人将妇女和儿童从艾哈迈达巴德转移到一个不知名的地方。我们需要找到他们并帮助他们，"安倍说。

"你看，亚伯拉罕，我的大学校长指示我不必干涉警察和政府当局的活动。很抱歉，在这方面我无法帮助你。"拉妲回答道。

"没关系，"安倍说。

但拉达的答复却令人震惊。作为一所社会工作学院的田野工作负责人，她本应该帮助遭受暴力、酷刑、纵火和大规模谋杀的穆斯林难民恢复正常生活。

暴徒和宗教狂热分子挥舞着枪支、剑、炸弹和警棍，袭击了艾哈迈达巴德、苏拉特和古吉拉特邦其他城镇的穆斯林。穆斯林的房屋、建筑物、机构和礼拜场所被拆除和烧毁。零星暴力事件仍在继续。男人、女人和儿童成为宗教仇恨的受害者，轮奸在城市里很常见。据中立记者和观察家称，原教旨主义者在大屠杀中杀害了两千多人，大约两百名保护穆斯林的警察丧生。超过十五万人流离失所或被迫逃离古吉拉特邦。受人尊敬的记者、观察家和退休法官指责古吉拉特邦政府对骚乱者的默许支持。"政府没有采取任何行动来平息暴力，"一些观察人士说。一些记者发现："暴力暴徒携带选民名单来寻找穆斯林家庭和社区。"拉达·马内在与这些妇女交谈后证实，安倍知道他前一天在铁轨上看到的那些妇女来自艾哈迈达巴德。

他的头在沸腾，他的心在爆炸；安倍想找出那些妇女和儿童在哪里。他再次来到了铁轨上。安倍向附近地区的许多店主和居民询问了难民的情况后发现，他们并不知道这些妇女和儿童的存在。谁关心古吉拉特邦骚乱受害者，尤其是一群陌生人的痛苦和痛苦？他们对他们来说并不存在，因为他们从未面对面互动。对于宗教狂热分子屠杀两千多人的事件，这些商人并不担心，因为他们根本不认识受害者。当有人试图通过组织大规模屠杀来获得更大的荣耀，控制警察和官僚并可以影响邻国政府时，人们拒绝同情被屠杀的人。这些想法压倒了安倍并抑制了他的感情。但总得有个补救的办法，一个出路。受害者需要知道有人已经准备好帮助他们并且他们必须继续生活。如果可能的话，暴力和强奸背后的罪犯以及屠杀的策划者需要受到起诉和惩罚。他决定帮助他们生存。安倍在心里计划好了所有的情况和可能性，以拯救他们并帮助他们生活。

在铁轨上行走大约一个小时时，安倍注意到一个十二岁到十四岁左右的男孩在不远的地方，在铁轨的另一边收集废品。阿贝穿过了它，到达了男孩所在的地方。男孩一看到阿部，就开始跑，背上的书包从一侧晃到另一侧。阿部在五分钟内跑得更快，追上了男孩，并问男孩为什么要跑。他回答说，他认为阿部是铁路警察的，害怕遭到无情的殴打。他进一步告诉他，他来自该国最贫困的比哈尔邦。过去四年，他以收集铁轨废料为生。他的父母和三个兄弟姐妹来到浦那寻找工作。他的父亲是一名石匠，从多层建筑上摔下来，摔断了脊椎骨。他卧床不起三年，从未从他工作的建筑公司得到任何补偿。他的母亲带着泥土和砖头去建筑工地，但她的工资不足以维持他们的食物。

安倍问他住在哪里，男孩告诉他，他住在距离那里大约二十五公里的贫瘠土地上，那里没有自来水、路灯、厕所甚至道路等设施。数百名来自孟加拉和比哈尔邦的移民像牛一样住在那里。孩子们从未上过学，因为没有学校。男孩每天都到城里去收集铁轨上的废品，这些废品足够了，乘客们把所有的东西都扔在铁轨上。他可以在晚上捡起装满垃圾的袋子，把它卖给废品经销商，然后在晚上乘火车到他住的地方。这个男孩必须养活他的父亲和两个弟弟妹妹，并帮助他的母亲从远处的溪流取水。

安倍问道，他们为什么不返回比哈尔邦？男孩回答说他们会死，因为比哈尔邦没有东西吃。此外，大规模的腐败、无法无天和暴力将比哈尔邦变成了人间地狱。安倍询问警察是否抓到过他，男孩告诉他，他被警察抓获过几次，并被警察殴打得很厉害，因为他们喜欢殴打儿童和无助的人。其中许多警察都是虐待狂。他们的工资很低，被上级当作奴隶对待，警察抓到谁就打，对权贵的违法行为视而不见，不敢触碰。

安倍问男孩前一天是否在同一地方看到一群妇女和儿童。男孩回答说他看到了一些戴头巾的妇女和二十多个孩子。阿部心里一阵颤抖，同时也燃起了一丝希望，希望他能找到他们。安倍询问男孩是否知道他们去了哪里，男孩回答说他看到了两辆警车，所有妇女和儿童都被警察推入车内。

"整个事件你都看到了吗？"阿部问道。

"我逃离了警察的视线，因为我担心他们会抓住我，然后把我和他们一起扔进撒旦之石，"男孩说。

"你知道他们被警车带到哪里了吗？"阿部问道。

"距离这里大约四十五公里处有一个荒凉的地方，到处都是岩石、带刺的灌木丛和仙人掌。警察通常会把不需要的人扔在那里，特别是老乞丐和濒临死亡的麻风病患者，"男孩说。

安倍感到脑袋一阵颤抖。抛弃那些不需要的、年老的、体弱多病的、没有生产力的人，让他们悲惨地死去，这超出了他的理解范围。

"你去过那儿吗？"阿部问道。

"从没。那个地方被称为撒旦岩石;有几个已经去了那里。晚上在那里的人说那里只有人类骨骼。"男孩回答道。

这是严重侵犯人权的行为。警察把无助的人扔到沙漠里等死,却没有人负责。警察可能会声称他们对此类事件一无所知,有些人可能会心甘情愿地去那里送死。这可能是警察和官僚炮制的借口。对于一些政客和宗教狂热分子来说这没什么问题。

"如何到达那里,"安倍问。

"撒旦岩距离我们住的地方大约二十公里。你需要一辆车才能到达那里,"男孩说。

然后他告诉阿贝他的村庄的名字,并描述了如何到达撒旦岩石,因为当他询问他的家人时,男孩信任他。安倍回到住所并与瓦达肯商谈;两人乘坐一辆大货车前往撒旦岩。他们携带了一些食物、水、毯子、衣服和药品。路况很糟糕,开车很困难。警察怎么能到达撒旦之石抛弃不受欢迎的人类呢?

此时已经是下午两点了。

"我们需要尽快到达那里,"瓦达肯说。

"是的。我们需要将这些妇女和儿童从死亡中拯救出来,"安倍说。

"这样的事情经常发生。麻木不仁的政府逃避了责任,"瓦达肯说。

"政府之所以逃脱,是因为没有强有力的抵抗,只有少数人挑战政府。不仅在官僚机构中,而且在报纸和电视中,都有很多阿谀奉承者。其中一些人崇拜罪犯,"安倍说。

瓦达肯说:"当有权有势的官僚、律师和记者受到宗教、金钱和舒适的鼓励和诱惑而成为亲信时,没有多少人敢于伸张正义。"

"犯罪分子将杀害弱势少数群体视为神圣，这个国家从未见过如此侮辱的行为。但我相信，从长远来看，法律会抓住他们并惩罚他们，"安倍说。

"首先，那些可怕罪行的责任人必须受到惩罚。这应该给后代和那些以宗教名义煽动暴力、屠杀无助者的犯罪政客们一个教训。那些杀害妇女和儿童的人永远不值得怜悯，"瓦达肯非常直言不讳。

"这些政客构建了一个神权国家，他们创造了一个敌人，这个敌人应该反对大多数人实现这一目标，告诉他们消除少数人是到达目的地的必要条件，在那里一切都将是天堂般的。来自古吉拉特邦的罪犯提出了这样的天堂，"安倍说。

傍晚五点左右，他们到达了撒旦岩。看到那些妇女和儿童，他们的心沉了下去。一些孩子失去了知觉，另一些孩子则哭泣着，处于绝望的境地，没有水和食物。

瓦达肯和阿贝给他们喂食，还有足够的水喝。所有的孩子都盖上毯子，转移到车上，安倍和瓦达肯抱着其中的一个。他们告诉并说服了这些妇女，他们会带她们去她们感到安全的地方。面包车里的三十八个人全部容纳下来是很乏味的，他们在一小时内就开始了返程。九点左右，他们到达社区工作中心。他们立即将十四名儿童和两名妇女送往医院。两名女医生和一名男医生抵达中心，对其余人员进行彻底检查。

由于没有足够的保护区域可供睡觉，阿部和瓦达肯将教堂改造成宿舍，并为每个人安排了临时床铺。医院从医院叫来了三名护士，晚上照顾妇女和儿童。

第二天，安倍和瓦达肯将难民转移到由世俗组织的夫妻团队经营的妇女和儿童设施。该设施为那些可以通过工作谋生的妇女制定了就业计划。Vadaken 做出安排，为所有学龄儿童提供教育。

安倍欣喜若狂。他从未想过自己能够拯救三十八个人免于不可避免的死亡。安倍在心里庆祝了几天，即使在睡觉时也感受到了内心的喜悦。他指出政府对这场人类悲剧负有责任。尽管如此，他也意识到，随着种族灭绝和侵犯人权问题在短时间内从人们的意识中消失，统治精英可以轻易地洗手。许多人不想追求它，因为他们害怕挑战冷酷无情的政府。

安倍之所以这么做是因为他受到格蕾丝的启发。他与瓦达肯完成的工作可能会被警方认为可疑，但安倍可以挫败警方的意图。这个男孩为家人的生存而收集废品的帮助是非凡的。警方可以寻找安倍晋三，但他们不知道他已将这些妇女和儿童从死囚牢房（有点奥斯维辛集中营）转移出来。由于没有证据表明警方将受害者扔进撒旦之石，警方不能责怪任何人营救他们。但安倍不想与警方发生任何冲突，因为狂热分子有能力消灭他。

艾玛

阿贝的心为格蕾丝哭泣。这不是一种突然的感觉，而是一种早就该爆发的感觉。那是压抑在底下酝酿的情绪，她是一种灼热的感觉，是他过去的残留，耶稣会士无法抹去她在他心里留下的足迹。耶稣会士对他一生的影响固然短暂，但格蕾丝的影响非同寻常，她对他一生的影响常常让他留下深刻的记忆。对他来说，要把她从脑海中抹去，从生活中抹去，有些困难。她演化成了他灵魂中永不停息的苏苏鲁斯感应，他的一切举动都在她思想中回响。格蕾丝从不允许他的思维迟钝，他连续几个月都失眠。

"格蕾丝，你在哪儿？"阿部哭了。

他听见她在呼唤："阿部，自从我离开你之后，我就一直在寻找你。我无法忍受孤独，无法忍受你的缺席。"

"格蕾丝，回来吧；告诉我你在哪里。我可以尽快联系你。"

"我在等你；离开你是很痛苦的。"她的话语响亮而轻柔。

安倍试图控制自己不和谐的情绪，但失败了。日复一日，夜复一夜，月复一月，他想着格蕾丝，寻找她，他的灵魂为她哭泣。安倍的生活变得无精打采。但随着格蕾丝完全侵占了他的心，他忧郁的精神又恢复了。在他的梦中，他向格蕾丝挥手，但他认为她无法辨别出这种声音，因为她可能觉得那是棕榈叶的摇晃。

阿贝感到很痛苦，他垂头丧气。他一年的社区工作结束了，他见到了瓦达肯，并告诉他自己非常沮丧。瓦达肯看到他的情况很惊讶，询问他为何如此荒凉、阴沉。

瓦达肯说："我一直认为你充分参与了社区工作，努力帮助人们摆脱饥饿和贫困、痛苦和无助，但你可能度过了一段令人沮丧的时光。"

"我参与了人民、社区和机构的活动。我一生都喜欢与人一起工作。"

"那是什么在吞噬你呢？"瓦达肯问道。

"你可能知道；我在果阿和一位名叫格蕾丝的人住了大约九个月。尽管我从未碰过她，但我深深地爱着她；我尊重她，想和她在一起直到生命的尽头。"安倍说。

"那是自然的。每个耶稣会士都有与女性作为密不可分的朋友交往的历史。但几乎每个人都离开了所爱的人，为了人类更大的荣耀开始了新的生活。就是帮助社会过上更好的生活。我们的目标是为人类福祉而奋斗。"瓦达肯在回复中解释道。

"我知道这。我也离开了一切。我可以永远离开格蕾丝。但我觉得很难，太难了。即使在我的梦中，她也回到了我的身边；日日夜夜都充满了她的回忆，她的思绪。我不能离开她。我很欣赏她的记忆力，享受她的亲近，"安倍说。

"这是一种美好的感觉，充满人性。你一定会享受你对格蕾丝的回忆。不要试图将他们与您分开。她就是你，"瓦达肯分析道。

"你明白我的意思。但我的问题是，我爱恩典胜过爱耶稣。"亚伯坦白地说。

"安倍，这也很正常。这是人类。耶稣是一个理想，而不是一个人。这一理想就是我们为人类进步和发展而努力的动人精神。"

"你告诉我我心里在想什么。你可以读懂我的心。我更喜欢有恩典的生活，而不是有耶稣的天堂，"阿贝说。

"安倍，天堂只是美好生活的一个概念。如果你和格雷斯在一起，那就是你的天堂。"瓦达肯回答道。

"我想离开耶稣会,去和恩典在一起,"阿贝坦率地说。

"我建议你离开耶稣会,并在格蕾丝那里呆多久都可以。那就回来吧,如果你愿意回来的话。否则,就和你心爱的人一起享受你的天堂吧,"瓦达肯说。

安倍回答说:"我该如何感谢你们的开放、对我的感受、意图和渴望的理解。"

"安倍,所有耶稣会士都像你一样。在宣誓之后,你也成为了一名耶稣会士。我们都为人类福祉而努力,并试图将人类理解为一个整体实体。你的幸福、满足、生命的目的和人类的整体对耶稣会来说都很重要。你是一个有感情、情绪、爱、信任、悲伤、焦虑、担忧、沮丧、孤独、幸福和快乐的人。我们需要你作为一个人。无论你在哪里,无论你做什么,我们都为你感到高兴。但是要见见省长并与他讨论此事,"瓦达肯建议道。

安倍松了口气,体会到了难得的幸福。他准备去见省长库里恩神父,告诉他他爱恩典胜过爱耶稣。会议定在晚上,省长非常想听他的讲话。

"安倍,我很高兴你完成了社区工作。瓦达肯告诉我,你们做了出色的工作,帮助了骚乱受害者以及在机构照顾下身体和智力有障碍的人,"库里恩说。

"我很感谢你们为我提供了与人合作的各种机会。安倍回答道:"这一年的经验让我收获颇多。"

"工作是耶稣会士生活中最重要的部分。多年的培训可以帮助一个人完全致力于人们的进步,而人们是我们关注的焦点。从耶稣会成立之初,创始人就将工作和祈祷放在首位。伊格内修斯·洛约拉和弗朗西斯·泽维尔有着明确的职业道德和宗教环境,"省神父解释道。

"耶稣的同伴们相信应该花时间帮助人们。他们有一个使命，"安倍说。

"耶稣会和我们的创始人的世界观已经发生了巨大的变化。对他们来说，这是一个封闭的世界，地球是平坦的，是已知宇宙的中心。上帝把星星放在天空、太阳和月亮上。上帝住在一座宫殿里，富丽堂皇，享受一切奢华，享受天使和圣徒的赞美，天使和圣徒不断地为他唱赞美诗。上帝是一个暴君，他惩罚所有得罪他的人，而犯罪的代价就是死亡。上帝要求摩西杀死数千人，甚至妇女和儿童。直到文艺复兴时期，杀戮都是上帝的爱好，"库里恩解释道。

"是的，上帝、天堂、罪恶和生命的概念已经发生了很大的变化。我们已经到达了这样一个阶段，我们优先考虑来自神话世界的寓言和幻想的清晰思维和科学。人类拒绝一切关于上帝存在的观念，这些观念经不起观察和验证。人工智能帮助我们抛弃了许多在早期世界中我们认为神圣不可侵犯的信念。"

"你说得对，亚伯。人类抛弃一切违背理性和逻辑的事物。这就是为什么我们不需要上帝坐在天上。我们已经把圣父、圣子和圣灵的概念永远扔进了压碎的纸罐里。童女生子、神迹和复活也是如此。"

"这些都是假设，是从其他宗教和神话中借用的信仰。他们必须走了。他们在一个开明的社会中没有地位，因为我们需要重写上帝的概念，"安倍说。

"神是什么？许多人时不时会问这个问题。他是一个人，宇宙和智人的创造者，一个独立的实体吗？如果上帝与宇宙不同，那么宇宙是如何起源的，人类是如何存在的呢？对于《凯瓦利亚奥义书》来说，*一切都出现了，一切都存在于我之中，一切都回归于我*。所以，宇宙和上帝是同一的。尽管闪米特宗教、犹太教、基督教和伊斯兰教都借用了这个概念，但他们顽强地坚持创造论的教义。与神创论相反，耶稣说：*我是葡萄树，你们是枝子*。但基督教说：*上帝创造了世界*，向耶稣证明葡萄树和它的枝子是不同的实体。因此，神创论者声称上帝和宇宙是两个独立的现实。"库里恩看着阿部，解释道。

"科学家质疑神创论，因为它只是一个寓言，"安倍回应道。

"是的，阿部。在这个千年里，我们接受宇宙起源于天主教牧师乔治·勒梅特（Georges Lemaitre）提出的大爆炸，他是鲁汶大学的天文学家和物理学教授。与爱因斯坦同时代的勒梅特科学地提出了一个从原始原子或宇宙蛋开始膨胀的宇宙。后来，稳态理论的支持者弗雷德·霍伊尔讽刺地将原始原子的膨胀称为大爆炸。公元 1951 年，教皇庇护十二世权威地宣称大爆炸是创世记的证据：*因此，有一位造物主。因此，上帝存在*。因此，大爆炸成为了教皇创造的起点，"库里恩说。

罗杰·彭罗斯提出宇宙会经历大爆炸和大挤压的连续循环；现在的宇宙源于前一个宇宙，未来还会有无数个宇宙。宇宙作为一个整体，超越了时间和空间。在这种情况下，不存在创造者，因为宇宙是永恒的。"安倍分析道。

"彭罗斯的建议是合乎逻辑的，他已经通过研究证明了这一点。我们的宇宙是从前一个宇宙的死亡中诞生的。这种现象无休无止地发生过，也将会无休止地发生。所以，没有开始，也不会有结束。时间和空间只存在于宇宙内部，而不是为了宇宙而存在，"库里恩说。

"在那样的环境中，上帝没有地位。上帝，无论是精神还是物质，都没有理由创造。如果上帝创造了万物，那么他就不是上帝，因为他是时间和空间的产物。因此，他变得不完整；只有不完整的上帝才会沉迷于创造，"安倍回应道。

"你是对的。最新的科学证据表明大爆炸发生在大约一百四十亿年前。我们的太阳系大约在七十亿年前形成，大约四十亿年前，在地球上，一些生物体是由于某些分子的组合而产生的。因此，生物系统在物理世界中由于化学变化而发展；于是，进化的传奇开始了。这里的问题是，既不是精神也不是物质的上帝为什么要创造一个物质世界和生物存在？"库里恩的论点是有解释性的。

"人类学家说，人类是三四百万年前从东非的南方古猿进化而来的。存在着不同的人类物种。直到大约一万五千年前，这些人类居住在地球的不同地方。圣经说上帝按照上帝的形象创造了亚当，后来又用他的肋骨创造了夏娃，这是第一批人类。上帝在美索不达米亚的伊甸园创造了他们。但我们不确定他们属于哪个人类物种。他们可能是直立人或直立人与尼安德特人的组合，因为直立人是美索不达米亚的主要居民，还有一小群*尼安德特人*。伊甸园的边界有四条河：底格里斯河、幼发拉底河、比顺河和基训河。伊甸园里有两种树，生命树和善恶知识树。还有一条蛇，它能像亚当和夏娃一样说话。有一天，上帝对亚当说：*园中各树上的果子你可以吃，但分别善恶树上的果子你不能吃。因为在你吃东西的那一天，你就注定要死。*"安倍讲述了这个故事。

"《创世记》的故事很有趣。但它缺乏理性和常识。由于亚当是唯一的人类，他很孤独。因此，在睡梦中，上帝创造了一个女性，亚当用自己的一根肋骨给她命名为夏娃。然后蛇引诱夏娃吃善恶树上的果子。夏娃把果子给了亚当，两人都吃了。突然，他们睁开了眼睛，发现自己赤身裸体。于是，他们把无花果树的叶子缝在一起，盖在身上。然后他们听到了上帝的声音，在凉爽的一天在花园里散步，他们躲避上帝，上帝呼唤亚当，对他说：*你在哪里？*亚当说：*我在花园里听到了你的声音，我很害怕，因为我赤身裸体，所以我躲了起来。*然后上帝惩罚了亚当和夏娃。它是基督教的基本和核心信仰。因此，亚当和夏娃得罪了神，无法将自己从吃果子的严重罪中拯救出来。然后上帝应许亚当和夏娃会派一位救世主来保护他们免受罪恶的侵害。神在耶稣基督里成为人，他被罗马人挂在十字架上。耶稣为亚当和夏娃的罪而死。上帝使他从死亡中复活，并带他到天堂，坐在上帝的右边。"库里恩进一步讲述了这个圣经故事。

"亚当和夏娃的故事是不合理的。需要一个不存在的神在耶稣里成为人，将人类从罪恶中拯救出来。最早的人类吃树上的果实是一种严重的罪过吗？父母的罪会像 DNA 一样遗传给孩子吗？如果上帝没有创造，那么耶稣在十字架上的死与人类历史有什么关系呢？此外，耶稣是智人物种的一员，他因亚当和夏娃的罪孽或不服从而死，而亚当和夏娃很可能是*直立人*或*尼安德特人*。第一批人类大约在一百万年前出现，他们可能在大约一百万年前吃了果子，从而违背了上帝的命令。不幸的是，他们一直处于罪中，直到大约两千多年前，即悖逆上帝大约十万年后，耶稣降临。为什么上帝等了很久才派他的独生子来拯救人类脱离亚当和夏娃犯下的罪孽？"安倍提出了一些问题。

"这些询问是相关的，安倍。我们需要思考这些神话。我们如何在勒梅特提出的大爆炸（教皇庇护十二世将其命名为"*创造*"）的背景下联系亚当、夏娃和耶稣的诞生和死亡的故事？假设创造亚当和夏娃的故事没有事实基础；基督徒应该如何通过成为一个人来内化上帝的神学，以拯救人类免受上帝因吃苹果罪而给予的惩罚？因为一个简单的不服从行为，上帝惩罚了亚当和夏娃，并将他们驱逐出伊甸园，上帝决定成为一个人并死在十字架上，以将人类从原罪中拯救出来。但这听起来令人难以置信。我们确信《创世记》中的创世故事是一个民间故事，基于这个神话的救世主耶稣基督的应许也是一个神话。"库里恩看着阿部解释道。

"所以，整个基督教神学都是基于谬论。第一世纪的叙利亚，一位名叫塔尔苏斯的保罗的犹太裔罗马公民从未见过耶稣，他以耶稣的名义编织了一套神学，并将其交给了一小群追随者。保罗将拿撒勒人耶稣称为基督、弥赛亚。他的学说成为基督教的支柱。君士坦丁在三百二十一年间为了罗马的皇位杀死了他的兄弟姐妹。他的妻子说服了他。他将自己的胜利归功于基督徒的上帝。为了表达谢意，他宣布基督教为罗马帝国允许的宗教之一。君士坦丁临终前接受洗礼并成为一名基督徒。此后，基督教在欧洲、非洲、美洲和亚洲部分地区蓬勃发展了许多个世纪。"库里恩简要介绍了基督教的历史。

"在二十世纪到二十一世纪，基督教悲惨地未能回答思想家和科学家提出的许多关于上帝、创造、原罪、童贞女诞生、复活和耶稣的拯救使命的问题。所有这些对于一个聪明人来说毫无意义。结果，基督教从许多国家消失了。许多教堂、大教堂、修道院、神学院、修道院和其他宗教机构已被关闭或改建为购物中心和商业综合体。"

"是的，安倍，基督教、伊斯兰教和犹太教不能长久。两三百年之内，它们都会消失。他们无法抵挡科学和理性的审视，"库里恩谈到闪米特宗教的未来时说道。

"有思想的人质疑上帝的存在，而有宗教信仰的人则充满信心。聪明人总是抱有无尽的怀疑，而愚蠢的人则充满确定性，"安倍评论道。

"这就是为什么在伊格内修斯·洛约拉、弗朗西斯·泽维尔和他们的同伴的时代以及几个世纪以来，每个耶稣会士都是原教旨主义者和狂热分子；但现在他们大多数都是无神论者，"库里恩发表声明。

"耶稣会士知道时间不存在，上帝也不存在，但人类及其关系存在，"安倍说。

"当无可争议的事实与我们的信仰相矛盾时，我们耶稣会士就会改变主意。耶稣对宇宙知之甚少。伊格内修斯·洛约拉和弗朗西斯·泽维尔不知道进化论。如果他们的信仰与科学相矛盾，我们就拒绝他们的信仰。"库里恩斩钉截铁地说。

安倍表示："这是一种罕见的品质，一种诚实而勇敢的立场。"

"亚伯，瓦达肯神父告诉过我关于你和陛下的事情。你完全有权利梦想和她一起生活。我尊重你的理由。前进。感谢您与我们一起度过的四年；您对耶稣会士的贡献是巨大的。你是一个灵感。无论你走到哪里，你都会成功，人们也会从你那里受益。我祝你一切顺利，"库里恩站起来与安倍握手时说道。

"父亲，谢谢您的仁慈、鼓励和支持。我很珍惜与耶稣会士一起度过的那些日子。"安倍表达了感激之情。

"今天，我会给你寄一封信，请你离开耶稣会，"省神父说。

安倍不再是耶稣会士，开始了新的生活。他的心中充满了恩典，他走遍了世界各地，渴望在某个地方见到她。他确信有一天他会见到她，看着她的眼睛问她：*格蕾丝，你在哪里？为什么你走了，留下我一个人？*但他从来不知道她在哪里。他渴望告诉她，他爱她，因为她的光辉形象与他的心密不可分。

安倍像流浪者一样流浪，在城市和街道、城镇和村庄、温迪亚山脉和喜马拉雅山脉、拉贾斯坦沙漠和德干高原、河岸和海滨寻找恩典。他多年来一直在寻找他心爱的格蕾丝。他的感激之情是毫不含糊的，他正在完全回报她的爱，他想告诉她，他心里还有更多的爱。

阿部对旅行乐此不疲，在长途旅行中时不时回忆起自己在耶稣会的生活。一年担任准修士，两年见习，一年从事社区工作。与耶稣会士一起度过了令人兴奋的生活。耶稣会士受过高等教育，思想开放，哲学健全，坚信人类的更大荣耀，是老练的无神论者。他们根据时间的迹象而变化，毫不畏惧和不确定地从创始人的愿景中走了一圈，用*神迷*取代了*灵操*。这是不可避免的，因为他们希望在坚实的基础上继续他们的工作和使命。他们的愿景非凡，他们的工作也非凡。耶稣会士致力于核心，没有仇恨和哀悼，为人类更大的荣耀而前进，因为上帝和基督已经消失在神话和魔法纠缠的透明过去中。尽管许多耶稣会士表面上对日常生活和使命的信仰保持沉默，但他们内心却宣称自己不相信信仰。

耶稣会士承诺继续前进。他们有开放性和勇气来取代他们遵循了几个世纪的信仰体系。作为现实的敏锐观察者，另一种基于科学发现的信条从他们周围的社会悄然蔓延。他们质疑自己、自己的愿景和使命、相关性和在社会中的地位。人们认识到变革势在必行、坚定不移且不可避免，这将有助于它们保持相关性，而不是被扔进历史的垃圾箱。新的信念听起来合乎逻辑且充满活力，取代了毫无根据的陈旧观念，并对调解和对话期间提出的问题提供了令人信服的答案。神话中的基督已经与耶稣会士无关，取而代之的是普通人、无声者、文盲、病人、饥饿者和赤身露体者。

对于许多耶稣会士来说，恩典不是寓言；而是一个寓言。几乎每个人都有过恩典的经历。这就是阿部离开耶稣会的原因。真实与虚幻之间、鲜活的经历与故事之间存在着冲突。格蕾丝在他的意识中仍然是一个鼓舞人心的实体，是日常生活中值得珍惜和享受的活泼而大胆的爱的化身，是难忘梦想的完整且不可逆转的封装。耶稣复活后拥抱了抹大拉的玛利亚，亚伯也怀着恩典拥抱了她

安倍拜访了科纳克神庙、布里哈迪什瓦拉神庙、索姆纳特神庙、凯达尔纳特神庙、马杜赖米纳克什神庙、帕德马纳巴斯瓦米神庙、外什纳沃德维神庙、拉姆泰克神庙和克久拉霍神庙，以寻求恩典。他在错综复杂的雕像和雕刻中寻找他心爱的人的脸。在前往巴德里纳特神庙的途中，安倍遇到了喜马拉雅山赤身裸体的印度教僧侣阿格里·萨杜斯（*Aghori Sadhus*）。安倍知道他们已经放弃了这个世界，并在山洞里呆了很多年，以取悦湿婆神，这位强大的愤怒、嫉妒、破坏和死亡之神。当湿婆听说妻子萨蒂去世的消息时，他在愤怒和悲伤中一口气跳了数千年。取悦湿婆是人类和平生活的首要必要条件，而*阿格里苦行僧*的出现就是为了完成这项工作。

这些裸体僧侣属于湿婆派（Shaivites），这是一个崇拜湿婆的印度托钵僧教派。他们携带着三叉戟，上面穿有从瓦拉纳西或任何印度教火葬场的火葬柴堆中收集的人类头骨，并走遍了印度各地。有些人相信*阿格里苦行僧*拥有传送的瑜伽力量。他们拥有 *Sukshma Sarira*，一种微妙的身体，可以隐形旅行并在几秒钟内到达目的地。他们可以掌控时间和空间，为所欲为。裸体僧人大多居住在山洞中，身上抹灰，不穿衣服，头发盘结。安倍去 Nashik Arddha Kumbh Mela 时看到他们吸食大麻。湿婆节期间，当安倍在 Mahakaleshwar 寺庙寻找恩典时，数百名 *Aghori Sadhus* 聚集在 Ujjain。他还曾在德夫加尔看到过七月至八月寺庙节日期间，那些赤身裸体的托钵僧喝得酩酊大醉，成群结队地横行。但安倍却永远无法在任何地方找到他的恩典。

"除阿萨姆邦的卡马加寺庙外，阿格里圣人都是独身者，"艾玛说。"数百人参观这座寺庙，崇拜湿婆神的配偶沙克蒂女神的阴道，也被称为特里普拉桑达里或帕尔瓦蒂。*阿霍里斯*与女性崇拜者进行生育，她们祈求生一个长得像湿婆的儿子。有一种神秘的信仰，认为与卡马加寺庙的裸体僧侣发生性关系会给一个没有孩子的女人生一个儿子，并治愈她的所有疾病。*阿格里人*的生育行为是与祈求者的精神结合。夜复一夜，他们与从印度和尼泊尔各地来到卡马加亚寻找儿子的妇女进行精神结合，"艾玛继续说道。

当艾玛在卡马加寺庙遇见她时，艾玛正在研究《*阿格里圣人的性与灵性：印度的裸体僧侣*》。

来自荷兰的艾玛偶尔会被看到和一个看上去很凶猛的裸体僧人在一起。托钵僧身着*袈裟*，留着长发绺，身着一条有着圆形瞳孔、光滑鳞片的眼镜蛇，脖子上戴着一个大兜帽。艾玛向阿贝透露，她与阿格里萨杜进行了长时间的交谈，并说服他与她谈论*阿格里萨杜的性生活*。她说，其中一些人表演了 *maidhunam*。阿格里·萨杜（Aghori Sadhu）与一名女子在极其私密的情况下的秘密关系被用了一个梵语词来表达他对这名女子深刻而强烈的欣赏。这是一种罕见的行为，阿格里*苦行僧*通常会避免这样做。为了结合，女人必须进行七天的准备，禁食、苦修和*崇拜眼镜蛇*。在 *maidhunam* 期间，*萨杜*和女人会将自己变成湿婆和帕尔瓦蒂。*萨杜*在结合之前表演了*坦德瓦（thandva）*，即湿婆的舞蹈，持续约六个小时。之后，*萨杜*就准备好通过参加 *maidhunam* 来实现任何女人的愿望。

艾玛的豪言壮语激发阿贝为他所见过的最凶猛的僧侣画了一幅肖像，他相信艾玛可以哄骗*萨杜*在他面前摆好几天姿势，为他画一幅肖像。

来自欧洲，或许还有美洲，数十名游客争先恐后地争先恐后，希望能有机会引起这些精力充沛、全身披白灰、头发蓬乱的僧侣的注意，这些僧侣除了在大壶节之外从不洗澡。许多西方妇女与裸体的吸大麻的乞丐住在一起，以得到僧侣的赏识。

在到达卡马加神庙之前，安倍在哈里瓦大壶节 (Haridwar Kumbh Mela)，那里的信徒将阿格里*苦行僧*视为活生生的湿婆。安倍在数以百万计的湿婆崇拜者朝圣者中度过了很多天。阿贝正在寻找格蕾丝。尽管他对她的缺席感到失望，但他从未失去希望，因为他始终铭记着与她在果阿度过的宁静时光。

在大壶节期间和之后的六个多月里，阿贝一直待在普拉雅格，看着印度教修女*萨德维*的数千张面孔，想着突然发现最美丽的格蕾丝的身影是多么幸福。然而，对于他来说，她的出现却超出了他的认知。

艾玛问亚伯为什么他一起流浪多年，亚伯告诉她他正在寻找他心爱的格蕾丝。艾玛很高兴听到安倍的故事，并说这样的爱只有在贾亚德瓦的《吉塔戈文达姆》中才能看到。艾玛进一步告诉他，格蕾丝深爱着阿贝，从她离开果阿的那天起，她就会寻找他。格蕾丝可能会在几天内返回果阿寻找他，因为格蕾丝可能已经意识到没有安倍的生活是平淡的。此外，她可能会忧郁、悲伤、孤独。听到艾玛的话，安倍感到惊讶，因为他意识到只有女人才能理解另一个女人的深刻情感。他对女人的手势、言语、思想、欲望和表情的理解是不完整的或幼稚的，他无法理解格蕾丝的行为和意图的感受。

艾玛是一位精通梵语、巴利语和俗语的学者，她在印度待了四年，并在博士研究中研究了吉塔·戈文达姆（Gita Govindam）。生活在十二世纪的贾亚德瓦（Jayadeva）在他的杰作中，将温达文的牛郎克里希纳（Krishna）和挤奶女工戈皮卡（gopikas）之间的关系描述为*拉斯·里拉（Raas Leela）*，这是至高自然的激情的爱情游戏。尽管与鲁克米尼和萨蒂亚巴玛结婚，克里希纳仍然爱挤奶女工之一拉妲，胜过爱他的心。《Gita Govindam》是用任何语言写成的关于爱情的最美丽、最深刻的诗歌。它描绘了克里希纳因拉妲的分离而感到的痛苦和他们在一起时的完美喜悦。

在爱情中，拉妲变成了克里希纳，克里希纳也变成了拉妲。拉达和克里希纳的分离是他们结合的一个组成部分。因此，拉妲变成了奎师那的幸福喜悦，奎师那转变为拉妲的整体。两者都是一样的。艾玛解释说，拉达与克里希纳的结合是纯粹的幸福，是人类之爱的顶峰。他们通过舞蹈、唱歌、分享和做爱来表达这一点。

"事实上，你与格蕾丝的分离就是与格蕾丝的结合，"艾玛说。

"当我寻找格蕾丝时，我体验到她的存在，除了格蕾丝之外，我没有单独的存在，"阿贝回答道。

"所有对心爱之人的渴望都是对爱和与心爱之人相见的渴望，"艾玛评论道。

"我在内心寻找恩典，忍受分离的痛苦，但同时体验寻找过程中产生的快乐。"

"在《Gita Govindam》中，克里希纳和拉妲是一样的。在所有真爱中，分离本身就是结合的一个阶段。他们将爱人和爱合二为一，合二为一。"艾玛分析道。

阿贝看着艾玛。

"尽管你看起来不同，但你的话听起来很像格蕾丝，"阿贝说。

"你是对的。爱在任何地方都是一样的。当两个人彼此相爱，并且他们的结合变得密不可分时，他们的爱就会随着他们的爱而增长。它作为一个实体而演变。因此，爱本身就变成了一个人。"艾玛回答道。

"这就是克里希纳成为拉妲，拉妲在爱情中成为克里希纳的原因吗？最终，爱变得超越彼此相爱的人，"阿部问道。

"你是对的。你对格蕾丝的爱本身就是格蕾丝。"艾玛回答道。

"我知道我的爱是格蕾丝，格蕾丝就是爱。而我对格蕾丝的爱也变成了第三者。格蕾丝、我们的爱和我都是一样的。经过多年的寻找，寻找本身已经成为一个实体；对爱的渴望已经成为爱的化身，"安倍说。

"现在你已经成为像贾亚德瓦一样的神秘主义者了，"艾玛说。

"有时，我认为我是奎师那，恩典是我的拉妲，或者奎师那是我，拉妲是恩典。我们分离时的痛苦不过是我们团聚时的欢乐；我所做的一切都是这种痛苦的结果，而它产生的希望是与所爱的人相遇。与格蕾丝合二为一的相遇带来的幸福是无法抑制的，我与她的独白最终成为现实，是她存在于我之内和超越我的真实表达。在我生命中的每时每刻，我都在经历着它；这种体验本身就是恩典，我亲爱的。"

艾玛看着阿贝。

"你在你的内心和周围体验到她，你就变成了格蕾丝。事实上，你对格蕾丝的寻找就是对你自己的寻找，"艾玛说。

"我觉得没有人能把格蕾丝和我分开；即使我也不能。我无法将自己与我分开。"

"在心里不停地和她说话，即使她远在天边。艾玛发表声明说："分隔人们的不是距离，而是沉默。"

"我知道她经常与我交流。就像*阿格里一样，苦行僧*与卡马加神庙的女神进行交流。"阿部评论道。

"每天早上醒来都会想起她。热情地拥抱她。让你心爱的人快乐，和她一起成长。"艾玛建议道。

阿部笑了。他知道艾玛拥有关于克里希纳和拉妲及其爱情的知识宝库。艾玛在过去的两年里与*阿格里苦行僧*一起四处走动，对他们也有着深厚的专业知识。她希望对裸体僧侣进行科学研究，得出有效的发现，因为没有人能像艾玛那样了解这些乞丐的生活。

艾玛在回答安倍关于裸体僧侣起源的询问时说，*阿格里斯*苦行僧自古以来就存在。如今，喜马拉雅山洞里有数千只这样的动物。在纳西克、乌贾因、哈里瓦和普拉亚格举行的*大壶节*期间，几乎每个人都庆祝湿婆神的威严。*大壶节*持续了好几个月，阿格里*苦行僧*赤身裸体走在信徒中间，并在仪式中施展魔法。艾玛进一步补充说，卡马基亚神庙对他们来说是一个特殊的地方，他们像儿子一样生育湿婆，并拥有*迈杜南（maidhunam）*。

"你为什么对*阿格里苦行僧*如此着迷。"

"来到印度后的很多年里，我都沉浸在贾亚德瓦所描绘的《吉塔戈文丹》中克利须那和拉妲之间的爱情之中。当我完成学业并将其提交给大学攻读博士学位时，我感到对印度了解的空白。我开始阅读湿婆和帕尔瓦蒂的爱情，我发现这种爱情深刻而激动人心，就像克里希纳和拉妲一样。这是一种新的认识，*阿霍里斯*人致力于湿婆神。他们可能分享湿婆和帕尔瓦蒂之间的爱。我没有错，因为他们中的一些人与他们深深欣赏的人一起沉迷于 *maidhunam*，"艾玛解释道。

"但他们是独身者，"安倍发表声明。

"是的，他们是独身者。他们对无子女的妇女进行生育并不反对独身。这不是享受做爱，而是人生中最重要的责任。同样，*maidhunam* 并不是反对独身的行为；而是一种反对独身的行为。它满足了奉献者所表达的需求和愿望。湿婆命令他们履行这一职责，*阿格里萨杜斯*不能忽视湿婆追随者的深深渴望。你可以在印度史诗中以责任的形式看到此类事件，"艾玛说。

"一个人如何以及何时成为*苦行僧*？"

"*阿霍里斯*人在录取一个人进入*阿卡拉（Akhara）*——裸体僧侣培训学校之前，会对其进行严格的测试。求道者需要接受 *Diksha*（宗教仪式中的开光仪式）才能成为僧侣。这是古鲁（Guru）对弟子（shishya）的灌顶。什夏离开一切，与古鲁会合，古鲁接受他为儿子，一个被奴役的人，学习*古鲁咒语*。此外，古鲁还给他起了一个新名字。"艾玛解释道。

"什么是上师咒？"

"古鲁咒语是古鲁给予 shishya 的关键词。它通常是神的名字，门徒应该不断地念诵这个名字。就像你不断地重复你所爱的人的名字；你总是唱格蕾丝的名字，"艾玛解释道。

阿贝看着艾玛。"你给了我一个宝贵的榜样。恩典永远是我的导师，我的挚爱。"

"女人可以成为男人的灵感来源。恩典是你的灵感。我是我所崇拜的阿格里苦行僧的灵感来源。我叫他*巴巴*，他叫我*沙克蒂*，有时叫*帕尔瓦蒂·德维*或*特里普拉·桑达里*。他认为我是他的配偶。当我回到荷兰时，我会写一本关于他的书，"艾玛说。

"水师为他的古鲁做什么？"

"对于 shishya 来说，这是对上师的无私奉献。弟子进行忏悔和最后的仪式，*Pinda Daan* 和 *Shraddha*，并认为自己为父母和其他家庭成员而死。他还放弃了所有世俗财产,成为一名弟子,并最终将自己提升为*阿格里·萨杜*,"艾玛解释道。

"成为一名 Aghori Sadhu 的过程是什么?需要多长时间才能成为 Aghori Sadhu?"

"*阿格里苦行僧(Aghori Sadhu)*,也称为*纳迦苦行僧(Naga Sadhu)*,会永久脱掉衣服,吃掉提供给他的任何东西,睡觉时地板上没有婴儿床、床、枕头和床单。通常需要十到十五年的严格训练。测试多年的独身生活是其中的一部分。上师只有在独身、服从和放弃方面表现出色时才会接受他的弟子。所以,色情的感觉对*阿格里·萨杜斯*来说是陌生的,"艾玛说。

"他们为什么要留着乱七八糟的头发?"

"*阿格里*圣人相信辫子赋予他们神秘的力量。生命能量位于头部,盘结的头发可以保护头部,使人的身体和精神都变得坚强。打结的头发可以防止生命能量的逃逸。最重要的原因是,缠结的头发给人一种印象,*萨杜*是湿婆的化身,并提供像湿婆一样的超自然力量。他们都认为恐惧是头发的自然现象。于是,他们把松散的头发扭成绳子状。通常情况下,人们需要大约一年的时间才会害怕头发。"艾玛解释道。

"*阿格里苦行僧*的人生目的是什么?"

"很难说出他们的人生目的是什么。许多人说,*Mukti*或*Moksha*是从世俗生活中解脱出来的。他们对神保持沉默。他们中的许多人都是无神论者,"艾玛看着安倍说。

"他们为什么赤身裸体走路?"

"*阿格里苦行僧*完全放弃了世俗的事物。所以,裸体是放弃占有权的标志。这就是为什么他们不装饰自己的身体。它是绝对自由的标志,是人类的原始地位。裸体挑战上帝,因为上帝是裸体的,而人类想要像他一样,这是他所厌恶的。通过赤身裸体,一个人成长为神性并获得所有超自然力量。它否定了神的力量，并将他降格为人。一个人赤身裸体时，没有羞耻、欲望、嫉妒、傲慢和昏睡，并且克服了所有人类和上帝制定的法律。赤身裸体的人获得了超越宗教、道德和民法或刑法的不同维度的生活。阿霍里斯人中没有精神病患者和精神分裂症患者，这一现象值得研究。未打破的习俗包括保留贾塔和长发绺以及用骨灰涂抹身体。佩戴一串一百零八颗*金刚*菩提珠是一种神圣的行为。佩戴它可以体验和平、幸福和平静。*金刚菩提*是一种名为 Elaeocarpus Garnitures 的树的种子，"艾玛说。

"他们通常如何称呼？他们住在哪里？"

"*Aghori Sadhus* 被称为 *Dhunjwale Baba*。它们神秘、神奇、非传统。他们手持戴着人类头骨的三叉戟，并不居住在城市、城镇和村庄，除非参加*大壶节*或参观寺庙。"

"他们是如何长途跋涉，比如从喜马拉雅山到卡马加亚的？"安倍急切地想知道。

"他们通过瑜伽传送来旅行。由于 Aghori Sadhus 拥有 *Sushma Sarira*（一种微妙的身体），他们可以在几秒钟内从一个地方旅行到另一个地方。一位经验丰富、资深的*苦行僧*可以控制时间和空间。"艾玛解释道。

"他们吃什么。"

"他们吃任何可以吃的东西，包括肉，但每天只吃一次。如果没有食物，*阿霍里斯人*就会挨饿好几天。"

安倍沉思着艾玛所说的话。*阿格里萨杜斯*的生活非常迷人，因为放弃世俗的占有和享乐提供了力量和魔力。他们体验到了平静，一种远比幸福和快乐更不可思议的感觉。他们的裸体是一个人进化过程的崇高状态，是自由、从欲望和性中解放出来的表达。圣人成为安倍的理想，因为他们比任何人都更能理解生活的无目的性。他内心萌发了一种渴望，想要拥抱*阿格里萨杜*所做的一切，像他们一样，戴着*贾塔*、长发绺、带有人类头骨的三叉戟、脖子上挂着一条眼镜蛇，以及裹着灰烬的身体。在喜马拉雅山的洞穴中冥想宇宙，参观大壶寺，在恒河、戈达瓦里河和布拉马普特拉河中沐浴，成为了一种强烈的向往。他想要超越他那易朽坏的身体，开始一段航程，到达不朽存在、外在的信仰与信仰、舒适与幸福、性与欲望、食物与佳肴、法律与法规、神与神灵的境界。他在想象中画了一千张自己作为*阿格里苦行僧*的照片，并将它们全部献给了他心爱的格蕾丝。一个无神论者在他的思想和行动中进化，安倍就像苏什玛·*萨里拉（Sushma Sarira）*中的*阿格里萨杜（Aghori Sadhu）*一样旅行，在那里他的思想触及了不朽，存在没有本质。

卡玛加女神

艾玛和阿贝在三个月内成为了好朋友。安倍为艾玛画了一幅肖像，花了大约两个月的时间才完成。照片中的脸有很多格蕾丝的特征，艾玛可以注意到那些错综复杂的变化，她知道这是她的脸和格蕾丝的融合。安倍将这幅肖像命名为《裸体僧侣之友》。安倍在艺术作品上签名：*独身*，并在签名下写了"*给我的朋友艾玛*"，并将其作为礼物送给她。艾玛很高兴得到这幅画，她向阿贝保证，她会把这幅肖像展示给这位裸体僧侣看，她称他为*巴巴*。

阿部告诉艾玛，他真诚地希望为*巴巴*画一幅肖像。

"但是*巴巴*不喜欢公开；他不喜欢有人侵入他的私生活，"艾玛说。

"我知道他是一个虔诚的人。尽管如此，我一见到他，就萌生了为他画肖像的强烈愿望。他有独特的个性，因为他看起来像湿婆。尽管他外表凶猛，但他可能有一颗善良的心。"安倍说。

"我会尽力说服他，"艾玛安慰道。

经过一周的交谈，阿部远远地看到*巴巴*朝寺庙走去，艾玛就站在他的身边。巴巴一看到阿贝就停下脚步，站了一会儿，看着阿贝。阿部注意到*萨杜*乱蓬蓬的头发是金色的，他的身体上覆盖着灰烬。带有一百零八颗珠子的*金刚*菩提串在他的肚脐上。巴巴的裸体很有吸引力，让他显得威严，安倍从来没有遇到过如此威严的人物。突然，*巴巴*恢复了步伐，走进了寺庙。

艾玛告诉阿贝，她已经向*巴巴*展示了这幅肖像画《*裸体僧侣的朋友*》，他看了一秒钟，告诉她这幅画是超现实主义和象征性的，是两个人的融合。艺术家想在和尚的朋友面前看到他所爱的女人。他进一步说这位艺术家是一个聪明的内向者。

安倍思考了*巴巴*的话。

"你告诉他我想为他画一幅肖像吗？"阿部问道。

"是的。但*巴巴*说以前从未发生过这样的事情。尽管如此，未来可能会发生新的事情。生活总是新的，他可以自由地抛弃旧的。"

安倍渴望会见*巴巴*并为他画肖像的愿望变得更加强烈。他的脑海里充满了阿格里·*萨杜*（*Aghori Sadhu*），阿贝想象着如何画出这个长着辫子、脖子上挂着眼镜蛇、涂满灰的身体和裸体的凶猛人物。他的外表令人震惊、优雅且令人着迷。

艾玛告诉他，所有其他僧侣都尊重*巴巴*，而他的思想和行动是永恒的。他是班加罗尔科学研究所的物理学研究生和印度理工学院的量子物理学博士学位，他放弃了教授的职业和财富，成为一名托钵僧，寻求与宇宙的和平。

"对他来说，人类的存在没有特殊的目的，也没有灵魂，没有死后的生命。进化的目标是有限的：一切都通向*顺也*、空或空。宇宙将会消失，另一个宇宙将会以完全不同的法则出现，这将是一个连续的过程。下一次出现，一切都将不同，人们无法预测会发生什么。但预测只能基于所发生事件的历史以及此时此地正在发生的事情。本身没有善，没有恶，没有上帝或魔鬼。"

艾玛的话很鼓舞人心。阿部在与*阿格里苦行僧*的并列中找到了自己生命的新意义。他对*巴巴*的尊敬与日俱增，想与他交谈并为他画肖像。

三天后，亚伯看见*巴巴*带着艾玛朝圣殿走去。他赤裸、健壮、高大的身材令阿部着迷。他想在肖像中捕捉到他的完整状态。这将是任何人的第一次尝试，而且将是独一无二的。

过了一会儿，阿贝看到艾玛朝他走来。

"阿贝，*巴巴*，想见见你。跟我来吧，"她说，

"他在哪里？"阿贝一边走一边问道。

"他正坐在榕树下冥想。我说过你想为他画肖像。他告诉我他会和你讨论这个问题，"艾玛一边转向圣殿的右侧一边解释道。一棵巨大的榕树蔓延开来，阿部看到*巴巴*坐在树下冥想。

艾玛和阿贝到达*巴巴*坐的地方。他蹲在一个围绕着树建造的高处。那里有许多奉献者和崇拜者。有些人正在冥想。*巴巴*处于*莲花式*（瑜伽中的莲花姿势），闭着眼睛。

阿贝和艾玛站在*巴巴*面前。由于他坐在较高的位置，阿部微微抬起头，看清他的脸。

"这么说，你是独身者了，"亚伯突然听到*巴巴*在和他说话。他的眼睛仍然闭着。

"是的，*爸爸*，"阿贝说。

"但你并不是一个独身的*萨杜*。保持独身违背你的人生目标。你需要生育；这就是你人生的目的，"*巴巴*说。

"为什么我不能继续独身呢？"阿部问道。

"这个问题无关紧要。你来到这个世界是为了繁衍后代。正如你的父母生养了你一样，你也需要生养你的孩子。"*巴巴*说道。

阿贝看着*巴巴*，发现他是一个深刻的倒影，但感觉到巴巴的内在意识在对他说话。

"一个不创造新生活的人永远不会获得解放。他没有 *Mukti*，也没有 *Moksha*。他将一次又一次地转世，直到创造人类生命。你是你的神，尽你的职责。即使是独身者也需要创造他的后代。这是他的职责，"*巴巴*解释道。

"我明白，*爸爸*，"阿贝说。

一阵长时间的沉默。阿部一动不动地站着，他可以看到*巴巴*在呼吸，没有发出任何声音，他一动不动，坐着，就像一尊佛像。安倍认为*巴巴*将整个宇宙封装在他体内，而在此过程中产生的白炽光笼罩了安倍。

"*爸爸*，我无法忍受，"阿贝大声说道。

"什么？"*巴巴*问道。

"光，从你身上反射出来，"安倍回答道。

"光是你心灵的创造；它不是外在的，而是内在的。你是光。保持冷静，审视自己，体验自己的存在。观察你自己，脱掉衣服，看看你的脚趾、腿、大腿、生殖器、肚脐、腹部、胸部、颈部、肩膀、下巴、嘴巴、鼻子、耳朵、脸颊、眼睛、额头和头发。触摸你的内脏。它们在振动；你就是你的器官。感受他们并爱他们。意识到你像新生儿一样赤裸，这是你的真实本性。爱惜身子；享受你的裸体；欣赏你的存在。感谢自己的感受。与你合而为一，控制你的思想；专注于你，因为你是你的导师。"安倍听到了*巴巴的声音*。他的声音如雷霆一般。

安倍静静地站着，对*巴巴*进行调解。他将自己的思考过程从脑海中移开；推理变得空洞。空虚是愉快的、令人兴奋的，安倍意识到他孤身一人，无人陪伴。宇宙在他之内，他在宇宙之内，仿佛与整个宇宙融为一体，一种卓越的体验，一种孤独中的启蒙。一片浩瀚包围着他，他进化成了一个没有重量和质量的原子；其中蕴藏着巨大的力量。他是极限、无限和虚无。那里有永恒的光明，连一丝黑暗都没有，他带着光明，超越了空间、时间和思维，进入了意识、启蒙的境界。阿贝是光，存在于意识之中。

安倍可能已经这样度过了很长一段时间。当他睁开眼睛时，*巴巴*不在那里，艾玛也走了。他已经在那里站了九个多小时，对周围的世界一无所知。突然阿部明白了什么是冥想，甚至在第一步，他就能体验到恍惚的感觉。它正在学习与咒语达到顶峰的各个阶段的本质，即反思的最终结果。在耶稣会士的四年高强度训练中，他不可能有过这样的经历，而格蕾丝一直在他的脑海里。即使是阿维拉的圣特蕾莎或阿西西的圣方济各也可能没有经历过如此深刻的自我感受。冥想是一次穿越自我的旅程；这是一个人的经历。它正在获得对自我的控制，抛弃所有世俗的想法并拥抱虚无。最终目标是清空自己、解放、*解脱*、*解脱*和顺*雅世界*。

两天后，艾玛见到了阿贝，问道："与*巴巴*会面的经历如何。"

"这确实是一次美妙的、神秘的经历。带我去一个不存在的王国是我第一次超越时空的旅程。"安倍回答道。

"那天，我等了你两个小时，但你却神情恍惚，站在那里一动不动，不知道周围发生了什么。"艾玛说道。

"是的，我在那里呆了九个多小时，"安倍回答道。

"这就是佛教的灵性和冥想。你不需要上帝才能成为神秘主义者。尽管*巴巴*是湿婆神的信徒，但他深受佛教的影响。他的行为建立在自我发现、钻研自我、认识自我、认识自我的基础上。这是耶稣在印度学到的小乘佛教的伟大导师所修行的，"艾玛说。

"你如何将耶稣与佛教联系起来？"安倍问道。

"人们坚信耶稣成为了一名佛教僧侣。他在印度学习了大约二十年的佛教原理和哲学。耶稣十二岁时随商人来到这里，师从佛教和印度教老师。他在印度，因为这里有许多犹太社区，特别是在克什米尔和马拉巴尔海岸。学者们说耶稣在那烂陀大学呆了很长时间，"艾玛发表声明。

然后，阿贝和艾玛面对面坐在榕树下。

"有耶稣访问印度的历史证据吗？"阿部问道。

"没有证据。即使关于耶稣的生平和时代，也没有历史证据。罗马人，巴勒斯坦的统治者，没有写过任何关于耶稣的文字，尽管他们细致地记录了在他们的帝国发生的事件。但这里有很强的传统。耶稣来到印度学习佛教价值观、思想和佛陀的教义。他成为了一位首席僧人，是佛教中仅次于佛陀的第二重要人物，"艾玛解释道。

"你是说佛教影响了基督教，"安倍评论道。

"这不仅仅是影响力。基督教是佛教的翻版。耶稣从印度回到巴勒斯坦后，并没有宣扬宗教，而是为犹太人实践了一种新的生活方式。耶稣在马太福音中所投射的神与旧约中的神完全不同。耶稣彰显了一位慈爱和仁慈的上帝，一位宽容和鼓励的上帝。在旧约中，上帝是一位残酷的暴君，"艾玛分析道。

"耶稣从哪里得到慈爱仁慈的上帝这个概念？"阿部问道。

"对于耶稣来说，上帝是善良、同一和仁慈的象征，而不是一个人，也不是一个实体。假设你在佛陀入灭后立即读到了《Lalitavistara》，这是一本用梵文写成的佛陀传记；你会了解到福音书作者借用、抄袭和借鉴《拉利塔维斯塔拉》的许多东西。我可以给你举几个例子。在《月光经》中，佛陀由一位处女所生，被称为"人子"。佛陀从平民中选拔弟子，走遍北印度。耶稣也是由童贞女所生。他从平民中挑选弟子，走遍了巴勒斯坦那片土地。佛陀比耶稣早五百年，创造了许多奇迹，与耶稣的奇迹一样。佛陀医治病人，使盲人看见，使聋子听见，治愈麻风病，耶稣也做到了这些。佛陀治愈了一个身体残疾的人，并要求他带着婴儿床行走，耶稣也做了同样的事。佛陀走过恒河。他的门徒认为这是一个在行走的精灵。耶稣走过加利利湖，他的门徒认为他是一个灵，"艾玛解释道。

"令人惊讶的是，福音书从佛教圣书和文献中抄袭了耶稣的许多事件和活动；看来，"安倍评论道。

"在《Lalitavistara》中，有一个寡妇在寺庙里供奉一枚小硬币的故事。根据马可的说法，在福音中，耶稣赞扬了一位寡妇，寡妇给了她一枚小钱。佛陀使粮食倍增，养活了成千上万的人，耶稣也不止一次地做过同样的事。类似的事，佛陀所行、耶稣所效仿的还有很多。基督教的神学是佛教，是耶稣在印度时获得的。早期基督徒的冥想、祈祷、精神锻炼、禁食和忏悔的概念和实践都源自佛教，"艾玛看着安倍说。

"你从哪里得到这些信息？"安倍质疑道。

"我读过许多梵文、巴利文和俗语的原著文献。我将佛陀的教义和奇迹与耶稣的进行了比较。没有人能够隐藏佛陀对耶稣的影响，因为这是不可否认的。佛教僧侣像早期基督教的僧侣一样，过着绝对的克己生活，依靠人们的施舍度日。佛教僧侣是伟大的苦行僧、学者和哲学家。一些学者逐渐将佛陀提升为大乘佛教中神的地位。同样的情况也发生在基督教中，比如圣保罗，他把耶稣变成了基督，上帝。但佛陀和耶稣从未声称他们是上帝，"艾玛发表声明。

安倍询问巴巴的下落，艾玛告诉他巴巴去了哈里瓦并拜访了普拉亚格和乌贾因，并于当天早上返回。阿部惊讶地看着艾玛，艾玛告诉他*巴巴*使用了传送术，他确实不需要时间就可以移动。艾玛告诉阿贝，巴巴表示愿意第二天在阿贝面前摆姿势拍照。安倍听了很激动。安倍的心里出现了一种罕见的平静。希望在他心中绽放，他表达了与*巴巴*会面的热情。

第二天，安倍开始画肖像。*巴巴*坐在*莲花座的*榕树下。尽管闭着眼睛，他的脸上却呈现出平静与和谐，似乎正在陷入沉思。但对于安倍来说，他的眼睛睁得大大的，就像雅鲁藏布江上的清晨阳光一样。他的*金刚菩提*闪烁着光芒，脖子上的蛇静止不动。辫子很华丽，头顶上出现的上弦月闪烁着罕见的光芒，仿佛他坐在太阳底下。极光是空灵的。*巴巴*看起来就像湿婆和佛陀的融合体。

安倍每天工作三到四个小时。艾玛告诉他，巴巴在这段时间里参观了印度各地的湿婆神庙，与佛陀、其他伟大的佛教导师、印度教圣贤或拿撒勒人耶稣交谈。安倍在他的虚拟形象中看到了*巴巴*

，反映了他的意识和他的存在。除了阿部，没有人能看到他坐在榕树旁。当他在寺庙周围行走时，他仍然是*阿杜夏*（adurshya），看不见，因为除了*巴巴*认为有资格的人之外，每个人都可以看到他。

这幅画持续了好几个星期，在阿部的空闲时间，艾玛拜访了他。

艾玛和安倍就湿婆神、湿婆教、小乘、大乘、艾赛尼派、拿撒勒派以及希腊哲学和罗马政治之外的其他原始基督教团体进行了长时间的讨论。阿部发现艾玛对梵语、巴利语和俗语文学的了解以及她对湿婆、克里希纳、佛陀和耶稣的理解是无与伦比的。

"艾玛，你最不喜欢什么？"突然，安倍问了一个偏离了讨论中心主题的问题。

她看着安倍，低声说道："我不喜欢宗教原教旨主义者和狂热分子。我不喜欢没有同理心、不诚实、残忍、暴虐的政客。我不喜欢抛弃妻子的人。"

"因此，大多数宗教领袖和政治家都属于这些类别，"安倍表示。

"确实如此，"艾玛回答道。

"你相信什么，艾玛？"阿部又问道。

"我相信同情心、善良、逻辑、理性、平等、同理心、人类和动物的尊严和权利，"艾玛说。

"看来你还想再说点什么，"安倍说。

"是的，阿部。我爱性；那是和一个我深爱和敬佩的人纯粹的做爱。这是终极的快乐，是这个世界上最美丽的行为，"艾玛说。

"做爱是一种美丽的行为吗？"阿部问道。

"当然。阿部，你是独身者，你从来没有经历过。如果你爱一个人，那是纯粹的快乐。有了爱，就会产生钦佩；有了爱，就会产生敬佩；带着钦佩，结合发生了。如果您完全爱他们，您可以与多个人发生性关系。如果你不自私，很多人的爱是可能的。看，克里希纳喜欢与许多*哥皮卡*（挤奶女工）进行真正的性爱，尽管他*有*两个妻子并且深深地爱着她们。他非常爱挤奶女工之一拉妲。克里希纳变成了拉妲，他认为与她的做爱是他们身体和灵魂的完美结合，两人都非常珍惜它，"艾玛说。

"性、做爱是一种精神体验吗？"安倍问道。

"灵性的概念是毫无价值和虚假的，因为它不能存在于人类之外，而在人类内部，它服从于其他人类品质。如果你是一个好人，不伤害别人，你就是真诚的；它高于灵性。性是两个相爱的人的结合，准备分享他们的身体和内心的感受。这样的结合是愉快的、有意义的、持久的。没有灵性可以提供它。它并不要求你嫁给这个人，因为婚姻是爱情的绊脚石。你需要像自由的人一样去爱，没有任何依恋，同时深深地投入和爱，"艾玛斩钉截铁地说。

阿部想了想，然后问道："你喜爱和钦佩的人很多吗？"

"我热爱并钦佩湿婆、克里希纳、佛陀和拿撒勒的耶稣。如果我和克里希纳在一起，我会要求克里希纳把我视为*哥皮卡*，而对耶稣来说，我就是他的抹大拉，"艾玛说。

"尽管如此，他们中的一些人是神话人物，"安倍评论道。

"是的，《摩诃婆罗多》和《圣经》都不是真实的故事。它们大多是虚构的；人们不必将它们视为事实。当人们相信并接受神话作为真理和魔法科学时，麻烦就开始了。但想象中的人物具有逼真的性质，因为我们是根据我们的个人、社会、心理和经济背景创造它们的。它们源于我们的信仰、欲望、恐惧、失败和缺点。他们代表我们，为我们辩护、发言并为我们而战。我们接受他们作为真实的人，渐渐地，他们超越了我们，压倒了我们，并演变成我们的英雄、理想、信仰的基础和神。他们积累了无法抹去的财富、神性和权力。它们决定我们的价值观、习惯、规则和法律；反对他们是罪孽和犯罪。他们通过其他人类来惩罚我们，而这种惩罚往往是致命的，比如斩首、枪杀或绞刑。人类的年龄大约有十万年，但当今的神没有一个不超过五千年。为了推翻诸神，另一种文明需要出现。美索不达米亚、埃及和希腊的诸神曾经是人类生活中最强大和最决定性的因素，但现在却消失得无影无踪。当数字人类出现时，我们现在的神将会消失，因为神在新世界中没有任何作用。崇拜和灵性将成为过去的故事。"艾玛解释道。

"爸爸是神吗？"

"*巴巴*是无神论者；他不是神话；他是真实的；我爱他并且钦佩他。我从未询问过他的背景或年龄。现在我又爱了一个人，也钦佩了一个人。"艾玛看着安倍说道。

"你爱我、欣赏我吗？"安倍像提问一样做出了陈述。

"当然，"艾玛回答道。

"但我是独身者，并且深深地爱着格蕾丝。我确信她在过去十年里一直在等我。"安倍说道。

"每个人在第一次做爱之前都是独身的。即使在与像我这样爱你的人结合之后，你仍然可以深深地爱格蕾丝。"艾玛坦率而大胆。

安倍说："让我考虑一下。"

"和你做爱是我最珍视的愿望，"艾玛微笑着说道。

她的笑容与格蕾丝很相似。艾玛像格蕾丝一样聪明、理性、无所畏惧和精明，并拥有她的许多品质。格蕾丝是艾玛的另一面，看不见、不说、不表达、无意识。如果艾玛在辛格林，她的行为就会像格蕾丝，如果格蕾丝和*巴巴*一起在卡马加，她的行为就会像艾玛。但艾玛邀请的偶然性侵入了安倍的内心，引发了自相残杀的冲突，比如格蕾丝邀请她和她一起住一晚。没有什么不同，因为意图是一样的。毫无触动的格蕾丝就好像在思考过程中拥抱了她一千次，把她像宝石一样抱在怀里。艾玛公开地表达了自己的情感，但格蕾丝却很微妙。

格蕾丝迷人的个性仍然完全压倒了阿贝。这十年来，他一直在寻找她。他知道自己在耶稣会里发过贞洁的誓言，而一旦他离开耶稣会，这个承诺就变得毫无约束力和多余了。但他对格蕾丝的爱促使他继续过着不与任何人发生性关系的生活，尽管他已经三十五岁了。安倍对艾玛邀请的利弊争论了很多天。

每当他见到艾玛时，他们都会互相体贴，微笑，分享寒暄和故事。她要求与她结合并没有影响他们的关系，因为他们互相尊重。此外，安倍钦佩她对梵文、佛教和梵歌的了解。他避免谈论做爱，尽管他对此有很强的亲近感并且珍惜这些想法。尽管如此，性已经与他的生活变得无关紧要，因为他害怕失去独身生活。

这位裸体和尚每天都在为安倍摆姿势，无一例外。当阿部作画时，他继续冥想。有一天，和尚突然说道，他的眼睛就像卡玛加寺庙上的太阳："独身者是在否认。"阿部看着和尚；他一动不动地坐*莲花式*。阿贝怀疑*萨杜*是否说话了，因为这些话就像远处雷霆的隆隆声。

"*爸爸*，你有说什么吗？"阿部手里拿着画笔，低声问道。艾玛站在阿贝身边。

*巴巴*说："每个人都有一些重要的力量，而独身者则否定了这些力量。"这句话直击了阿部的心里。*我是否否定了我的生命力？* 安倍扪心自问。

艾玛看着阿贝；她的眼睛在燃烧。安倍注意到了。

"*爸爸*，我作为一个男人是不是在浪费自己？"阿部问道。

"独身者永远不会享受他存在的充实，"*巴巴*继续说道。他没有回答安倍的问题，而是像在恍惚、冥想中一样说话。

"我非常渴望享受充实的生活。请给我指路，"安倍说。

"如果你继续独身，你将永远无法获得 *Sayujya*，即从出生和重生中解脱出来，"巴巴优雅地说。他的话很有说服力，但听起来就像孟加拉湾的海啸。

"珍惜*萨尤佳亚*是我人类的需要，我不喜欢一次又一次地重生，"阿部嘀咕道。

阿部当天无法做太多工作，因为他感到不安和担忧。他知道没有灵魂和重生。所以，*巴巴*的话可能有不同的含义。安倍没有讨论*巴巴*所说的话的含义。安倍喜欢艾玛，但不想放弃自己的独身生活。

接下来的十二天里，*巴巴*没有说话。他正在冥想。但有一天，他突然说道："不生孩子，死后，你的灵魂将四处游荡，寻找女神。但她会拒绝你。"安倍知道他的话没有任何意义，因为它们只是胡言乱语。*巴巴*可能试图制造混乱，但他怎么能这么做呢？巴巴不应该以无神论者的身份谈论灵魂和重生。

许多天来，阿贝一直想着*巴巴*。有时候，即使是伟人也会说些蠢话；安倍在心里安慰*巴巴*，因为他可能夸大了自己放弃独身的言论。但他说的有一定道理，因为生命的目标是繁衍后代。

安倍已经完成了两个月的*巴巴*肖像画，他对工作的进展感到满意。他确信自己能够在一个月内完成这一任务。*巴巴*冥想了很多天，阿贝画肖像时，艾玛站在他身边。

艾玛总是鼓励阿贝并赞赏他的进步。阿贝发现，她的话语既安慰又关怀，他感谢她的到来。他知道*巴巴*决定为这幅肖像摆姿势是因为她，只有艾玛才有机会画裸体托钵僧的照片。

"艾玛，我一直很感激你的善意、鼓励，并说服*巴巴*摆姿势拍照。"

"这是我对你的爱，亚伯；这是我的职责，我必须这么做。"

"我很感激，"安倍看着艾玛说。

艾玛微笑着。她的笑容或多或少有点像格蕾丝。她说话像格蕾丝，她声音的共鸣创造了格蕾丝的形象。艾玛逐渐演变为格蕾丝。

"艾玛，你比任何人都更了解我，这两年我经历得越来越多。现在我正在和你一起体验恩典。"

"那是因为你渐渐对我产生了爱慕之情。恩典是善良、爱和希望的最佳形象；十年来，你一直在寻找她。你可能认为你的寻找是徒劳的；因此，你想在我身上看到格蕾丝。但别在我身上看到格蕾丝。我是一个独立的人。假设我们在一起，如果你没能在我身上找到恩典，你会失望的。对于你来说，我需要成为艾玛，而不是格蕾丝。"

"你是对的，艾玛；你有独特的个性；你们在敏感度、感知、价值观和评估方面有所不同。你是我见过的罕见人物之一。坦率、真诚，你重视人际关系，珍惜友谊。我很佩服你。"

"谢谢安倍的理解。我也很珍惜。"

在这一周里，*巴巴*保持沉默。他从不说话，但阿贝和艾玛可以感觉到他的独白、沉思的低语和对他们的思考模式。有一天，*巴巴*说："你胆怯又软弱。"

突然，阿贝想起格蕾丝说他是一个内向的人。

"*爸爸*，这是真的，"安倍说。

"你拒绝接受你的本质，"安倍再次听到。

"你是对的，*爸爸*。这种事在我身上发生过很多次。"

"你在女人面前表现得像一个无能的人。"

"我是吗？艾玛，你觉得怎么样？"阿部问道。

"是的，阿部。有一个女人爱你，欣赏你，渴望和你在一起。但你认为你是一个没有性能力的人，"她回答道。

"我应该怎么办？"安倍质疑道。

"回报我对你的感情。这对你有好处。你会感受到你的本质和个性。"

"但我无法放弃独身，"安倍说。

"你在伪造你的情绪，并告诉爱你的女人，你可以永远否认你的性需求，"突然，安倍听到巴巴说话。

这对安倍来说太过分了。他因焦虑、悲伤和绝望而浑身发抖。

"安倍，确实如此。你不能永远放弃你的性感受。不要压抑你的情绪，也不要毁掉你自己，"艾玛说。

"你是一个伪君子，一个情绪失控的人，"巴巴宣称。

阿部突然放下了画笔。"爸爸，这对我来说太过分了。你说的是实话，但我不敢面对事实。我确实患有深层次的情感问题，戴着多重面具。这种独身生活快要了我的命。我无法忍受，"阿贝哭道。这是他有生以来第一次哭泣。

"安倍，醒醒吧。你在大声思考，"艾玛说。

"艾玛，这是一次真实的谈话。我知道这不是梦；我从巴巴的心里听到了。而且它是真实的。"

"你说得对，阿部。巴巴的心意对你说话，让你意识到自己的处境，这样你就会变得勇敢，勇敢地面对生活的现实，永远不要依赖虚假的价值观。"

"你说的是实话，艾玛。我意识到独身和童贞都是虚假的。这是一个谎言，我知道这是一个谎言。尽管如此，我还是坚持这个谎言。"

"独身和童贞形成了一种负面的价值体系。这些概念是无组织和压迫性社区的产物。直到最近，罗马教会还阉割了数百名男孩，让他们继续参加唱诗班，而神职人员也玷污了许多男孩。这种习俗在整个欧洲都很盛行。数千名被阉割的人在那里担任中东、北非和东南亚哈里发、莫尔维斯、穆拉斯伊玛目和阿拉伯家庭的后宫看门人或保护者。中国和日本的皇帝以及莫卧儿和拉其普特国王都是被阉割的青少年的顾客。印度教、伊斯兰教和佛教中盛行对青少年进行阉割,将他们用作富人、权贵、比丘、苦行僧和僧侣的性对象。独身是社会和宗教强迫的自我阉割,破坏和侮辱人类。整个人类的生命都以神话的名义被浪费了。对人性尊严的践踏、对人性的征服,是对人性的歪曲,完全违背人的心灵和自由。我们不需要一个上帝、宗教或一个下令阉割、消除男子气概和生育能力的国王。埋葬这种懦弱的行为,以后你不应该再复活它。"艾玛说道。她的话在安倍的脑海中回响了一千遍。他决定改变,但改变是痛苦的。

几天来一起思考艾玛给了阿贝安慰。他对她的尊重与日俱增,他喜欢她的想法和价值观。

安倍在三个月内完成了这幅画。画布是织物、高密度亚麻布,介质是油画。类型是肖像;尺寸为九十二厘米乘七十四厘米。安倍将这幅画命名为《裸体僧侣》,并署名"单身"。当阿部用画笔画完最后一笔时,阿格里*苦行僧*起身走进寺庙。阿部没有机会向他表达感激之情,他想知道圣人如何知道工作已经完成。安倍与艾玛讨论了此事,艾玛告诉他,*巴巴*正在通过他内心的眼睛观察每一笔画。

"阿贝,*爸爸*坐在你面前的经历只是一种幻觉,"艾玛说。

"你是幻觉吗?"阿部问道。

"是的,如果你保持独身的话。不,如果你打破了独身生活。"

"我要摧毁这个骗局。"

"成为人类。这是唯一的补救办法。但你是在你选择的监狱里;它的墙壁厚实、坚固、高大。只有你才能摧毁它;你内心有一把大锤,勇敢地使用它。"

"我会的，"安倍承诺道。

艾玛问他为什么继续在自己的画作《独身》上签名，安倍回答说自从离开洛约拉大厅以来他就一直这样做，改名字毫无意义。

艾玛告诉他，他的肖像画《裸体僧侣》非常出色、独特，毫无疑问会享誉国际。安倍感谢艾玛的善意之言。

多日来，艾玛邀请阿部参观寺庙内和外墙上的雕像；这对他来说是一个新的启示。他表示希望了解寺庙墙壁上许多用花岗岩雕刻的雕塑的风格、主题和结构。安倍询问了雕像的各个方面。他发现艾玛对寺庙的历史、湿婆和萨克蒂的神话以及人物与每个故事的相关性有着透彻的了解。当成千上万的朝圣者参观寺庙时，寺庙所在的尼拉查尔山周围总是充满节日气氛。

艾玛告诉安倍，卡马基亚神庙是一座罕见的寺庙，也是最著名的寺庙之一，供奉着湿婆的配偶女神沙克蒂。这座寺庙象征着沙克蒂和湿婆的爱情，湿婆渴望与他的配偶沙克蒂结合。他们的爱是深沉的，没有人能够将他们分开。湿婆如此爱自己，以至于他可以像爱自己一样爱萨克蒂。

"爱自己就必须爱别人吗？"阿部在观看湿婆神和萨克蒂雕像时问艾玛。

"当然，如果你不爱自己，你就无法爱别人。你的爱的源泉是你自己；当你充满它时，你可以与他人分享。如果你没有充满爱或空虚，你就无法分享它。"

阿贝看着艾玛。他注意到艾玛就像格蕾丝；她说话很有说服力，并且像格蕾丝一样有说服他的技巧。但格蕾丝从未谈论过性。相比之下，艾玛毫无顾忌地谈论做爱，仿佛它是生活的一部分，密不可分，没有它，生活就不完整。

"艾玛，你和我的讨论非常坦率，"阿贝试图欣赏她。

"因为我爱你。这是可能的，因为我爱自己。如果我不爱自己，我就无法爱你。我是你的抹大拉的玛丽亚，"艾玛解释道。

"所以，你是在告诉我，我是你的耶稣，在开始爱人类之前，我需要先爱自己，"安倍评论道。

"你说得对，阿部。你需要爱自己；只有这样你才能爱格蕾丝和我。你害怕爱自己；你害怕欣赏自己与你的独身生活背道而驰。扔掉你的衣服，成为我赤裸的耶稣。烧掉你的十字架。"

"如何焚烧这个十字架，我如何才能爱自己？"安倍质疑道。

"没有人能通过十字架来拯救世界，十字架是失败和失败的标志。十字架象征着受害者。安倍，超越耶稣，超越他周围的神话和可耻的十字架。你必须是复活的耶稣，赤身露体，摆脱一切束缚。首先，开始思考你自己、你的需求、个性、欲望和个人环境。认为自己是一个独立的个体，有情感和感受，需要关心和鼓励。这是爱自己的第一步。克里希纳无拘无束地爱自己，这样他就可以爱他的妻子和成千上万的*牧牛姑娘*。他对茹阿妲的爱就像喜马拉雅山恒河的水流，纯净而有力，清澈而令人愉悦。《Gita Govindam》是克里希纳（Krishna）的 *raassleela* 与温达文（Vrindavan）和亚穆纳（Yamuna）河岸的戈皮卡（*gopikas*)的传奇故事。这是自爱和爱他人的最好例子。安倍，爱自己，并将你的爱延伸到像克里希纳一样的其他人。许多基督教神秘主义者在这方面惨遭失败，因为他们憎恨自己的身体，认为自我的存在违背了上帝的意愿。对于他们来说，身体就是地狱。即使在洗澡的时候，他们也从来不看自己的裸体。你需要观察你的身体，享受它的各个部分，触摸它们，感受它们，体验看到和触摸它们的乐趣和喜悦。然后慢慢地，你就会开始爱自己。你是一个奇迹，阿部，你的身体对你来说就是最美丽的艺术。你给它涂上各种颜色，赋予它生命，让它充满活力和活力。当你意识到你对自己有足够的爱时，你就会与他人分享。"

"作为一个独身者,我怎么能看到自己赤裸的身体呢?我怎么能碰我的生殖器呢?"安倍表达了他的担忧。

"阿部,你身体的每一部分都是你。仔细观察它们。享受你的裸体。只需感觉一下生殖器的形状和大小即可。然后你会想知道你是一个多么了不起的人。你会明白你的身体是如此复杂、美丽和珍贵,作为一个整体,它们构成了你,那就是 Abe,"艾玛解释道。

阿贝看着艾玛。"我正在专注于你所说的,艾玛。"

"阿贝,把自己当作格蕾丝,爱自己就像爱格蕾丝一样。但你需要扔掉你里面披着衣服的耶稣。穿着十字架的人只能给你悲伤、悲伤和羞耻。像克里希纳一样,优雅,爱的化身。"

"艾玛,这是伟大的知识;从来没有人告诉过我这一点。"

"享受生活中的某些小事,善待自己。"

"我会开始做的,艾玛。"

"安倍,你的天主教教育把你宠坏了。对于天主教徒来说,你的存在本身就是有罪的。你生来就是罪人,你的身体是邪恶的,这是一种荒谬的哲学。这纯粹是无稽之谈。出生和生命是最美好的事件。"

"艾玛,我不敢和任何人谈论我的性欲和我内心经历的冲突。"

"安倍,性欲是人类的自然感受。人类和所有其他生物最重要的力量。没有它,你就无法存在。但你却试图压制它,而不是鼓励它生长。"

"你是对的。我的天主教背景使我丧失了人性。我害怕我的成功,因为我担心我的成功会引起上帝的愤怒,因为成功是违背他的意愿的。天主教徒想要一种悲惨的生活,性是令人厌恶的,贫穷是上帝的礼物,苦难是灵魂的命运。对他们来说,生命只在天上，而我们在地上所经历的，就是不断的考验，为在天上与神同在的生活做准备。"

"安倍，抛弃所有这些神话、自我毁灭性的教义、价值观和教条。你是一个有尊严的人，基于你的愿望、期望和感受。将自己的目标建立在人类福祉的基础上。以上帝为中心的宗教总是压迫性的和父权制的。将它们从你的生活中消除。当我将基督教从我的生活中驱逐出去的那一天，我开始体验自由的真正意义和喜悦。"

阿贝和艾玛正在*寺庙的圣所*附近散步，那里供奉着沙克蒂女神的阴道。数百名崇拜者认为女性、女神是宇宙的终极力量。

"在印度教中，所有的男神和女神都是具有人类情感的人类。他们的力量和能力与人类相同。但在基督教中，人类是创造罪恶的存在。神在天上的存在是为了审判、惩罚、管教，并将你放入地狱。对于圣人来说，人体是邪恶的，想要逃离肉体，就需要折磨它，过着悲惨的生活。因此，基督教神学拒绝身体、人类的欲望和情感。人若不消除肉体，就不可能进入天堂、遇见神。精神不稳定的人可能发展了基督教神学并患有偏执狂和精神病。但是安倍，你需要拒绝他们。"

"这怎么可能？"

"你需要拒绝基督教的天堂，它抛弃了地上的幸福和快乐。以神为中心的天堂的价值观已经深入你的思想，你必须将自己从这些价值观中解放出来。享受生活，体验自己的存在和他人的存在之美，有同理心，善待所有生命形式，并与宇宙合一。打造以地球为中心的天堂，让亿万人民在爱与和谐中生活；人们为自己和他人工作，创造、发展并享受音乐、艺术、文学和电影。"

"我会尝试体验我的存在，拒绝父权价值观、压迫性的宗教和创造上帝的罪恶。"

"我带你去圣所的目的是为了让你看到女神的阴道。观看它不是罪过,而是对生命的庆祝。性在卡马加神庙非常珍贵,在克久拉霍也是如此。安倍,性是生命的本质。"艾玛强调了"本质"这个词。

"甚至在我第一次领圣餐之前,我就被教导做爱是最令人发指的罪恶。这种态度造成了对性的仇恨。然而,我在那个年纪并不知道性是什么,"安倍说。

"这是因为圣保罗的神学。他是你在任何地方都能遇到的最严重的厌恶女性者。他憎恨妇女,压迫她们,要求她们成为丈夫的奴隶。保罗认为,女性没有性选择和性自由。对保罗来说,甚至生孩子都是犯罪行为。这就是为什么耶稣的母亲即使在生下耶稣和他的兄弟姐妹之后也被认为是处女。天主教使人们性饥荒,许多神父、主教、教皇和修道士都成了性变态者和掠夺者。"

"保罗塑造了一种基督教,这种基督教只在罪中才有希望,如果没有罪,他的教会就会崩溃。这就是为什么象征罪恶和耻辱的十字架是教会最大的力量,"阿部说道。

"保罗是同性恋。他说他的同性恋行为让他很恼火。但如果你不嘲笑和憎恨女性及其性行为,那么作为同性恋并没有什么问题。但保罗对女性的性行为过于痴迷。因此,他将几乎所有《新约》中的女性驱逐出去,并成功地强行尝试给抹大拉的马利亚和耶稣的母亲马利亚戴上贞操带,宣布她们是处女。"艾玛斩钉截铁地说。

"我同意你的看法。"

"亚伯,你见过数百名 *Aghori Sadhus*,即裸体僧侣。你可能在某个地方见过裸体男人。但你见过裸体的女人吗?"艾玛提出问题,看着阿部。

"不,艾玛,我从来没有见过裸体的女人。我从来没有看过裸体女人的照片,"安倍承认。

"如果我可以用这句话来说,你太单纯了,太天真了。但如果一个女人邀请你这样做,那么观看一个女人的裸体并没有什么问题。你有大量的压抑,是时候摆脱它们了。生活是一个简单、开放、快乐、享受、愉快的过程,不伤害他人。"

"我已经三十五岁了,但从未体验过生活的基本真理,而这些真理可以改善生活,"安倍说。

"亚伯,到我那儿来吧。我将向您展示一个成年女性的样子以及她的身体如何显得光彩夺目和尊严。她赤身露体时看起来就像复活的耶稣,"艾玛邀请亚伯说道。

"对我来说已经太晚了,艾玛;此外,我害怕看到裸体的女人,"安倍坦白道。

"没有什么太晚了。但如果你不摆脱束缚,如果你不破茧而出,如果你不从恐惧中成长,你将永远无法实现你的人生目标。"

"我会到你那里来。让我看看你本来的样子。"

离开格蕾丝一室的房子后,阿贝再也没有去过女人的公寓。他知道艾玛单身并且独自一人。

胡格利桥

第二天早上,当阿部到达艾玛的住所时,艾玛在门口等他。艾玛脸上的笑容消除了他隐藏的恐惧和焦虑。她看起来像格蕾丝,散发着自信和尊严,安倍有一种强烈的冲动想要站在她身边,感受她的亲近。但他不想碰她,因为除了家人之外,他从来没有碰过任何女人。他曾无数次站在格蕾丝身边,还记得他们在曼多维河上乘船的情景。当船在海浪中翩翩起舞时,她可能用下巴触碰了他的脸颊,但他不确定。这是一次惊心动魄的经历,就像夏天过后的第一场雨淋湿一样。格蕾丝的外表、性格和意图总是平静、可爱、高不可攀。艾玛就像格蕾丝一样不断进化。她是格蕾丝。

"欢迎,阿贝,"艾玛说。

"谢谢你,艾玛,"他回应了她的问候。

艾玛的公寓整洁宜人,光线充足,空气纯净。她的书房里有几个书架,上面放着梵文、巴利文和英语的书籍,还有电脑和电视。一切都井井有条,地板闪闪发光。艾玛在阳台上向阿贝展示了雅鲁藏布江。

"这是多么美丽的景象啊。雅鲁藏布江雄伟而神奇。"安倍说。

"这是一条伟大的河流,被视为女神。她总是很迷人,"艾玛说。

"那些船看起来很迷人,"安倍说。

"数百名游客在雅鲁藏布江乘船游览。这是一种空灵的体验,你永远不会忘记它,"艾玛回答道。

阿部看着艾玛微笑着。她看起来很漂亮，有着略带绿色的眼睛和金色的头发。她修长高大的身躯就像安倍在泰米尔纳德邦坦焦尔寺庙里看到的一尊青铜雕像。

"你在印度待了多久，"安倍问。

"大约七年了。从海德堡大学梵语专业毕业后，我最初为《Gita Govindam》博士研究收集数据。《Gita Govindam》是如此丰富、华丽、迷人且在美学上包罗万象。我在印度呆了四年，参观了各个梵文重写中心、图书馆、大学和寺庙。那是美好的岁月，与男人、女人、学者、作家、诗人和演员有丰富的接触。印度拥有丰富的文化、语言和传统。人民是印度最大的财富；许多都是活图书馆。世界上没有任何地方能够遇到如此迷人、鼓舞人心和充满活力的多样性、开放性、信仰、热情、同情心和尊重。"

"你如何找到《Gita Govindam》？"

"《Gita Govindam》是一首至高无上的情歌。它比所罗门之歌丰富得多。它的美丽和审美的完整性、人类情感的整体表达以及克里希纳与*哥皮卡*的象征性互动是无与伦比的。我喜欢它强烈的感情、无拘无束的做爱和人性化的感觉。当你阅读它时，你将成为一个丰富的人。"

"所以，克里希纳和拉妲是《梵歌》的中心人物，"安倍发表声明。

"的确。在爱情中，克里希纳变成了拉妲，拉妲变成了克里希纳。从认识论的意义上来说，存在就是认识，认识就是存在。在爱情里，你变成了我，我也变成了你。他们是一体的，是克里希纳的不同人格。"艾玛解释道。

阿部看着艾玛微笑着。格蕾丝也以同样的感受、同样的表情、同样的思维模式和同样的开放性来交谈。

"在《Gita Govindam》中，牛郎克里希纳偷了*牧牛姑娘和挤奶女工*的衣服，而*牧牛女们*则抛弃了他。*牧牛姑娘*藏起衣服是人类互动、自由和爱的最真实形式。克里尚爱他们，*牧牛姑娘*崇拜克里希纳。在《梨俱吠陀》中，我们可以看到妇女们一群人洗衣服，在河里游泳，表达纯粹的喜悦和团结。《Gita Govindam》讲述了奎师那和*哥皮卡*在亚穆纳河和温达文河一起玩耍的故事，再现了《梨俱吠陀》中妇女所表达的幸福。从最高意义上来说，raassleela 是人类自由、平等、团结和爱的无与伦比的表达。"

"为什么牧牛姑娘赤身裸体？"安倍问道。

"亚穆纳河和温达文河是生命的密码。克里希纳（Krishna）是一个人可以拥有的最好的朋友，而*哥皮卡（gopikas）*则是大自然；他们的裸体本质上是简单的。克里希纳（Krishna）是普茹沙（Purusha），*戈皮卡斯（gopikas）*是原质（Prakriti）。当Purusha 遇到 Prakriti 时，就有了生命。*牧牛姑娘*没有任何抑制，体验到完全的自由和与奎师那平等。他们可以在他面前赤身裸体，没有什么可隐藏的。克里希纳感觉自己与挤奶女工融为一体，她们的爱情游戏流露出真诚和信任。"

"为什么有些人对自己的裸体感到害怕，"安倍想知道。

"这是因为他们对自己缺乏自尊感到不自在。人们担心他们可能会在其他人之前成为对象。他们认为服装可以隐藏他们的沉默寡言和害羞，从而避免尴尬和不适。衣服遮盖弱者、心灵敏捷者和敬畏上帝的人。*阿格里苦行僧*不惧怕上帝，但上帝却害怕赤裸裸的*苦行僧*。在伊甸园里，亚当和夏娃赤身露体，并不惧怕上帝。当人们拒绝穿衣服的那一天，所有宗教都将崩溃，每个人都将获得解放。"人，"

"不喜欢裸体吗？"阿部很好奇。

"裸体是人类的原始状态，是自我决定的表达。它将人们从社会规则和法律的压迫和征服中解放出来。没有什么可以阻止一个人裸体。我的所有决定都是基于独立，这是我的权利。"艾玛斩钉截铁地说。

"这就是你来印度的原因吗？

"我来印度是为了做研究。"

"你为什么第二次来印度？"阿部问道。

"完成博士学位后，我在大学工作了三年。然后我申请了一个关于印度裸体僧侣的研究项目。在过去的三年里，我一直在这里并幸运地见到了*巴巴*，他帮助了我。我很高兴见到你，"艾玛看着安倍说。

"你很快就能完成学业吗？"安倍质疑道。

"我将在六个月内提交研究报告。然后，我将继续在大学工作。"艾玛说。

安倍从来没有问过格蕾丝任何关于她的事情，甚至没有一个私人问题，而她也从来没有表示有兴趣了解有关他的任何事情。但艾玛不同，她毫无顾忌地暴露自己，他也可以随意询问艾玛的情况。

但他对格蕾丝的爱是无法用言语表达的。但他信任并尊重艾玛。

"阿部，前几天我问你是否见过裸体女人；你知道吗？"你对我的回答是否定的。你保持独身，并且在观察女人裸体时感到恐惧。你的恐惧是因为你的困惑，你在接受现实方面的犹豫。"艾玛评论道。

"你是对的，"安倍回应道。

"如果你愿意，不要害怕，不要感到不安，我可以向你展示我自己，"艾玛说。

阿贝看着艾玛。她看上去很严肃，是认真的。

"看到你的裸体，我没有恐惧，没有害羞，没有犹豫，"安倍回答道。

然后艾玛脱掉了所有衣服。安倍看着她，没有任何的犹豫。艾玛一动不动地站了一会儿，一言不发地走来走去。她靠近亚伯，亚伯能感觉到她的呼吸。

"阿贝，这是我，艾玛，一个女人。我赤身裸体；我想让你看看，这是一个女人的裸体，和男人的裸体没有太大区别。"

"是的，艾玛，我明白了。但除了你的赤裸之外，我看到了一个充满情感、感受、爱和敏感的人。那是你。"

"你说得对，阿部。我并不孤单地裸体；这只是我的外在表达。裸体的人是一个有尊严、有权利、有自由、平等的人，可以按照自己的意志思考、做出决定和行动。社会不能用衣服、人为的法律和压迫性的标题、强迫和征服妇女的父权头巾包裹我，把她们扔到笼子里的动物的水平上。当女人能够享受自己的裸体时，她就是自由的；其他人是否接受、重视或谴责它不是我关心的。女性是社会不可分割的一部分；她不是一个性对象，而是一个有思想、有自尊的人，她决定自己必须做什么。我有独立性；当你克服压抑和胆怯时，我邀请你赤裸地展示我的身体。这是我的乳房。它们比正常男性的乳房大得多。"

"我看到他们了，"安倍说。

"看看我的头发、头部、鼻子、脸颊、下巴、手和腿。全部都和男人几乎一样。像你这样的男人可能有更强壮的肌肉和更大的身体。"

"是的，我的肌肉更强壮了；我的腿和手更有力了；我的身体比你的大。"

"安倍，我有阴道。你可能在圣殿的至圣所里见过女神的阴道。"

"是的，艾玛，我可以观察到。"

"安倍，如果你没有感到任何不适和不情愿，现在可以脱掉衣服了。"艾玛提出要求。

安倍没有任何犹豫，脱掉了衣服。现在他像艾玛一样赤身裸体。

"我在这里，"他说。

"恭喜你，安倍；我很佩服你的勇气。你已经克服了害羞的心理。你可以学得很快，"艾玛说。

"谢谢你，艾玛。"

"现在，请四处走走。让我从上到下、正面和背面看看你的身体。"

安倍开始从房间的一端走到另一端。他感觉很轻松，没有任何尴尬，也没有任何害羞的感觉。艾玛走到他身边，站在他身后，观察了几分钟后，说道："阿贝，你的身材很好。从后面看你也很威严。你有大屁股、形状优美的手和有力的腿。你有一个完美的身体。"

"谢谢你，艾玛。你的赞赏对我来说很宝贵。"

"现在，请看着我，"艾玛恳求道。

阿贝转身看着艾玛。

"艾玛，"阿贝叫她。

"安倍，你很帅。现在，看看你的生殖器。你看，她们看起来和女人不一样。你有一个阴茎和两个睾丸，这使你成为男性。但你的态度、价值观、行为、反应和言语使你成为一个男人。"

"我明白，"安倍回应道。

"亚伯,你是我赤裸的耶稣。想想抹大拉的马利亚和耶稣在他们第一次相爱之前。两人在私密处赤身裸体,拥抱在一起。他们彼此相爱、尊重,也尊重他们的结合,实现了他们的渴望、团结和陪伴。现在我不强迫你拥抱我;和我做爱。我是你的抹大拉的玛利亚;如果你拥抱我,和我做爱,我会很高兴。但即使你不这样做,我也不会感到难过。"艾玛微笑着说道。

"艾玛,让我先拥抱一下陛下,"亚伯说。

艾玛又笑了。

"安倍,我很佩服你。你是一颗稀有的宝石,百万分之一。你的意志力很强,你能控制自己。"

"我是,"安倍断言。

"现在,请穿上你的衣服,"艾玛说,穿上她自己的衣服。

"谢谢你,艾玛。这是一次很好的教训,一次宝贵的经验。"安倍回答道。

"安倍,我也很珍惜。现在你已经成为我最好的朋友了。你在我心中永远是高高在上的,我对你的敬佩无与伦比。"

"艾玛,你是一位非凡的女性,拥有一颗坚强、充满爱心和关怀的心。我很尊敬你。"

那天他们一起吃晚饭,是艾玛和阿贝做的。他们吃了 *Khaar*(一种阿萨姆肉制品)、咖喱鸭肉、炸鱼和米饭。晚餐后,阿部和艾玛分享了他们的童年故事,直到深夜。当他一大早就睡着时,艾玛给他盖上了柔软的毯子,就像一位年轻的母亲照顾她十几岁的儿子一样。

安倍表达了他想要画出从艾玛阳台上出现的雅鲁藏布江的愿望,艾玛鼓励了他。第二天他开始工作,艾玛则从事《印度裸体僧侣》的写作工作。偶尔,她站在他的画架前,看着他最细微的笔触,带着好奇和赞叹,描绘着雄伟的河水碧波和翠绿的河岸。她喜欢看到安倍专注于他的画作,并且可以想象他完成这幅作品时的宏伟。

安倍花了近三个月的时间才触及最后的斯托克斯,他将其命名为"阿萨姆女神",并署名"独身"。河水看上去很平静;有几艘船和大型渡轮,河岸绿树成荫。该图像体现了整体的期待,不仅是对自然的期待,也是对动物和人类的期待。共存是动态的。画面一角,两个女性人物在阳台上眺望河流;一个是黑发,垂到耳垂,另一个是金色的头发。他们站得很近,手牵着手,照片里只有他们的背影。艾玛微笑着,看着蓝色河流剪影上的女性人物,告诉阿贝她非常喜欢这幅画。这幅画是在亚麻布上画的,尺寸是三百四十九厘米×两百一十一厘米。

傍晚时分,一起在古瓦哈提镇的各个角落散步已成为他们的常态,因为他们享受彼此的陪伴,并在路边的餐馆里度过了很多时间,喝着阿萨姆邦的金茶。阿萨姆邦美丽的女孩和妇女的色彩缤纷的服饰让他们着迷,安倍开始在他的许多画作中描绘她们,这些画作笼罩在小镇的异国风情中。

晚上,他们在雅鲁藏布江上划了几次船,艾玛很顽皮,有时她会把右手掌放在河里,像一条与船一起游动的蛇一样犁过水面。演奏时,艾玛看起来很亲切,就像曼多维琴中的格蕾丝,很难区分谁是谁。阿部喜欢她的陪伴,并想和她一起旅行,同时寻找格蕾丝。他常常觉得自己已经见过格蕾丝,没有必要再去寻找格蕾丝。同一个人看起来不同,尽管差异并不引人注目。艾玛就是格蕾丝,有着同样的外表、感情和反应。最初一切都一样;最终,差异只是无关紧要的。阿贝无法区分河流和波浪、波浪和船,甚至无法区分艾玛和格蕾丝,以及他和艾玛。

雅鲁藏布江两岸绿意盎然的平原与地平线融为一体。雅鲁藏布江与阿萨姆邦的草原融为一体,与地平线融为一体。阿部回忆起他与格蕾丝穿越曼多维河的迷人旅程,但他未能将船与河、格蕾丝与船或他与格蕾丝分开。宇宙是一个；所出现的一切都是多样性的宇宙，而多样性又融合为单一性。

几天后，阿部开始了一部新作品，艾玛是他的主题，因为她在船上，独自在河中，这条河可能是曼多维河，也可能是雅鲁藏布江，因为没有显示河岸。这幅画是超现实主义的。它的影子从某个角度看起来像格蕾丝，但从另一个角度看起来像抹大拉的玛丽亚。安倍将其命名为《船上的女孩》，并演唱了《独身》。

那天晚上，阿部把它送给了艾玛。"艾玛，这是我的礼物，"他说。

艾玛感到情绪哽咽。"谢谢你，亚伯，你的恩典已经成为我，你是我赤裸的耶稣，复活的耶稣，"她说。

突然，艾玛亲吻了他的脸颊。阿部很惊讶，心中产生一种独特的、兴奋的感觉。这是最令人欣慰和吸引的，因为这是第一次有女人吻他。安倍从来不知道脸颊上的亲吻可以是刺激的、愉快的、壮观的和快乐的。

"哦！艾玛，"他兴奋地叫着她的名字。

"阿贝，亲爱的阿贝，"她重复道。

"这是一种新的感觉。如此柔软和华丽。我从来不知道一个吻会让我内心爆炸，"安倍说。

"这是表达爱意的最优雅的方式。想想抹大拉的玛丽亚，她是巴勒斯坦最有文化的人，受过教育，世故；那天晚上她吻了她的爱人。耶稣复活后处于完全的荣耀之中。耶稣和抹大拉的马利亚独自一人。耶稣的男门徒躲在旷野里，不敢公开露面。没有人敢宣称耶稣是他的老师。抹大拉的马利亚在黑暗中独自等待着他。她没有恐惧，是勇气的化身。她满怀希望，能够见到自己的爱人。阿贝，你是我的耶稣，赤裸的耶稣，从你的胆怯、害羞、压抑、恐惧和孤独中复活。你总是看起来光彩夺目、光彩夺目、迷人。"艾玛回答道。

"艾玛，我的抹大拉的玛丽亚，"亚伯的话语轻柔而充满爱意。

"但是耶稣的男门徒驱逐了抹大拉的马利亚，垄断了她在教会中的权力和地位，她成了一个被拒绝的女人。那些男人把她描绘成罪人。"

阿贝看着艾玛。她微笑着，脸上带着同样美丽的恩典。

不管格蕾丝曾经亲吻过他的脸颊，她可能是在他睡着的时候亲吻过他，也可能是当他们在渡轮上，去鸟类保护区，小船在海浪上漂浮时，她轻轻地亲吻了他；或者，当他们在渡轮上，当船在海浪上漂浮时，她可能轻轻地吻了他；或者，当他们在渡轮上，当船在波浪上漂浮时，她可能轻轻地吻了他；或者，她可能在他睡着的时候亲吻过他的脸颊。他可能没有注意到。但接吻是人道的。他看到阿萨姆女神就在他身边，手中拿着卷起的画作；她绿色的眼睛闪烁着光芒，金色的头发在雅鲁藏布江的凉风中轻轻地上下摆动。

"我们去河岸散步吧，"安倍对艾玛说。

艾玛回答道："我随时准备与你同行直到永恒。"

有数百名游客；艾玛和阿贝漫步，享受着夜晚。黄昏有一种独特的魅力，这可能是因为有艾玛的陪伴。

他们共进晚餐，享用阿萨姆美食。

"安倍，我几乎完成了我的研究项目，一周内我将前往荷兰，"艾玛在餐厅时说道。

阿贝没想到艾玛会这么快就离开他。突然，他想起她告诉他她将在六个月内返回自己的国家。但他却感到不安，心里感到一阵空虚。

"所以，你已经完成了你的研究项目，"安倍发表声明。

"是的，现在我要继续我的大学学业了。"

安倍沉默了一段时间。时隔多年，他再次感到孤独。格蕾丝十一年前离开了他。艾玛很快就要走了。生活就是孤独的全部，它形成了紧密的圆圈，没有出口。最终，每个人都创造了自己的隔离，就像没有门的监狱围墙一样。当你独自踏上旅程时，没有人可以过别人的生活。

第二天晚上，艾玛见到了阿贝，并告诉他她向*巴巴*告别了，他祝福她并祝愿她有一个美好的未来。

"只是因为*巴巴*，我才能完成这项工作。他能够理解我研究的严肃性，因为他是一个受过高等教育的人。一个能够推理并采取相应行动的人。"

"你很幸运，艾玛。"

"我也很幸运遇见你，阿部。"

离开时，阿部和艾玛一起去了机场。她要搭乘飞往德里的航班，然后再转乘直飞阿姆斯特丹的航班。

"安倍，这很好；我有机会认识你。我尊重你们的友谊。这是我一生中最珍贵的关系，"艾玛说。

"艾玛，我也很喜欢。我喜欢继续这种关系。"安倍回应道。

突然，艾玛拥抱了阿贝。他能感觉到她柔软的乳房贴在他的胸口上。她离他很近，嘴唇在他的脸颊上蹭来蹭去。安倍在她的怀抱里待了几分钟。对于他来说，这是第一次被女人拥抱的经历。然后他慢慢地将手放在她身后，将她压向自己，说道："艾玛，我爱你。"

她一听，就看向了他。她的眼睛闪闪发光。

"阿部，我也爱你；我会把你放在心里。"她低声说道。

"你将永远在我心中,"安倍回应道。

"寻找您的恩典。如果你找不到她,或者她不能加入你,不愿意分享你的生活,我会在那里,永远乐意和你一起生活,直到世界末日。"艾玛说道。

"艾玛,"阿贝再次叫她。

她再次亲吻他的双颊。安倍亲吻了她的额头,这是他对女人的第一个吻。艾玛很尊敬它。

航班准时。安倍感到孤独,古瓦哈提和卡马加庙变得陌生。

在那里呆了两年后,他考虑离开古瓦哈提。与 Aghori Sadhu 和 Emma 的会面非常令人满意和丰富。他们对他的工作做出了巨大的贡献,因为他在卡马加期间可以创作许多小画和两幅主要画作。

抵达加尔各答后,安倍举办了一场他的一些画作展览。大量的人参加了它。报纸、电视频道和社交媒体给予了好评,独身者名声大噪。他卖掉了自己的十几幅画作,并开设了一个工作室和一个展览中心,他将其命名为*格蕾丝-艾玛艺术画廊*(GEAG)。他的工作室位于胡格利河东侧标志性的豪拉桥对面。在加尔各答,人们称阿贝为*独身者*;以名义,他开始组织研讨会、会议和展览,以造福年轻画家和公众。许多艺术家参观了 GEAG,向独身者学习现代绘画的技巧和风格。两年之内,*格蕾丝-艾玛美术馆*在印度文化之都加尔各答变得家喻户晓。

阿部一定居加尔各答,就开始了一件重要的作品《胡格利桥》,在高密度亚麻布上,使用油画颜料,尺寸为 305 厘米 x 213 厘米。安倍花了一年多的时间才完成这项工作。媒体对这幅画作进行了学术评论,许多孟加拉人开始涌入 GEAG 来一睹《胡格利桥》的风采。安倍知道孟加拉人具有高度发达的审美意识,他们比世界其他地方的任何人都更能欣赏艺术的内在美。几个月之内,胡格利大桥就成为孟加拉民间传说和文化生活的一部分。男人和女人、学生和教师、商人和商人、警察和士兵，都为*独身者的*画感到自豪。安倍感到很高兴，经验丰富的孟加拉人民能够欣赏他作品背后隐藏的象征意义。

在 GEAG，有一个大厅专门展示安倍的画作。来自印度各地的艺术爱好者参观了 *Grace-Emma 美术馆*，品味他作品的多样性、内在之美和无限价值。渐渐地，来自中国、日本、西欧、东欧以及美国的艺术鉴赏家开始参观 GEAG。许多人对这些画感到惊叹，尤其是《裸体僧侣》、《阿萨姆邦女神》和《胡格利桥》。

安倍开始享受内心的平静与安宁。很快，他买了一架钢琴并演奏巴赫和莫扎特，他在耶稣会学院演奏了三年。他喜欢每天坐在他的钢琴前大约两个小时，*他称之为"亲爱的格蕾丝"*。音乐让他产生柔和的人性情感，画出最迷人的肖像，加尔各答则诱惑他成为一个具有微妙人情的艺术家。

在 GEAG 成立后的五年内，Celibate 完成了二十幅小画和三幅更重要的画作。其中一幅是艾玛的肖像，名为《卖花女孩》，其中艾玛在她的头发和耳朵上装饰着五颜六色的花朵。她的绿色眼睛突出而锐利，嘴唇微微红润，脸颊天真烂漫。这幅画画在一块涂有亚麻籽油的杨木板上。通过添加溶剂来改变油漆的粘度，安倍使用清漆来平衡光泽度。肖像尺寸为七十七厘米至五十三厘米。完成后，阿部把它放在他的卧室里。

与此同时，安倍收到*惠特沃斯美术馆*的邀请，展出《裸体僧侣》。展览两天之内，成千上万的鉴赏家蜂拥而至，一睹他的作品。它立即引起轰动，独身者和他的艺术成为研讨会和会议期间电视上学术讨论的对象。报纸上发表了有关《裸体和尚》及其创作者《独身者》的鼓舞人心的文章。

自 GEAG 成立以来，Emma 多次拜访加尔各答的 Abe，她喜欢 Abe 的陪伴，而 Abe 也很喜欢和 Emma 在一起。他唯一的痛苦是失去了他心爱的格蕾丝，他一生都在渴望着她。如果格蕾丝一直在那里并永远陪伴着他，他会感到高兴。

在 GEAG 开馆的第六年，安倍承接了表现主义风格的新作品《棋手》，并获得了在巴黎*卢浮宫*展出的机会。他第一天就接到了一位中国信息技术大亨的电话，并以未公开的价格购买了它。回到加尔各答后，安倍开始了一部名为《拥抱》*的新作品*，其主题源于他在耶稣会士期间，花了好几个月的时间才完成这项工作。艾玛安排在阿姆斯特丹*国立博物馆*展出这幅画。后来，安倍在佛罗伦萨的*乌菲兹美术馆*和马德里的*帕德罗美术馆*展出了它。艾玛与安倍一起前往荷兰、意大利和西班牙，安倍发现她的存在给予了支持。但他感到痛苦的是，格蕾丝没有在那里看到他的成功并分享他的名声。

突然，当他独自回到加尔各答的工作室时，阿部感到不安。他的心里有一种莫名的焦虑和空虚，持续了很多天。渐渐地，他变得喜怒无常，不再和工作室的员工说话。他们中的许多人一直与他保持着友好的关系，但看到他突然的变化却感到惊讶。他们担心他的健康。工作人员认为，独身者访问欧洲时可能发生了一些奇怪的事情。他们都知道他是一个开朗、鼓舞人心、善良的人，总是为他们的福祉和进步着想。

但安倍默默地承受着痛苦，从未想过与任何人分享他的精神痛苦。他停止画新作品，留在工作室附属的公寓里。他的眼神里充满了悲伤，那么执着，那么压抑。安倍不再与艾玛通信，她的电子邮件也无人阅读，不是因为他不爱她，而是因为他无法回报她的爱。他不知道该如何应对她，因为他的脑子里充满了昏昏欲睡和懒惰。

安倍对绘画失去了兴趣。艺术系的学生逐渐不再来他的工作室，*格蕾丝-艾玛美术馆*的研讨会和会议也越来越少。尽管他的银行账户上有足够的现金，工人们也定期领取工资，但他们却未能获得工作满意度，大约有十二人在六个月内一一离开了工作室。没有逃跑的是美术馆经理、馆长和他的秘书。安倍逐渐不再与他们交流，工作室里一片寂静。 GEAG 变成了一片寂静的墓地。经理咨询了许多医生和专家，但没有人能帮助安倍。对于他们所有人来说，安倍晋三是一个"消失的案例"。

馆长目睹阿部变得容易烦躁、焦虑，并不断表示内疚。安倍无法与他的秘书沟通，她意识到她的老板一直感到精疲力尽，而且严重的疲倦压倒了他。他不再与外界分享，而是一起弹钢琴几个小时。但三个月后，他突然不玩了。阿部无法集中注意力，甚至不记得工作室的具体基本细节。来自欧洲和美国的许多邀请安倍展出其作品的信件均未得到答复。

安倍出现睡眠障碍。他改变了睡眠模式。一连几个星期，他晚上一直醒着，早上睡到中午。对他来说，在特定的日子里很难放松；有时候，他会连续睡二十到二十四小时。太早起床是他面临的另一个问题。他经常做可怕的噩梦，其中很多都是他在与格蕾丝一起旅行时遭遇的意外。在那些幻觉中，他看到她的尸体，感到非常悲伤，放声大哭。安倍失去了性欲，感觉自己变成了无性人。头痛、身体疼痛、胃痛、关节疼痛和抽筋使他卧床不起。

他的秘书咨询了心理健康专家。医生认为安倍患有多年来一直患有的深度抑郁症。这位心理健康专家建议，需要的是来自与患者非常亲近的人的爱和关怀，拥抱、拥抱和分享。医生进一步表示，安倍正在经历失去爱情、失去挚爱、缺乏可以转移激情的人。当他经历了无法挽回的伤害时，他需要一个非常珍贵的人，一个能给他身体、心灵和思想带来温暖的人，无拘无束地表达爱意。有必要让安倍回到一个充满希望、欢乐、幸福和团结的世界。

精神科医生分析说，安倍需要帮助，因为他从欧洲之行回来后立即经历了地狱般的经历。此外，治疗师警告说，他正处于抑郁症晚期。

国务卿给艾玛发了电子邮件解释了一切，艾玛在三天内到达了加尔各答。看到阿部，她放声大哭，多次拥抱他，告诉他一定会早日康复。她咨询了加尔各答最好的医生。他们对阿部进行了诊断，并制定了详细的治疗方案、康复过程和康复计划。艾玛开始把所有醒着的时间都花在他身上。她弹钢琴是为了吸引阿部的注意力，大约两周后，她才让阿部集中注意力在音乐上。

艾玛开始为阿贝做饭，每天喂他五到六次他最喜欢的小份菜肴。艾玛做出的最关键的决定是和阿贝睡在同一张床上。她整个晚上都用右手搂住他，把他压向自己，这样阿贝才能睡得香。很多个夜晚，艾玛都会让他的头靠在自己的腿上，而她则坐在床上，这样他就可以好好休息，而不会做噩梦。她按摩他的额头、眉毛、脸颊、嘴唇、下巴、鼻子，让他在心神焦躁不安的时候，感到舒服，有一种被关心、被保护的感觉。艾玛成为阿贝的母亲、姐妹、女儿和挚爱，将他从失落和拒绝的深渊中拉了出来。

每天早上，艾玛都会为他准备床上咖啡，并帮助他品尝它的香气和味道。她开始和他下棋，注意到他的橱柜里有一个棋盘。

阿贝无法集中注意力超过五分钟，所以她帮助他走来走去，握住他的手，保护他免于跌倒。她每天早上给他洗温水澡，并用棉毛巾擦干他的头发和身体。艾玛帮他刷牙、刮胡须、梳理头发、帮他穿衣服，变得忙碌起来。她喜欢每十五天给他修剪一次头发，一边剪头发一边和他没完没了地说话，鼓励他和她说话。

艾玛用荷兰语唱歌曲。她经常背诵《Gita Govindam》中的诗节，并解释每一个字中隐藏的爱。她告诉阿贝，他是她的奎师那，她是他的拉妲，他们在亚穆纳河畔载歌载舞。

艾玛抵达后六个月内，艾玛抱着他时，阿贝可以小步走动，她意识到阿贝康复是可能的。艾玛总是和他说话，给他讲故事，讲他的画，讲他在欧美的展览，讲他在各地受到的奉承。她帮助他弹钢琴；安倍很享受这种感觉，也喜欢她的陪伴。无需她的帮助，阿部就能稳定地弹钢琴。艾玛知道阿贝应该发泄自己的情绪，因为他不应该将情绪储存在脑海中而没有任何出口，所以艾玛帮助阿贝大声说笑。这让安倍感到自由，摆脱了悲伤、担忧和焦虑。艾玛知道安倍需要定期进行户外锻炼，才能正确呼吸并舒展肌肉，避免疼痛和抽筋。她坐在轮椅上把他带到他家的花园，一起推了几个小时，同时与他交谈、唱歌或背诵《Gita Govindam》中的色情诗。

艾玛和阿贝在一起将近八个月了，她开始带他在加尔各答长途骑行，每天参观一处著名的纪念碑或名胜古迹。他们参观了维多利亚女王纪念碑、卡利加特神庙、威廉堡、比尔拉天文馆、印度博物馆、母亲之家、科学城、圣保罗大教堂、大理石宫殿、伊甸园、阿里波尔动物园和圣泽维尔学院。他们手牵着手，谈论艺术、音乐、国际象棋、圣人节、大壶节、艺术展览、荷兰在印度和印度尼西亚的殖民地以及许多其他话题。他们喜欢坐在一起聊天、开车。

安倍和艾玛参观了数十家餐厅，品尝孟加拉美食。

安倍九个月内病愈，但仍无法专心读书、写作和绘画。艾玛开始为工作室和*格蕾丝-艾玛美术馆*招募新员工，并为他们提供了为期一个月的全面培训，了解安倍在场时的职责性质。安倍再次启动了组织研讨会、会议和展览的前期工作。两个月内，GEAG 就活跃起来了；数百名外国和当地游客开始参观艺术展览。

Prayag 的裸体和尚

艾玛希望确保她的朋友康复并能够独立完成工作。艾玛躺在床上，安倍继续在艾玛右手的舒适安慰下睡觉。醒来时，她把他的头放在腿上，给他讲了许多荷兰民间传说的故事、具有复杂象征意义的巴利文学的佛教本生经，以及用梵文写成的迷人的往世书。抵达后一年内，安倍再次开始绘画。艾玛给了他一个想法和一个主题来创作一幅新画。他花了六个月的时间完成了这件作品，并请艾玛为它命名。她提出了标题：《吻》。安倍喜欢它。

艾玛和亚伯继续下棋，亚伯很快发现他可以在十五步之内轻松击败她。艾玛永远无法赢得与安倍的比赛。

艾玛和阿部相处了大约一年半的时间，在上个月，阿部的抑郁症完全康复了。艾玛是时候返回阿姆斯特丹并继续她的大学生活了。

"阿部，我很高兴你已经完全康复，可以在工作室专注于你的工作了。"

"艾玛，都是因为你。你的爱让我免于死亡。"

"如果我没有为你做任何事情，我就会死于抑郁症。你就是我，没有任何力量可以将我和你分开。"艾玛说。

"你是对的。爱比坠入爱河更深得多。当我们爱时，我们就成为对方；没有分离，"安倍评论道。

"我同意你的看法，安倍。爱不是一种外在的活动；而是一种行为。这是一项内部工作。这是两颗心的结合，是两个独立人的结合。"

"艾玛，至少应该有两个人值得爱。我可能不同意他人的行为、态度、观点和意识形态。有时，我可能会用言语和行动表达我的不同意见。但在爱情中，对方是超越她的行为和行动的。我所爱的是一个人的全部。"

"非常正确。一个人可能会因为自私的原因而坠入爱河，也可能会因满足理由而失恋，也可能因无法满足而失去爱，有时甚至一无所获。这里缺少的是人作为人的存在。"

"我理解你的观点。当你的愿望与现实相反时，坠入爱河可能会导致失恋。如果无法寻找那个人，坠入爱河可能是次要的、无常的。此外，你不一定要爱上一个人才能爱那个人。即使没有坠入爱河，你对这个人的爱也会不断增长和蓬勃发展，"安倍说。

"你说得对，阿部。你的论点还引出了另一种可能性，这种可能性同样有效且可能。一个男人或女人可以同时深深地爱着多个人。"

"确实如此，艾玛。没有任何分离，我爱格蕾丝。我爱你，没有界限，没有条件。"

艾玛看着阿贝。安倍第一次承认他爱她，并且完全无条件地爱她。这给艾玛带来了巨大的快乐，她感觉自己的心幸福得爆炸。

"我太爱你了。我无法用语言来表达我的喜悦。当我想起你的时候，我感觉你就存在于我的心里。你是我心中永不停歇的感觉。因此，你已经成为我存在的全部，亲爱的阿贝。"

"艾玛，听到这个我很高兴。但我也爱格蕾丝；她是不可分割的，就像你一样，我不能拥有没有恩典的生活，没有恩典的未来。我也不能没有你。假设你拒绝我，我就会抑郁而死，无法继续生活。"

"安倍，这是一种真实的感觉，真实的情感，你也这么说。你的就是真爱。你爱格蕾丝和我。我们都与你形影不离，你不能想象我们中的一个不为你存在，或者我们中的一个拒绝你的爱的情况。"

"你是对的。你们两个已经成为我的存在。你们两个都是我。"安倍反应过来。

"我能感觉到它，感受到它并经历过它，"艾玛回答道。

"直到今天，我都没有和你发生过性关系，我也从来没有想过。但我非常想和格蕾丝发生性关系，但又不想冒犯她。我不想贬低她的尊严；我不喜欢质疑她的平等。我经常试图告诉她我喜欢与她发生性关系，但我没有这样做，因为我觉得她可能会反对，因为这是对她自由的侵犯。我尊重女性、她们的隐私和独立决策能力，我也欣赏并尊重你和格蕾丝的隐私和独立决策能力。这种行为是我从父母那里学到的，他们承认我的自由。我保持独身，不是因为格蕾丝，也不是因为你。这是我的选择、决定。

"但是安倍，如果我告诉你我爱别人就像我爱你一样，并且我和那个人有性亲密关系，你会作何反应？"

"艾玛，我不会干涉你的私生活。我从来没有问过你是否已婚、是否爱上某人、是否是处女。那是你的私生活，我没有权利问这样的问题。我接受你是一个努力实现自我的人，一个有决策能力和自由的人。我爱你，因为我钦佩你，因为你是一个独立的人，我体验到你在我内心的存在。同样，我对格蕾丝一无所知。我们在一起住了九个月，睡在同一张床上，一起工作，分享食物，去了很多餐馆，还去野餐和游泳。我从未碰过她，但我爱她，无法用言语来形容。我知道她也爱我。她离开我是有正当理由的。即使没有告诉我她的理由，她也可以自由地走，这是她的自主权。你告诉过我她可能在过去十九年里一直在寻找我。同样的，我也在寻找她。如果她结婚生子，对我没有影响。我对她的爱超出了她的自由范围。我爱格蕾丝；就这样。我爱艾玛，仅此而已。我爱你们两个，没有任何条件。"

"没有规定一个人只能与一个人发生性关系。一夫一妻制违背人类心理学和生物学。从本质上讲，智人喜欢与许多人和克里希纳发生亲密的性关系，而*哥皮卡*就是最好的例子。在《摩诃婆罗多》中，琨蒂的孩子们有不同的祖先。克久拉霍和卡马加神庙是男女拥有不止一个性伴侣的典范。但爱也超越了性；爱也超越了性。这是心灵的结合，而不总是生殖器的结合。所有的规则都是人定的，你可以随意打破。由此可见，一夫一妻制关系的规则是注定要被违反的，因为它们不符合人性。研究证明，大多数活着的人，无论已婚还是未婚，都有多个性伴侣，"艾玛分析道。

"不忠的概念是一种自我谎言。但我什至不在乎，"安倍说。

"一个男人或一个女人可以与多个人保持亲密关系。亲密并不总是意味着性。可能会有一种非性的、亲密的、不可分割的关系，就像你和我的关系一样，因为我们从未发生过性行为。"

"艾玛，你总是启发我思考。是的，与多个人建立亲密关系是可能的。我们俩都证明了这一点。对我来说，这种关系中的人之间的爱是真诚而深刻的。这几年，我不禁想起没有你的生活。关系取决于人们如何理解他们在一起的本质和意义。"

"一个女人可以同时爱多个男人。当我们思考婚姻制度时，问题就出现了。但婚姻并不是生育、人类延续或照顾和保护儿童的必要条件。我们可能会超越婚姻，因为在婚姻中约束两个人可能会导致失去绝对的个人自由、平等和平等机会。有时，婚姻是暴力、压迫和征服的通行证。对于许多人来说，这可能是一次监禁，也可能是痛苦、悲伤、拒绝和沮丧的预兆。出轨和自杀是失败婚姻的一部分。作为一种制度，婚姻已经失去了意义、目的和必要性。它已经伴随人类五千年了。尽管如此，几个世纪以来，一夫一妻制一直是婚姻的支柱，尽管伴侣在伴侣不知情的情况下与他人发生性关系。婚姻就像宗教一样，正在消亡，而且无法长久。你不能长期禁锢人类的情感、需求和渴望。数百万年来，人类没有婚姻而生活,而在未来,人类将能够比婚姻更长寿。"艾玛解释道。

"一妻一夫是一种新现象。夫妻关系是不自然的,是对人类文明和进步的憎恶。"安倍说。

艾玛看着阿贝,她的眼睛像卡利加特神庙里的油灯一样明亮。"爱你,阿贝,"艾玛走到阿贝身边,亲吻了他的脸颊。

"爱你,亲爱的艾玛。生命只有一次,我需要用一生来表达我的爱,告诉你我对你的感激。你是我的恩典,恩典就是你。"

"你是我的亚伯,我赤身露体的耶稣,抹大拉的玛利亚在午夜在坟墓里遇见了你。我是抹大拉的;深夜墓地里,只有她敢和他站在一起。门徒,彼得和雅各,马太和腓力,安得烈和约翰以及所有其他人,都是胆小鬼。抹大拉的马利亚告诉他们耶稣从死里复活了。但他们不相信她,但她坚持要他们和她一起去。在亲自见到耶稣后,他们将抹大拉的马利亚赶出了教会,并给她贴上亡命之徒、罪人和通奸的标签。他们为教会制定法律,操纵一切,并培育出像伊斯兰教这样强大的父权制。我和格蕾丝分享你,我从未见过她,但我确信我爱她,因为我在你身上看到了她。我和她无法相互竞争,而格蕾丝和我在你身上形成了一个整体。再说了,我们都是成年人了。从你身上,我知道了格蕾丝的大度和伟大。她充满了爱。她的爱就像拉妲的爱一样,因为她从不嫉妒克里希纳的妻子,从不嫉妒其他*牧牛姑娘*。这是一种多么奇妙的关系啊。克里希纳是一个有着宏伟愿景和充满感情的人,拉妲和*牧牛姑娘*也回报了这一点。在这个过程中,克里希纳变成了拉妲和其他挤奶女工,她们又进化成了克里希纳。这就是爱的终极意义。这就是为什么《Gita Govindam》成为爱情的原型和最高分析,没有心理学家能够用如此清晰和感人的话语来解释爱情的意义、深度和美丽。"

阿部全神贯注地听艾玛说话。他觉得每一个字都是确凿的、充满意义的，而且都出自一颗真诚而诚实的心。突然，阿贝从沙发上站起来，走到艾玛身边，拥抱了她。他有生以来第一次拥抱一个女人。他将她按在自己的胸口，感受着她剧烈的心跳。

"艾玛，我太爱你了，"说着他亲吻了她的脸颊。他第一次亲吻女人。阿部感觉很可爱，一种奇妙的感觉，比听巴赫或与格蕾丝下棋更强烈。

"谢谢你，阿部。"

"艾玛，我的爱人，你已经成为我的挚爱，就像我的恩典一样。我爱她，也爱你。毫无疑问应该选择谁，因为我选择了你们两个。"

"我爱你，亚伯。"

艾玛喜欢和阿贝在一起，她不想让他放开他的手。让他拥抱她直到永远，她想。艾玛一生中从来没有回忆过如此美好的经历。她认为这就像克里希纳和拉妲在亚穆纳河畔的做爱。

"艾玛，"阿贝叫她的名字

"克里希纳，我心爱的克里希纳，"她轻声喊道。

"拉德，我可爱的拉德，"他回答道。

他们在那里站了很长时间，享受着团聚的感觉。

安倍和艾玛一起去了机场，他再次拥抱并亲吻了她的脸颊。

安倍收到纽约大都会艺术博物馆的邀请，在三个月内展出《吻》。许多人参观博物馆观看《吻》，并得到艺术评论家的赞赏，安倍也成为艺术界的国际名人。艾玛在纽约认识了阿部，他们一起游历了美国各地，参观了一些艺术学校和画廊；安倍就人工智能对现代艺术的影响发表了几场讲座。

安倍邀请艾玛参观他随后在孟买举办的《吻》展览。但她表示无法参加，因为她正在大学组织一系列有关*阿格里苦行僧*的研讨会。相反，她答应在一月份孟买展览结束后三个月内去加尔各答拜访他。安倍从美国返回加尔各答，在那里举办了两场展览，主要针对年轻艺术家

孟买展览是在 2020 年一月的第一周，安倍在前一天乘飞机前往孟买。他很喜欢美术馆，它具有国际标准，现代化设施优良。艺术行家、鉴赏家和业余爱好者不断排队观看《吻》 。大家惊叹于这幅画的简洁性、象征性、深远的冲击力、不可思议的美感、永恒的吸引力和独特的美感。阿部感到很高兴，并多次给艾玛打电话，告诉她这部作品受到了公众的热烈欢迎。他在 WhatsApp 上为艾玛发布了几张观众面部表情的照片，并告诉她，她所建议的主题产生了不可抑制的吸引力。

但阿纳苏亚·贾恩的来访打破了安倍的平静。他感到悲伤；当她到来时，他无法面对面见到她，但在上她的豪华轿车离开时，他只瞥了她一眼。根据耆那教工业名录以及他在互联网上收集到的其他相关信息，安倍得出结论，Anasuya Jain 就是格蕾丝。但说服他的想法相当令人厌烦，因为与他一起住在果阿阿瓜达堡附近辛格林贫民窟的格蕾丝是一个孤儿，一个体力劳动者，尽管她很聪明。

安倍再次与她进行了沟通。很准确，她已经表达了购买这幅画作为私人收藏的愿望，并且她准备支付任何费用。安倍已经知道阿纳苏亚·贾恩（Anasuya Jain）是孟买一位富有的实业家，她从已故父亲那里继承了很多财富。在担任行业董事长后，她还创造了大量资产。阿纳苏亚·贾恩（Anasuya Jain）因其真诚、诚实、对工人友好的态度和主动性而受到高度尊重，被认为是印度新千年的一颗宝石。

阿纳苏亚·贾恩和阿部约好了，给她的时间是晚上四点。阿部试图让自己平静下来，因为他认为阿纳苏亚·贾恩可能就是格蕾丝。阿部回忆起他与格蕾丝在果阿度过的时光，那是他一生中最迷人的日子。这二十年来，他每天都时常想起她。她美丽的眼睛、迷人的脸庞、亲切的举止、充满爱意的话语、关心和支持的举动充满了他的脑海，成为他存在中不可分割的一部分。对于安倍来说，恩典就是他的声音、心跳和良知。他为她而活，始终希望有一天能够见到她，与她共度一生。对安倍来说，恩典就是一切。他的心为她哭泣，他的寻找永无止境。

他记得她日复一日为他唱的动听的印地语电影歌曲；当他感到孤独、悲伤的时候，他就会想起这些话，并不断地在心里背诵。与格蕾丝下棋的生动回忆抚摸着他的思绪。两人在棋盘上的一举一动，他都记得清清楚楚。站在食品储藏室旁边，用煎锅吃饭对安倍来说简直就是天堂。坠入爱河的愉悦感以及渴望得到回报的渴望促使他等待新的黎明。她无处不在的存在是安倍生命的全部，他非常享受和她在一起的每一秒。恩典是他的生命和气息。而这二十年来，他都是为了格蕾丝而活，希望她有一天能够出现在他的面前。而这一天已经到来，但他的心中却有一种难以理解的焦虑，其迹象让他感到困惑。

恩典令人困惑、迷惑、深不可测，同时又令人着迷。他等了她这么久。如果 Anasuya Jain 是 Grace，他会拥抱并亲吻她；如果 Anasuya Jain 是 Grace，他会拥抱并亲吻她；他将她按在自己的胸前，想要感受她的心跳。他想问她："格蕾丝，你去哪儿了？"他喜欢看着她的眼睛告诉她："格蕾丝，我爱你；和我在一起直到永远。"他想把她抱在怀里，抱着她几个小时，感受她的存在，感受她与他的一体。他试图与她下棋，而她会用她的骑士或主教将他。他知道她的棋艺更好；她知道她的棋艺更好。她的一举一动都经过深思熟虑，动作优雅。击败格蕾丝是一项艰巨的任务。但她让他赢了，这样他就会感到高兴。艾玛也可能做了同样的事。她永远不可能赢他的比赛。艾玛或许是故意为他而失去的，这或许就是恋爱中女人的心理，为了自己所爱的人而掏空自己。但他爱格蕾丝，也爱艾玛。

与艾玛建立友谊真是令人着迷。她就像格蕾丝，格蕾丝就像艾玛。但他们俩都很独特、充满爱心、聪明且复杂。格蕾丝离开了他；艾玛留下来陪着他。

突然他的手机响了。"先生，晚上好。我是酒店的经理。Anasuya Jain 女士来了。我们可以来吗？

"是的，请，"安倍回应道。安倍心里充满了期待。然后是阿纳苏亚。她身着纱丽，身材高挑，身材修长，迷人又优雅。两人对视了几秒。

"亚伯，是你吗？"她的话语中充满了深深的情感。

"格蕾丝，亲爱的格蕾丝，"他轻声说道。

"阿贝，亲爱的阿贝，"她像鸟儿叽叽喳喳地叫道。

他们面对面坐在沙发上。

"格蕾丝，你消失到哪里去了？"他问。

"我想问你同样的问题，安倍，"她回答道

"我在世界各地都找过你，"他说。

"我也。我从孟买出发两天后回到辛格林，我以为你会在那里。我们的邻居都不知道你去了哪里。我在阿瓜达堡、辛格林海滩、卡兰古特、帕纳吉以及果阿各地进行了一次又一次的搜寻。多年来，我经常一起走遍印度各地。你让我生气了，"格蕾丝说，就像背诵一首诗。

"格蕾丝，那天晚上我在海滩上找过你。我以为你是在跟我开玩笑。我在那里度过了整个晚上。"

格蕾丝带着难以言喻的痛苦看着亚伯，亚伯注意到格蕾丝看起来也一样。她的眼睛闪闪发光，她的声音充满真诚和诚实。

"安倍，我已经告诉过你很多次了，用不同的语言，巧妙地你需要等待一段时间，如果我离开你，我会回来，我们一起创造未来。"

"是的，格蕾丝，我的心很想见到你，所以我开始在别处寻找你。我不应该在印度各地闲逛，而应该呆在家里。"

"我告诉过你，我梦想着拥有一生中最好的朋友，而你就是那个伙伴。我以为你明白我话里的意思，"她说。

"格蕾丝，我的爱人，我对你的钦佩让我发疯了。它不允许我进行令人信服的思考和评估我们生活中的事件。我无法理解你的言语、手势和行动的深层含义。"安倍的话语坦率，却充满悲伤。

"安倍，我必须去孟买，因为我向父母保证，我会在实验一年后回家。在沃顿商学院，我的教授激励我在极其不适宜的情况下接受一年的实地培训，让我变得坚强，有血有肉地学习人类行为，为获得新技能做好准备，并承担更高的责任。我接受了他的挑战。当我从美国回来后，我告诉父母我要去一个地方，到社会最贫困的地方去，一年里每天做体力活，靠辛苦的劳动谋生。没有银行账户，没有社会保障和保护是我的决定，住在一个没有任何基本设施的地方，是一个新奇的想法。我的父母从来不知道我在哪里，因为我告诉他们不要寻找我并试图联系我。"

"我从来没有意识到这一点。我以为你是一个来自贫民窟的女孩，一个孤儿，没有受过教育。尽管如此，我还是钦佩你的思维敏锐、成熟、理性和分析的能力、开放性和成熟度。我喜欢你的爱、关心、存在、关心和真诚。我不想要任何财富；我只想要你，我爱上了你，辛格林贫民窟的恩典。"

"那是我的意图；当我和你在一起时，你永远不应该知道我是谁，"格蕾丝回答道。

"格蕾丝，你是我见过的最成熟的人，一个拥有至高无上的尊严、最高的勇气、绝对的优雅、看不见的魅力、无限的爱和难以想象的信任的人。"

格蕾丝哭得心都碎了。安倍看着她，努力控制着自己的情绪。

"我不想公开告诉你我爱你。我一直信任你并钦佩你。我很自豪能遇见你，你可以成为我的终身伴侣，"擦着眼泪。格蕾丝说道。

"格蕾丝，我心里也有同样的感觉。从第一天起，我就珍惜我们在辛格林一起做的每一件小事。"

"在卡兰古特巴士站遇见你是一个机会。但即使是一见钟情，我也对你产生了好感，并想帮助你。这就是为什么我邀请你来我家过夜。但当你到达我的住所时，你感到很惊讶，当你得知我一个人住时，你感到震惊。当我让你睡在我的床上时，你感到震惊。但我对你的信任就像磐石一样。我预计你第二天早上就会离开。然后，你想再和我呆三天，赚点钱来支付你的开支和车费。当你告诉我你想在四天后和我在一起时，你的决定让我感到震惊；虽然我很喜欢你，但我还是感到害怕。我试图说服你和我在一起并不是最好的选择。我以为孟买有一份工作在等你，如果你能加入你的工作，我会很高兴；当我回到孟买时，我本可以联系你并恢复我们的友谊。但你却想继续留在我身边。安倍，那些日子是我一生中最美好的时光。我一直珍惜这段记忆，它帮助我的爱情成长，让我对你的信任更加深厚。我决定你将成为我的终身伴侣。在你接受我的那天，我想把食指上的戒指摘掉。"

"格蕾丝，我很多次想告诉你我爱你，我想和你一起生活，作为我的终身伴侣。"

"但是你为什么不告诉呢？我每天都在等待你的消息；你想和我共度一生。我知道你的心渴望我，但你却沉默了。有时，言语可以编织魔法，生命中最美丽的织物。它可以消除疑虑、忧虑、悲伤、焦虑和不确定性，带来欢乐、幸福和团聚。安倍，我多次想拥抱你，亲吻你的嘴唇，并与你发生性关系。我想告诉你我爱你，欢迎你永远和我在一起。但我愚蠢地给你做了最后的测试。明确地说，我应该告诉你我会从孟买回来，然后我们就会永远在一起。"格蕾丝的话语破裂了。她因深深的痛苦而哭泣。

"格蕾丝，我很愚蠢。我应该告诉你我爱你胜过爱我的心；你就是我的一切。"

"阿部，遇见你是偶然，但选择你却不是；这是一个选择。即使在你第一次出现的时候，我就喜欢你，你就像希腊神一样出现在我面前。你迷住了我的心，在我身上创造了神秘的情感和迷人的涟漪。当你开始和我住在一起时，我意识到你就是我从青春期以来一直在寻找的人。我喜欢你的亲近，常常喜欢站在你身边，体验你身体的可爱气味和你手臂的温暖。你在我的梦中多次撕裂我的处女膜，我珍惜那种可爱的疼痛和灼烧感。我深深地爱着你，我梦想着能永远和你在一起。我钦佩你成熟的情感、有尊严的行为、对他人坚定不移的尊重以及对我的爱和信任。但我想深入了解你，我在心里选择了你作为我的人生伴侣，但我的头脑却告诉我要重新评估你，你是否可以等我，独自一人，为我受苦。有些女人潜意识里渴望离开自己所爱的男人，体验分离的痛苦，并在未来与他相见。我希望将你留在我的记忆、思想和愿望中，并在你不在时将你提升为我的生活伴侣。但最终，我失败了，而不是你，亲爱的阿贝，因此我的选择消失了。"

阿贝感觉到她的心碎了，她在潜意识里哭了。她的痛苦无法用语言来形容。阿部向格蕾丝讲述了他乘卡车前往浦那的旅程、他与耶稣会士的生活，以及他对贫穷、贞洁和服从的誓言。他分享了他在耶稣会社区工作的经验，涉及穆斯林难民、来自艾哈迈达巴德的妇女和儿童、狂热分子组织的大屠杀的受害者。他详细阐述了他的喜马拉雅之旅，参观了许多寺庙，并参加了纳西克、乌贾因、哈里瓦和普拉亚格*的大壶节。

他与格蕾丝分享了他与艾玛的经历、与*阿格里苦行僧*的会面，以及他从艾玛那里得到的帮助，画了一幅裸体僧人的肖像。他向她讲述了他的众多画作，《*裸体和尚*》、《*胡格利桥*》、《*阿萨姆女神*》、《*女棋手*》、《*卖花姑娘*》、《*船上的女人*》、《*拥抱和亲吻*》，以及他在加尔各答和 *Grace-Emma 美术馆*。格蕾丝对了解所有这些故事表现出了极大的热情。

安倍讲述了他如何为耶稣会士画圣母玛利亚，并用一块蓝色围巾遮住格蕾丝的头。他清晰地解释了他在阿姆斯特丹、马德里、曼彻斯特、佛罗伦萨、巴黎、华盛顿和纽约的展览。Abe 向她讲述了他两年来因生活中缺少 Grace 以及 Emma 的照顾、爱和保护而经历的抑郁症。格蕾丝听着他，仿佛在听有史以来最迷人的爱情故事。

安倍说，在他几乎所有的作品中，他都在画她。走遍印度各个角落寻找她可爱的容颜成了他日常的一部分，在作画的同时，他也将她美丽的形象记在了心里。格蕾丝听了他的话，笑了，断断续续地笑起来。有时，她的眼里含着泪水。

格蕾丝告诉阿贝，在过去的二十年里，尽管她忙于耆那教工业，但她每天都对他进行搜身。她的兄弟是唯一的兄弟姐妹，他放弃了世界，成为了迪甘巴尔·*萨尼亚西（Digambar Sanyasi）*，一名赤身裸体的耆那教僧侣。她接受了她哥哥空出的贾恩工业公司首席执行官的职位。父亲去世后，她于 2010 年成为主席；她又收购了两家酒店、一家超级专科医院、一家连锁超市和两家信息技术公司。

"我在沃顿商学院和果阿大学学到的东西是，我在工作时练习与人打交道。你对我的影响始终令人惊讶。你的诚实和正直就像危机中的火炬一样指引着我。记忆让我充满力量继续前行；回忆照亮了我的道路，激励我继续前行。请记住，我们曾经在昏暗的灯光下从 Singuerim 巴士站步行到我们家。我这二十年的旅程就是这样，你的光帮助了我，尽管有时并不那么明亮。对你的怀念是温暖的源泉。但这让我心碎，因为你不再像一个真实的人一样和我在一起。我用你的召唤在我周围筑起了一堵墙，而我没有出口。因此，当燃料完全燃尽时，它们给我带来了痛苦、悲伤、痛苦和心碎。"

"格蕾丝，我们因为回忆而活着；如果没有记忆，就没有什么可以燃烧来获取能量。"

"我的电脑上有数千封发送给您的电子邮件。在过去的十九年半里，我每天都在给你写信，我从不厌倦，因为它们是写给你的。有一种难以抑制的渴望与你交流、见面、拥抱、亲吻，并与你一起生活。我曾多次听说过*独身者*，但从来不知道他是我心爱的阿部。我向您发送了退回的邮件，因为我不知道您的电子邮件 ID，因为所有邮件都位于 abe@mybeloved.com。尽管如此，我还是很高兴；我试着和你沟通。"

"格蕾丝，亲爱的，我在你面前低下头；我的心在爆炸，我的整个存在都充满了你。我不需要任何其他东西，因为我很高兴。"

他们聊了很长时间，不知时间过得真快，已经是凌晨四点了。

"爱你，我最亲爱的阿贝。"

"格蕾丝，你有一颗充满爱的心，愿意倾听的耳朵，愿意握住的双手。你对我怀有无限的感情，这对我来说就足够了。"

"我就是你，阿贝，你就是我。"

突然，亚伯注意到她食指上的戒指。"格蕾丝，戒指还在你身上。"

"是的，阿贝，它会一直在那里，直到我生命的尽头。"

"为什么，格蕾丝？"尽管心里涌起一阵痛苦，安倍还是问道。

"阿部，我刚刚四十五岁。当你出现在卡兰古特汽车站时，我一直在等待你的到来，你是我一生的挚爱，我永远的朋友，我梦想中的王子，我的将死者，我的印地语电影歌曲中的英雄。但在我们的小社区里，女性不能在四十五岁之后保持未婚状态。她有两个选择：嫁给鳏夫或成为修女。除了你之外，我无法想象与任何人结婚，安倍。在我满四十五岁之前的六个月，我决定成为一名修女，因为没有其他选择，我宣誓保持童贞，这将是我直到死亡的守护神。我一直在寻找一位强有力的人选来管理耆那工业公司的董事长，上周我找到了一位。耆那教工业将成为一个公共工业，因为我已经放弃了一切。我会穿着白色的衣服，捂住口鼻，乞食和施舍，与一群尼姑一起赤脚走遍印度。当我接受新的生活方式时，我们将参观寺庙和寺院。没有痛苦或悲伤，没有悲伤或快乐，没有执着或拒绝。我已与宇宙合而为一。尽管我是无神论者，但我还是受到某些规则的束缚，而且我无法打破它们。在加入其他修女之前，我想成立两个基金会，一个用于教育贫民窟的贫困儿童，第二个以您的名义成立一个艺术基金会。我决定通过购买一些世界上最好的画作来发展这个美术馆。我将利用我的财富来实现这些目标。如果你卖掉《吻》，我很乐意购买它，"格蕾丝看着安倍说道。

安倍脸上写满了震惊、焦虑和悲伤。这是毁灭性的打击，他经历了莫名的情绪动荡。他一生中从未感受到如此强烈的内心情感的爆发，这比他在辛格林姆那个决定命运的早晨格蕾丝离开他时所经历的以及他在加尔各答工作室所经历的抑郁要强烈一千倍。突然间，格蕾丝对他来说变得陌生了，难以接近、难以接近。他彻底失去了她，再也没有挽回的可能。

"格蕾丝，我把*吻*送给你，"安倍承诺道。但他的话却是尖刻的。

"安倍，我已经准备好付钱了，因为我有足够的钱，我想在穿上白色裙子、剃光头、脱掉凉鞋之前，先把我的私人财富花在一些好的目的上。"

安倍不知道还能说什么。他没有任何情绪。"格蕾丝，这是一份礼物。文件将在六个小时内准备好。"

"谢谢你，我最好、最亲爱的朋友，我心爱的安倍。"

"格蕾丝，你原本有能力永恒地爱，但现在你却让自己承受了难以估量的悲伤，因为虚空笼罩了你的爱。"

"阿部，这二十年来你因为我受了那么多苦。对不起。请原谅我。再见，亲爱的安倍，"格蕾丝站起来说道。

"再见，格蕾丝。"

已经是早上七点了。安倍一整天都在忙着登记遗嘱。安倍晋三将《吻》赠送给阿纳苏亚·贾恩（Anasuya Jain）。所有其他画作、工作室、*格蕾丝-艾玛美术馆*、他所有的动产和不动产以及安倍以艾玛名义转账的银行账户。安倍将遗嘱放入信封中，密封后以艾玛的名义寄至她在阿姆斯特丹的地址。

收到文件后，艾玛立即到达孟买，并在接下来的二十年里在印度各地寻找安倍。2040年，她在 Prayag Kumbh Mela 看到一个类似 Abe 的人领导着一群 *Aghori Sadhus* 。他赤身裸体，留着长长的辫子，身上涂满了灰烬，还戴着金刚菩提绳。他左手的三叉戟刺穿了人类的头骨，脖子上挂着一条眼镜蛇。

艾玛大喊"阿贝"并追赶他。她追上他，站在他面前，伸出双手。当宇宙静止时，她的心在狂跳，她盯着他的脸看了一会儿。突然，她听到他喊"艾玛"。

她泪流满面，用力抱住他，不让他再次溜走。她把自己拉近他的心，因为她对他的渴望如此强烈，以至于忘记了一切和周围的一切。她熟悉他的味道，熟悉又刺耳，她的舌头舔着他身上的灰尘和汗水。他的肌肉很健壮，他的身躯散发着罕见的光芒，像黑暗中的星星一样闪烁，在他抑郁期间的几个月里，她每天给他洗澡时，她已经见过一百次了。她了解他身体的每一个部分，并确信她拥抱的那个赤身裸体的修士不是别人，正是她赤身裸体的耶稣。

关于作者

瓦尔盖斯 V 德瓦西亚

Varghese V Devasia 因其处女作小说《上帝之国的妇女》（由 Ukiyoto Publishing 颁发）荣获 2022 年年度作家奖。他曾任孟买塔塔社会科学研究所教授兼院长，以及塔塔社会科学研究所图尔贾普尔校区院长。他曾任那格浦尔大学 MSS 社会工作学院教授兼校长。

他获得哈佛大学司法成就证书、印度班加罗尔大学国家法学院人权法文凭、申巴甘努尔圣心学院哲学毕业、孟买塔塔社会科学研究所社会工作硕士学位、社会学硕士学位拥有 Shivaji University Kolhapur 学士学位，那格浦尔大学法学学士、硕士和博士学位。

他在犯罪学、惩教管理、受害者学、人权、社会正义、参与性研究等领域出版了十多本学术参考书，并在同行评审的国内和国际期刊上发表了许多文章。他是短篇小说集《大眼睛的女人》（由伦敦奥林匹亚出版社出版）和小说《阿玛亚佛陀》（由海得拉巴浮世出版社出版）的作者。他撰写了马拉雅拉姆语中篇小说《Daivathinte Manasum Kurishu Thakarthavante Koodavum》，由卡利卡特的 Mulberry 出版社出版。他住在喀拉拉邦科泽科德。

电子邮件：vvdevasia@gmail.com

www.ingramcontent.com/pod-product-compliance
Lightning Source LLC
LaVergne TN
LVHW041702070526
838199LV00045B/1169